नदी-रंग जैसी लड़की

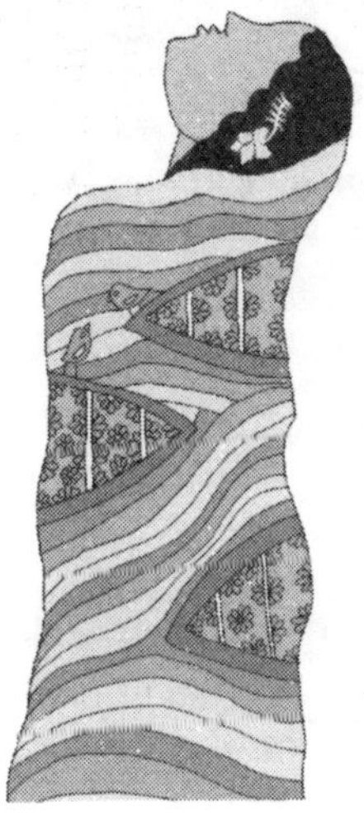

नदी-रंग जैसी लड़की

वाणी
पृथ्वी

एस. आर. हरनोट

वाणी प्रकाशन

वाणी प्रकाशन

4695, 21-ए, दरियागंज, नयी दिल्ली 110 002

फ़ोन : +91 11 23273167 फ़ैक्स : +91 11 23275710

शाखाएँ

अशोक राजपथ, पटना 800 004, बिहार

कॉफ़ी हाउस कैम्पस, महात्मा गाँधी मार्ग, इलाहाबाद 211 001, उत्तर प्रदेश

महात्मा गाँधी अन्तरराष्ट्रीय हिन्दी विश्वविद्यालय, वर्धा 442 001, महाराष्ट्र

www.vaniprakashan.com
marketing@vaniprakashan.in
sales@vaniprakashan.in

Nadi-Rang Jaisi Ladki
by S.R. Harnot

ISBN : 978-93-5518-049-0
Novel

प्रथम संस्करण 2022
द्वितीय संस्करण, सितम्बर 2022

मूल्य : ₹ 499

आर. टेक ऑफ़सेट प्रिंटर्स, दिल्ली-110032 में मुद्रित

वाणी प्रकाशन का लोगो मक़बूल फ़िदा हुसेन की कूची से

प्रख्यात लेखक और पहल पत्रिका के सम्पादक आदरणीय ज्ञानरंजन जी की साहित्य साधना

और

शतु (शतद्रु), यमु (यमुना), विपु (विपाषा), इरा (इरावती), चन्द्रभागा (चिनाब), गिरि (गिरिगंगा), पबु (पब्बर) और सपु (स्पिति) की अथाह वेदनाओं के लिए

1

वह नदी दादी सुनमा की आँखों में बहती थी। जब कभी ज़मीन पर बहती तो एक लड़की कागज़ की नाव पर बैठकर नदी पार किया करती। उतरकर वह नाव को हाथ में उठाकर उस खेत के किनारे चली आती जहाँ दादी सुनमा अपनी गाय चराया करती थी।

उस लड़की की कमसिनी, कुमारीत्व और शिशुवता तितलियों जैसा आकर्षक था। बहुत से रंग थे उसमें। अनगिनत उड़ानें समाहित थीं। उसकी उदात्तता, अचपलता, गाम्भीर्य, संजीदगी, नटखटपन और चांचल्य दादी सुनमा को बहुत भाता था। उसके बहुत से रूप एक साथ परिलक्षित होते थे। कभी अलौकिक, कभी मायावी तो कभी तिलिस्मी। गज़ब का सम्मोहन था उसकी आँखों में। दादी जब भी उसकी गहरी आँखों में आँखें डालकर देखती तो उनमें भी एक विशालकाय नदी बहती दिखती। दादी इस अभिमन्त्रण में जैसे पूरी तरह क़ैद हो जाया करती। वह लड़की जब आनन्द विभोर, आहल्लादित, पुलकित और हर्षोन्मत्त होती...तो सारा वातावरण रंगोलियों से आच्छादित हो जाता। और जब कभी उदास या क्रोधित तो उसकी आँखों में बहती नदी में भयंकर बाढ़ आ जाती। ज्वार–भाटा उठने लगता। मानो पल–भर में कोई प्रलय होने वाला है। वातावरण भयंकर और डरावनी

चीख़ों, चीत्कारों और कराहटों से भर जाता। ...फिर पल भर में सब कुछ सामान्य, जैसे कुछ हुआ ही नहीं था। कितनी अलमस्त थी वह! औघड़, उन्मुक्त, बिन्दास, अल्हड़, और स्वच्छन्द... न जाने और क्या–क्या? वह जब चली भी जाती तो अपना अद्भुत आलोक, प्रदीप्ति, ज्योतिता और आभा जैसे उस उजाड़ खेत को दे जाती। दादी के अवसाद भरे मन में उँड़ेल जाती। गाय की पीठ पर बाँध जाती।

वह जब दादी सुनमा की ओर आती तो उसकी चाल बतख़ों जैसी होती। बहुत तल्लीन और निमग्न। मानो वह हवा के झोंकों को पकड़–पकड़कर अत्यन्त मशगूलता से चली आ रही हो। हल्की गीली रेत पर जब अपने नन्हे–नन्हे पाँव रखती तो लगता कि वह किसी बहुत कठिन गणित में उलझी हो और जिसमें उनकी गिनती भी शामिल कर ली गयी हो। पाँव के निशान दूर से भी देखे जा सकते थे। वह जैसे ही क़दम बढ़ाती पीछे के पाँव के निशान पानी से भर जाते और कुछ पल में उसमें रेत समा जाया करती। रेत–पानी का यह पीछा करना दादी सुनमा को बहुत भाता। दादी को लगता उसके छोटे–नन्हे पाँव नदी के तराशे हुए पत्थर जैसे ख़ूबसूरत हैं... या वह मछलियों के पाँव लेकर आती है... या वे पाँव नहीं जैसे छोटी–छोटी–सीपियाँ रेत पर रेंग रही हों।

दादी सुनमा के पास पहुँचकर जब वह बैठती तो पाँव से रेत के सूक्ष्म कणों को इस तरह निकालती रहती जैसे कोई चिड़िया चूग को रखा बाज़रा चुग रही हो। कण जहाँ गिरते वे हीरे जैसे चमकने लगते और दादी की आँखें चुँधिया जाती...। लड़की का कद भी बड़ा नहीं था, बस दादी की गाय की पूँछ जितना लम्बा। उसके बाल बहुत काले और घने थे जिनमें वह दुर्लभ रंगों और प्रजातियों के पुष्प गूँथे रखती। ये आम जगहों पर उगने वाले फूल नहीं होते। इनमें पारिजात, नीलकमल, ब्रह्म कमल, नागपुष्प, महामेरू जैसे देव प्रजातियों के पुष्प मुख्य होते जो या तो हिमालय पर स्थित बर्फ़ की झीलों और चोटियों में मिलते या पठारों और दर्रों में जहाँ की ऊँचाई समुद्र तल से बीस हज़ार फुट तक होती और तापमान शून्य से कई

डिग्री नीचे रहता। दादी सुनमा ने न तो कभी इन्हें देखा होता और न ही उनकी मादनीय गन्ध से ही अनुभूत हुई होती। लड़की जिस भी फूल को बालों में पिरोए रहती बड़े इतमीनान और यक़ीन से उसकी सुलभता को बयान करती रहती तथा उनकी रोचक कथाएँ सुनाने लगतीं। ऐसा करते हुए वह जैसे ख़ुद भी उसी फूल और वृक्ष में परिवर्तित हो जाती और दादी सुनमा उनकी सुगन्ध और छाया में ग़ज़ब का सुकून महसूस करती। इनमें कभी–कभार वह कूजो और रात–रानी के फूल भी गूँधे रखती जिन्हें दादी बख़ूबी पहचानती थी। अन्य फूलों को उन्होंने कभी देखा नहीं था।

नदी से पगडण्डी पर आते ही दादी सुनमा का खेत और वे ख़ुद उन फूलों की भीनी–भीनी सुगन्ध से भर जाया करते। उनका पूरा शरीर महकने लगता और मन किसी अनूठे रोमांच से भरा रहता। यह पुलक कई–कई दिनों तक उनके साथ रहती। वैसे भी इस गन्ध से उनका लम्बा वास्ता रहा था। पुराने घर की बग़ल में रात–रानी के कई पौधे थे जो आपस में गुँथकर एक हो गये थे। दादी जब रात के खाने के बाद चाँदनी रातों में आँगन की मुँडेर पर बैठती तो उस सुगन्ध से सराबोर हो जाती। उस सगय उनकी बिल्ली पास होती। दादी आश्वस्त होती कि यदि कोई साँप रात–रानी के झुरमुटों से इधर का रूख करेगा तो बिल्ली से नहीं बच पायेगा। रात–रानी और साँपों का चोली–दामन का साथ जो होता है। दिन की थकान दादी वैसे ही उतारती और एक फटी बोतल के तल रो निर्मित कटोरी में तकली से ऊन भी कातती रहती। चाँद की रजत किरणें जब शीशे के भीतर तकली की नोक के साथ घूमती झिलमिलाती तो कोई उस समय देखता तो लगता कि दादी जैसे ऊन नहीं चाँदनी कात रही हो।

लड़की ने नदी–रंग की फ्रॉक पहनी होती जो पाँव तक झूली रहती। दादी सुनमा ध्यान से देखती कि उसमें कहीं भी कोई सिलायी नहीं हुई है, जैसे वह किसी दर्जी ने नहीं बल्कि किसी पेड़ पर उगी निकाली गयी हो। आगे की तरफ़ उसमें तीन जेबें होतीं जिनके बाहर

प्रत्येक में तीन शब्द लिखे रहते...श...त...द्रु। दादी को अविलम्ब उनका सही मतलब नहीं सूझता। जितने में वे सोचती कि लड़की से पूछा जाये, उतने में कोई अलग परिदृश्य दादी के दरपेश हो आता। तीनों जेबों में कुछ–न–कुछ रखा होता। एक में, नदी के जल में तराशी हुई पत्थरों की छोटी–छोटी गिट्टियाँ, दूसरे में, कई तरह की सीपियाँ और तीसरे में, रंग–बिरंगी कई मछलियाँ। वह जैसे ही बैठती उस तीसरी जेब में भरे पानी को अपने बायें हाथ पर उँड़ेल देती और पानी के साथ कई मछलियाँ उसकी मुलायम हथेली पर तैरने लगतीं। दादी एक पल के लिए विस्मित हो जाती। अपनी दोनों आँखें पोंछती जिनमें अनायास ही पानी भर जाया करता। धुँधली आँखों से वह हथेली किसी बड़े तालाब की तरह दिखती। फिर वह लड़की एकाएक उन्हें पानी समेत उछाल कर नदी में फेंक दिया करती और छपाक के साथ एक बहुत मीठी आवाज़ आती।

लड़की की फ्रॉक में एक अदृश्य जेब भी थी जिसे दादी सुनमा नहीं देख पाती। बस कभी–कभार उसका एहसास मात्र होता। विशेषकर उन दिनों जब बरसात रुक जाती और बादलों के रुई जैसे फाहे घाटियों में जगह–जगह बिखरे होते। लड़की झटपट उस जेब से एक इन्द्रधनुष निकालती और घाटियों की तरफ़ फेंक देती। सात रंगों की वह देव–पट्टिका सूरज की किरणों को अन्तर्निहित करते हुए नदी में परिणत हो जाया करती। दादी जब आसमान की ओर देखती तो उसे नदी अपने ऊपर से बहती दिखायी देती। सहसा उन्हें लगता मानो उनकी गाय, खेत और ख़ुद दादी कहीं बादलों के टापू पर आसीन हो और लड़की उस इन्द्रधनुष के सातों रंगों को लेकर क्षितिज से कहीं दूर चली जा रही हो। दादी कुछ पल इन्हीं निर्मितियों में मन्त्रमुग्ध हुई सी बैठी रहती और जब आँख खुलती तो लड़की को पास खेलता पाती।

2

तरुणाई के दिनों में सुनमा देई का निपट गँवई रूप बेहद आकर्षक था। उसकी नीली आँखें जैसे नदी के निर्मल पानी से बनी थी जो नदी की ही तरह गहरी थी। उनमें अनगिनत रंग बिरंगी मछलियाँ तैरती रहतीं। सूरज, चाँद और सितारों की परछाइयाँ जैसे उन आँखों के पोरों में निरन्तर उलझी–उलझी डोलती दिखतीं। पलकों पर जैसे नील–कमल खिले होते। थोड़ी मोटी और हलकी चपटी नाक में दो छोटे–छोटे बोर वाला सोने का कोका बहुत जँचता। कानों में वह चाँदी के तीन–तीन लड़ियों वाले झूमते काँटे पहने रखती जो हमेशा गालों से बतियाने को आतुर लगते। उसके बाल अमावस्या की रात जैसे काले और लम्बे थे जिनमें लाल और हरे रंग का रेशमी पुरांदू सज़ा होता। गर्दन के बिल्कुल ऊपर चाँदी का छोटा सा चाक बँधा रहता मानो नदी पर तटबँध लगा हो। सिर पर सुनमा देई नदी--रंग का दुपट्टा ओढ़े रहती जो बालों को कमर के नीचे तक ढके रहता। कलाइयाँ हमेशा काँच की भाँति–भाँति की चूड़ियों से भरी रहतीं जिन्हें वह हर वर्ष नदी के किनारे लगने वाले मेले से ख़रीदती थी। उठते–बैठते, सोते–जागते और घर–बाहर का काम करते हुए उनका छनछनाता संगीत नदी की लहरों की मानिन्द घर–आँगन में भरा रहता। बैसाखी के गीत गाता रहता और इस तरह

मेले के रंग और मिठास वर्ष भर के लिए घर में घुले–मिले रहते। कुल मिलाकर सुनमा उस नदी जैसी ही थी जो निरन्तर बहती रहती जिस पर गृहस्थी की नाव हमेशा चलती रहती।

सुनमा का बालपन न तो बहुत सहज था और न ही ज़्यादा दुरूह। वह लड़कियों का ज़माना भी नहीं था। उन्हें लड़कों की तरह तरजीह भी नहीं दी जाती थी। ख़ासकर उनका पालन–पोषण दूसरों के घर की अमानत समझकर ही किया जाता था। वे बेटियाँ कम और पराया धन अधिक होतीं। मूलतः तुलसी–पीपल के विवाह जैसी...जब चाहा ब्याह दिया। इसमें न तो उनकी पसन्द–नापसन्द होती और न ही रज़ामन्दी। ये तजवीज़ें माता–पिता की हाँ में शामिल रहतीं। उम्र के भी कोई मायने नहीं थे न ही उन दिनों कोई ऐसा क़ानून कि बाल–विवाह पर अंकुश ही हो। बहुत से रिश्ते तो पेट में बच्चा होने पर ही तय कर लिए जाते थे।

सुनमा देई का विवाह भी पेट में ही तय हो गया था। परन्तु विवाह हुआ पन्द्रह बरस की उम्र में। उसके पिता मास्टर भागदत माने हुए स्वतन्त्रता सेनानी थे जिन्होंने पहाड़ों के प्रजामण्डल आन्दोलनों में महत्वपूर्ण व बड़ी भूमिकाएँ निभाई थीं। उधर सुनमा के जो ससुर बने वह भी स्वतन्त्रता सेनानी ही थे। उनका नाम देवीदत वज़ीर था। प्रजामण्डल में दोनों की भूमिकाएँ अच्छी–ख़ासी थीं और इसी कारण वे दोनों एक दूसरे के जिगरी दोस्त भी बन गये थे। इनके मिलने की कहानी भी बड़ी दिलचस्प और ऐतिहासिक थी।

हिमाचल की एक छोटी पहाड़ी रियासत उन दिनों वहाँ के राजा के जन–विरोधी कार्यों से काफ़ी चर्चित थी। लोग बहुत परेशान थे। राजा की निरंकुशता और अत्याचारों के ख़िलाफ़ जब आम जन ने आवाज़ उठायी तो उन्हें अपने सीने पर लाठियाँ और गोलियाँ तक खानी पड़ी थीं, बावजूद इसके उनका आन्दोलन अत्यधिक मुखर और सुगठित होकर उभरा जिसकी ताक़त के आगे न केवल उस रियासत को बल्कि सभी पहाड़ी रियासतों को अपने लम्बे समय से चले आ रहे शासन की कुर्बानी एक राज्य–गठन के रूप में देनी पड़ी थी।

इस जन–आन्दोलन और गोलीकाण्ड की गूँज न केवल उस क्षेत्र तक सीमित रही थी बल्कि उसने समस्त पहाड़ी रियासतों सहित दिल्ली की ब्रिटिश सरकार, महात्मा गाँधी और पण्डित जवाहर लाल नेहरू तक को स्तब्ध कर दिया था। इस विरोध ने पहाड़ी रियासतों के राजाओं और ठाकुरों के शासन के ध्वस्त होने का एक ऐसा मज़बूत आधार बनाया कि भारत के आज़ाद होते ही सभी रियासतों का विलय हो गया और लोगों ने रियासती राजाओं और अंग्रेज़ों की गुलामी से छुटकारा पाकर चैन की साँस ली थीं।

यह रियासत ब्रिटिश की ग्रीष्मकालीन राजधानी शिमला से नज़दीक थी। जो लोग शिमला स्थित सरकारी कार्यालयों में नौकरी करते थे वे साथ–साथ गुपचुप तरीक़े से अंग्रेज़ों के ख़िलाफ़ चलायी जाने वाली राजनीतिक गतिविधियों में बढ़चढ़कर भाग भी लिया करते। इस रियासत का राजा अंग्रेज़ों का पूर्ण रूप से समर्थक था और उसकी निरंकुशता पर अंग्रेज़ी शासकों की पूरी छाप थी। उस दौरान लोगों से बेगार ली जाती, मालगुज़ारी की ज़्यादतियाँ होतीं, लोगों की समस्याओं को अनसुना किया जाता और जो मुखर होता उसे तरह–तरह की यातनाएँ दी जातीं थीं। बताया जाता है कि एक दलित किसान ने अपनी माँगों लिए में जब राजा के विरोध में ज़ुबान खोली तो उसे घर में ही ज़िन्दा जला दिया गया था। इसीलिए गाँव से जो लोग शिमला या अन्य स्थानों पर नौकरी करते या ध्याड़ी कमाते उनमें राजाओं के अत्याचारों के विरुद्ध मन ही मन विद्रोह की चिनगारियाँ पैदा होने लगी थीं।

पहाड़ी रियासतों के राजाओं के अत्याचार और ब्रिटिश सरकार के शोषण ने 1857 के विद्रोह को कुचलने के पश्चात हालाँकि आम जन हताश तो था लेकिन उन्होंने अपनी उम्मीदें नहीं खोयी थीं। कई रियासतों में वहाँ के स्वतन्त्रता सेनानियों ने अपने बूते देश–प्रेम की सोच के लोगों को साथ लेकर कड़ी आपत्तियाँ दर्ज़ करवायीं और खुले–आम विद्रोह किया लेकिन ब्रिटिश सरकार के अधिकारी उनकी आवाज़ों को कुचलने और बन्द करने में पहाड़ के कई अंग्रेज़–भक्त

राजाओं के साथ कामयाब होते चले गये। फिर भी भीतर ही भीतर जहाँ ब्रिटिश हकूमत चिन्तित थी वहीं विद्रोह की आग आम लोगों के मन में भड़कती रहीं। उनके लीडर गुपचुप इस काम को अन्जाम देते रहे थे।

इस पहाड़ी रियासत के साथ–साथ इसके घने जंगल राजधानी में रह रहे ब्रिटिश शासकों और अधिकारियों के लिए ऐशपसन्दी के बेहतरीन केन्द्र थे। शिमला से नज़दीक होने के कारण वे अक्सर शिकार करने यहाँ जाया करते थे। उस शोषक राजा ने अपनी रियासत के इन जंगलों में कई शिकारगाहें बनायी हुई थीं जहाँ ब्रिटिश वायसराय, गवर्नर, डिप्टी कमिश्नर, पॉलिटिकल एजेण्ट और दूसरे उच्चाधिकारियों का प्रायः आना जाना लगा रहता था। राजा को ब्रिटिश प्रशासन का पूरा समर्थन हासिल था इसीलिए उसने अपनी रियासत के लोगों पर करों का भारी बोझ डाल दिया था। वर्ष में प्रत्येक घर से छह महीने तक की बेगार ली जाती थी। सुविधाओं के नाम पर न कोई स्कूल था, न अस्पताल और न ही कोई सुनवाई होती थी।

इसी दौरान उस राजा ने अपनी रियासत की राजधानी से इन शिकारगाहों तक कई किलोमीटर लम्बी सड़क निर्माण के आदेश दिये थे और जबरन बेगार लेनी आरम्भ कर दी थी। लोगों के पास राजा के आदेश मानने के सिवा कोई विकल्प शेष नहीं था। इसमें ब्रिटिश प्रशासन भी शामिल था क्योंकि उनके शिकार करने के लिए आने–जाने में आसानी हो जाती। लोग इस बेगार व बिना वेतन काम करने से तंग तो थे परन्तु यही सड़क उनके लिए वरदान भी सिद्ध हुई क्योंकि उन्हें आपस में राजा की ज़्यादतियों के ख़िलाफ़ विचार–विमर्श का अवसर मिलता गया।

देश के लोगों के लिए सुखद यह था कि भारतीय राजनीतिक मंच पर महात्मा गाँधी का उदय हो चुका था जिससे आम जन की नज़रें उन पर टिक गयी थीं। पहाड़ों की रियासतें भी इससे अछूती नहीं रही थीं क्योंकि कुछ ऐसे राजा भी थे जो स्वयं ब्रिटिश प्रशासन

से तंग थे जो गुपचुप रूप से जनता के लीडरों से सम्पर्क साधकर अंग्रेज़ों को बाहर खदेड़ने के लिए अभियान चला रहे थे। परन्तु इनकी संख्या बहुत कम थी। पहाड़ी रियासतों में हो रहे शोषण के विरुद्ध पूर्व से सक्रिय लोगों ने प्रजामण्डल नाम की एक संस्था का गठन किया और कई अन्य रियासतों में ज़ोरदार अभियान शुरू कर दिये।

राजा का व्यवहार दिनों–दिन अत्यन्त अन्यायप्रिय और कठोर होता जा रहा था। जनता बहुत परेशान थी। उन्हें कोई रास्ता नहीं सूझ रहा था। इसलिए अपनी समस्याओं को हल करने और अपने अधिकारों को प्राप्त करने की दृष्टि से उन्होंने सुनमा देई के बाबा मास्टर भागदत के नेतृत्व में 'जन जागरण सभा' का गठन किया। इस सभा की बैठकें प्रायः सड़क मार्ग के निर्माण के वक़्त खुले स्थानों पर हुआ करती थीं। इनमें कुछ लोग राजा के भक्त थे जिन्होंने इन सभा की बैठकों की सूचना राजा को दे दी। राजा के कर्मचारी चौकस हो गये और उन्होंने इस सभा को तोड़ने का भरसक प्रयास भी किया। कुछ सदस्यों पर झूठे केस दर्ज़ हुए और कुछेक को डराया धमकाया जाने लगा। इस तरह सभा के प्रतिनिधियों को राजा के घोर विरोध और अत्याचारों का सामना करना पड़ा था।

फ़रवरी, 1938 ई0 में कांग्रेस ने अपने वार्षिक सम्मेलन में पहाड़ी रियासतों में औपचारिक रूप से प्रजामण्डल स्थापित करने और उसके माध्यम से जन–आन्दोलन चलाने का प्रस्ताव पारित किया। इसे जून, 1938 में अखिल भारतीय रियासती प्रजा परिषद के लुधियाना अधिवेशन में पेश किया जिसे पण्डित जवाहर लाल नेहरू ने स्वीकार कर लिया और समस्त रियासतों में प्रजामण्डल गठित करने के सुझाव के साथ संयुक्त संगठन निर्माण पर ज़ोर दिया। इसी से पहाड़ी रियासतों में प्रजामण्डल की स्थापना शुरू हो गयी। जहाँ पहले से प्रजामण्डल स्थापित थे उन्हें सुगठित कर लिया गया। लोगों ने जन जागरण सभा का नाम बदल कर 'रियासती प्रजामण्डल' रख दिया। उसके बाद सभी प्रजामण्डलों ने मिलकर एक नयी संस्था को जन्म दिया जिसका नाम था 'पर्वतीय राज्य हिमालय रियासती

प्रजामण्डल'। प्रजामण्डल की इस अभूतपूर्व सफलता ने जहाँ एक ओर ब्रिटिश प्रशासन को विचलित कर दिया वहीं अपने घोर समर्थक रियासतों के राजाओं को इस संस्था और जन–आन्दोलनों को सख़्ती से कुचलने के आदेश भी दे दिये।

जिस दिन यह विलय हुआ उस दिन उस पहाड़ी रियासत के लगभग साढ़े छह सौ स्वयंसेवकों ने अपने नेता की अध्यक्षता में शहर के एक उपनगर में बैठक का आयोजन किया जिसमें सर्वसम्मति से एक माँग–पत्र तैयार किया गया जिसकी प्रति उस रियासत के राजा को एक विश्वसनीय स्वयंसेवक के माध्यम से दे दी गयी। इस माँग–पत्र को तैयार करने में मास्टर भागदत की प्रमुख भूमिका रही थी। जो माँगें प्रमुखता से उठायी गयी थीं उनमें मुख्य थीं–प्रजामण्डल को मान्यता देना, बेगार प्रथा को समाप्त करना, समस्त नागरिक अधिकारों की बहाली, भूमि लगान में पचास प्रतिशत की कमी करना, आम जन पर लगे अनावश्यक प्रतिबँधों की समाप्ति और जन जागरण सभा के स्वयंसेवकों की ज़ब्त सम्पत्ति की वापसी।

इसके साथ राजा से निवेदन किया गया कि वह अपनी रियासत के प्रजामण्डल के प्रतिनिधियों से मिलकर बातचीत करने के लिए कोई तिथि निर्धारित करें जिसमें उपर्युक्त माँगों पर विचार–विमर्श हो सके। साथ ही राजा को यह चेतावनी भी दे दी गयी कि यदि रियासत इन माँगों की अनदेखी करती है तो प्रजामण्डल एकतरफ़ा कार्यवाही करने के लिए विवश होगा और सात सदस्यों का एक प्रतिनिधि–मण्डल राजा से बातचीत करने के लिए प्रस्थान करेगा ताकि वह सीधे राजा के समक्ष अपनी इन माँगों को रख सकें। इस माँगपत्र में जिन सदस्यों के नाम दिये गये थे उनमें मास्टर भागदत और सुनमा देई के होने वाले ससुर देवीदत वज़ीर भी शामिल थे।

राजा ने जब इस पत्र को पढ़ा तो वह आग बबूला हो गया। उसने इसे अपना तथा अपनी रियासत का अपमान समझा। उसने अपने दरबारियों की तत्काल सभा बुलायी और इस विद्रोह को कुचलने की ठोस नीति पर विचार–विमर्श किया। राजा के चापलूस

अफ़सरों ने आम जन के इन प्रतिनिधियों को सख़्ती से कुचलने का सुझाव राजा को दिया जिसे उसने मान लिया और उसी दिशा में तैयारियाँ शुरू कर दीं।

पूर्वनिर्धारित तिथि को तक़रीबन 11 बजे शिमला से कुछ प्रतिनिधि राजा से रियासत की राजधानी में मिलने के लिए रवाना हो गये। इस मण्डल के दो स्वयंसेवकों ने कांग्रेस का झण्डा सँभाला और नारे लगाने के साथ राष्ट्रीय गीत गाते हुए वे लोग शहर से तेरह किलोमीटर दूर उस जगह पहुँचे जहाँ राजा ने अंग्रेज़ों के शिकार के लिए जंगल में शिकारगाहें बनायी थीं। यह स्थान रियासत की सीमा पर स्थित था। वहाँ पहले ही राजा की ओर से पुलिस की एक टुकड़ी मौजूद थी जिन्होंने उस प्रतिनिधि–मण्डल को वहीं रोक दिया। लेकिन लोग नहीं माने। लोगों की बग़ावत इस कृत्य को देखकर बढ़ना स्वाभाविक थी। आसपास गाँव के लोगों को जब इस बात की भनक लगी तो वे भी इस जुलूस में शामिल होने लगे। कांग्रेस का झण्डा छीनकर उसे जला दिया गया जिससे लोगों में और भी विद्रोह भड़क गया।

लोगों की भीड़ बढ़ने लगी थी और शीघ्र ही एक अच्छे–ख़ासे जन–समूह में बदल गयी। ज्यूँ–ज्यूँ वे लोग आगे बढ़ते रहे त्यूँ- त्यूँ लोगों की संख्या भी बढ़ती चली गयी। राजा ने जब देखा कि भारी संख्या में लोग राजधानी की ओर आ रहे हैं तो वह घबरा गया। तत्काल उन पर गोलियाँ चलाने के आदेश दे दिये। निहत्थों पर गोलियाँ और लाठियाँ चलीं तो भीड़ में खलबली मच गयीं। लोगों ने कभी सोचा भी न था कि अपनी माँगों को राजा के समक्ष रखने की इतनी बड़ी सज़ा मिलेगी। गोली लगने से दो लोग वहीं ढेर हो गये और बहुत से घायल हो गये। मास्टर भागदत के बायें हाथ में भी गोली लग गयी। भारी संख्या में लोग घाायल हो गये जिनमें से 41 लोगों को शहर अस्पताल में उपचार के लिए ले जाना पड़ा। मास्टर भागदत भी उनमें शामिल थे। शहर में इस घटना की तीव्र प्रतिक्रिया हुई। लोग आक्रोश से आग–बबूले हो गये जिस कारण

ब्रिटिश प्रशासन ने घबराकर धारा 144 लगाकर कर्फ़्यू लगा दिया। जिस अस्पताल में लोगों का उपचार हुआ वहाँ मास्टर भागदत भी दाख़िल रहे और उनके साथ उनके मित्र देवीदत वज़ीर भी थे। इसी बहाने दोनों की मित्रता प्रगाढ़ होती चली गयी।

धीरे–धीरे घटना की ख़बर शिमला के साथ अन्य रियासतों और गाँवों में फैलने लगी। शिमला में इसके विरोध में पूर्ण हड़ताल हो गयी। इस घटना का व्यापक प्रभाव हर जगह हुआ। इसकी सूचना जब महात्मा गाँधी और पण्डित जवाहर लाल नेहरू को पहुँची तो वे स्तब्ध रह गये। यह उनकी कल्पना से दूर था कि एक छोटी–सी पहाड़ी रियासत का राजा अपनी प्रजा के प्रति इतना क्रूर और निर्दयी भी हो सकता है। महात्मा गाँधी ने पण्डित नेहरू को इसकी जाँच के लिए कहा तो उन्होंने अपनी पार्टी के एक प्रसिद्ध वकील को इसकी जाँच के लिए नियुक्त किया। उसने गहराई से तथ्यों की जाँच की। वे प्रजामण्डल के सदस्यों के साथ मिले और बहुत से लोगों से इस घटना के सम्बँध में बातचीत की। राजा से भी उन्होंने लम्बी बातचीत की लेकिन उसका व्यवहार निरंकुश बना रहा।

उन्होंने जो रिपोर्ट दी उसकी एक प्रति ब्रिटिश अधिकारियों को भी दे दी गयी लेकिन राजा के विरुद्ध हर तरफ़ न केवल मौन बना रहा बल्कि राजा को ब्रिटिश प्रशासन द्वारा कई तरह के पारितोषिकों से नवाज़ा भी गया। उसे पुलिस के दो सौ सिपाही दे दिये गये जिन्होंने रियासत के गाँव–गाँव में न केवल आतंक फैलाया बल्कि महिलाओं और लड़कियों तक ज़लील कर दिया। गोलीकाण्ड की घटना के समय लगभग दो सौ से ज़्यादा आन्दोलनकारी गिरफ़्तार कर लिए गये थे जिन्हें बाद में रिहा कर दिया गया परन्तु 20–22 लोगों को कड़ी क़ैद की सज़ा सुनायी गयी जिसमें मास्टर भागदत और देवीदत वज़ीर भी शामिल थे।

महात्मा गाँधी और पण्डित जवाहर लाल नेहरू की कड़ी और तीखी प्रतिक्रियाओं से न तो राजा पर कोई असर हुआ और न ही इस घटना की ब्रिटिश प्रशासन ने कोई न्यायिक जाँच करवायी।

परन्तु इससे एक बात यह हुई कि अंग्रेज़ सरकार और राजा के विरुद्ध भीतर ही भीतर आम जन में आक्रोश और तीव्र होता चला गया। कई रियासतों के राजाओं ने लोगों का साथ दिया और एकमत बना कि भारत की आज़ादी के साथ पहाड़ी रियासतों का विलय एक राज्य का गठन करके कर दिया जाये। यह सोच रंग लायी और 15 अप्रैल, 1948 को जब हिमाचल प्रदेश अस्तित्व में आया तो अन्य रियासतों के साथ उस आततायी राजा का निरंकुश शासन भी जाता रहा।

3

मास्टर भागदत और देवीदत वज़ीर जब राजा की क़ैद से रिहा हुए तो देवीदत कुछ दिनों तक भागदत के ही घर रहा था। मास्टर भागदत के घर में उनके बूढ़े माता–पिता और पत्नी थी। देवीदत ने जब भाभी को गर्भवती देखा तो मन में ख़याल आया कि क्यों न भागदत के साथ अपनी मित्रता को एक रिश्ते में बदलने का प्रयास किया जाये, क्योंकि उन्हीं दिनों उनकी अपनी पत्नी भी पेट से थी।

देवीदत वज़ीर के साथ उनकी ख़ूब बातें होती थीं। आदर–सत्कार, आवभगत भी अच्छी–ख़ासी, जैसे कोई पाहुना नहीं बल्कि बरसों बाद बिछुड़ा परिजन आया हो। इसका कारण यही था कि वे दोनों एक–दूजे के स्वभाव और व्यवहार से भलीभाँति परिचित हो गये थे और देश–प्रेम का जज़्बा दोनों में ख़ूब भरा पड़ा था। इसी वाकिफी का नतीजा था कि बात–बात में यह तय हो गया कि यदि मास्टर के घर बेटी हुई और देवीदत वज़ीर के बेटा तो रिश्ता पक्का। यदि देवीदत के घर बेटी तो उनके घर की बहू। और यदि ऐसा न भी हुआ तो दोस्ताना ताउम्र। कुछ दिनों बाद देवीदत के घर लड़का हुआ और मास्टर भागदत के घर कन्या ने जन्म लिया। देवीदत को आपस में किये वादे स्मरण थे पर संकोचवश पहल नहीं कर पाया।

इधर मास्टर भागदत ने कन्या होते ही बधाई और स्मरण का रुक्का देवीदत के घर भिजवा दिया। उसकी ख़ुशी का ठिकाना न रहा और प्रतिदान में उसने ख़ुद आना ही मुनासिब समझा। इस तरह यह दोस्ती कुड़माई में बदल गयी।

मास्टर भागदत का गाँव नदी किनारे था जबकि देवीदत का भी उसी नदी किनारे बसा था परन्तु दूरियाँ काफ़ी थीं। दोनों के पास गुज़ारे लायक़ ज़मीनें और पशुधन था। उसी कमाई से ही घरबार चलते थे। भागदत ज़मींदारे के साथ घराट यानी पानी–चक्की भी चलाता था जिसमें न केवल गाँव के गेहूँ–मक्की की पिसाई होती बल्कि कई दूसरे अनाज भी पीसे जाते थे। इस तरह गाँव के साथ दूर–दूर परगने तक वह घराट लोगों की ज़रूरतें पूरी किया करता था। उस निरंकुश रियासत के विरुद्ध विद्रोह और विरोध में शामिल होने के कारण आज़ादी के बाद बहुत से सक्रिय कार्यकर्ताओं को सरकार ने न केवल सम्मानित किया था बल्कि उन्हें स्वतन्त्रता सेनानी के खिताब से भी नवाज़ा था जिससे अपने–अपने गाँव और इलाकों में उनकी अच्छी–ख़ासी साख और इज़्ज़त बन गयी थी। हालाँकि दोनों के परिवार बहुत ज़्यादा सम्पन्न नहीं थे फिर भी उनके दिल दरिया की तरह बड़े और खुले थे। परहित उनमें कूट–कूटकर भरा था। उनके अपने गाँव–इलाक़े के परिवार बहुत तंगहाली और फ़क़ीरी में रहते थे। दूर–दूर तक भी आम जन की कोई ख़ास सुविधाएँ नहीं थीं। न ही रोज़गार के कोई अवसर थे। इसलिए यदि किसी ग़रीब के घर अनाज की कमी होती तो उस परिवार की वे सहायता भी किया करते। उन्होंने कई तंगहाल और मुफ़लिस परिवारों को अपने घर में रोज़गार भी दिया हुआ था जिनका काम खेती–बाड़ी में हाथ बटाना होता था। उन दोनों की पत्नियाँ ज़मीन का सारा काम स्वयं देखती–सँभालती थीं।

दोनों मित्रों की दोस्ती तो बरक़रार रही ही अब एक अटूट रिश्तेदारी में भी बदलने वाली थी। परन्तु उसके लिए अभी लम्बे इन्तज़ार की ज़रूरत थी। मास्टर भागदत ने बेटी का नाम सुनमा

देई रखा था। उन दिनों नामकरण पण्डित लोग ही किया करते थे लेकिन कुण्डलियाँ बनाने की लड़कियों को सधवता हासिल नहीं होती थीं...जैसे न उनका कोई भाग्य और न ही माथे व हाथों में कोई लकीरें। बस नामकरण हुआ तो सौ सुख। उन्हें स्कूल भी नहीं भेजा जाता। स्कूल होते भी बहुत दूर थे जहाँ लड़कियों को भेजना मुमकिन न होता। ससुराल ही उनकी प्रारब्ध होती, नसीब और नियति होती। जहाँ घर–आँगन, लोग–बाग, परिवेश, चूल्हा–चौका और गाय–बैल तक पराया होते हुए भी अपने मानने पड़ते। यहाँ तक उन्हें नाम भी ससुराल वालों की पसन्द का मिलता। जैसे उनका अपना कुछ भी नहीं। न पहचान न अस्तित्व। न घर–आँगन न चूल्हा। न खेत–खलिहान न ही पगडण्डियाँ। न चिड़ियाओं से जान–पहचान और न बकरी गाय अपनी। सभी लोग अपरिचित और हर रिश्ते अनजाने। दिल भी मन भी। यहाँ तक कि देवी–देवता और ईश्वर भी। हवा पानी तक नहीं। सुनमा या उस जैसी अनेक बेटियों के मन में ऐसे अनेकों प्रश्नों का उठना स्वाभाविक होता पर उनका ज़ुबान तक आना दुष्कर होता जहाँ परम्पराओं की दीवारें उन्हें स्थगित कर देती। यही विलम्बन उनकी नियति थी और स्वीकार भाग्य। यह समाज और उसकी निर्धारित रिवाज़ों में ऐसा मान्य और मक़बूल विस्थापन था जिसका स्वरूप तो बहुत छोटा दिखता पर उसके ज़ख़्म ताउम्र सालते रहते।

सुनमा देई भी इसी सामाजिक रंगमंच की एक बाल कलाकार थी परन्तु उसके बाबा की सोच लड़कियों के मामले में पुरोगामी रही थी जिसका फ़ायदा इस माने में सुनमा को ज़रूर हुआ कि उसने बाबा से हिन्दी–संस्कृत और उर्दू पढ़नी सीख ली थी। वे ब्रिटिश शासनकाल में जिस हाई स्कूल में पढ़ाते थे, आज़ादी के बाद भी उन्होंने कई सालों तक वहीं मास्टरी की थी और प्रधानाचार्य के पद से सेवानिवृत्त हुए थे। उन दिनों उनके गाँव और परगने में कोई स्कूल नहीं होता था इसलिए वे पहले अवकाश के दिनों में और सेवानिवृत्ति के बाद अपने ही घर में सभी बिरादरियों के इच्छुक बच्चों

को पढ़ाया करते। उनका ज़ोर लड़कियों की प्रारम्भिक शिक्षा पर ज़्यादा होता और उनकी अपनी बेटी सुनमा देई को भी इसी तरह पढ़ने–लिखने की शिक्षा हासिल हुई थी।

घर में पिता के स्वतन्त्रता सेनानी और मास्टर होने का उसे बड़ा लाभ प्राप्त हुआ था। उसका कोई भाई भी नहीं था न ही बहन थी। इसलिए उस घर की बेहद लाडली थी। बहुत से संस्कार उसे विरासत में भी मिल गये थे जिस वजह से उसकी चंचलाहट, झिझक, अकधक और सकुचाहट विवाह–समय तक परिपक्वता में बदलने लग गयी थी। उसके बाबा का अपनी बेटी के प्रति यह मत भी था कि यदि कहीं पास स्कूल होता तो उसे वह ज़रूर पाँच या आठ पढ़ा लेते। इन्हीं कुछ पुश्तैनी और मौरूसी दस्तूरों की ख़ूबियाँ सुनमा देई के भीतर मौजूद होना स्वाभाविक था। फिर भी अपने बचपन से बिछोह और विलगाव ने सुनमा को कभी पीछे लौटने नहीं दिया।

4

देवीदत खेती–बाड़ी के साथ–साथ मिस्त्री का काम भी करता था। अपने गाँव–परगने में उसे अच्छे–ख़ासे गुणी मिस्त्री का रुतबा हासिल था। हालाँकि, वह न तो कोई मन्त्री था, न कोई प्रधान और न ही किसी राजा का वज़ीर, फिर भी यह नाम उसे उसकी कई नायाब क़ाबिलियतों की वजह से मिला था। वे दिन मिट्टी के घर बनाने के होते थे जिनकी छतें खपरैल और पत्थर की स्लेटों की बनायी जाती थीं। घर और छतों का देवीदत न केवल अच्छा कारीगर था बल्कि खपरैल बनाने और उन्हें आव में पकाने की भी उसे महारत हालिस थी। शायद ही कोई ऐसा घर रहा होगा जिसकी नीवें और दीवारें देवीदत के हाथों न बनी–कूटी हों। छतें भी उन्हीं हाथों से निर्मित हुई थीं। उम्र के साथ–साथ जब उनसे अधिक काम न होता तो हर घर निर्माण में उनकी सलाहों को ख़ूब तरजीह दी जाया करती।

जितने दिनों वह मास्टर भागदत के घर रहा था देवीदत ने उनसे घराट के संचालन और निर्माण की तमाम बारीकियाँ व ख़ूबियाँ सीख ली थीं। देवीदत को घराट लगाने का सुझाव भी मास्टर भागदत ने ही दिया था जो उसे बहुत पसन्द आया था। मास्टर भागदत के घराट की इसलिए अच्छी–ख़ासी प्रतिष्ठा थी कि उन दिनों दूर–दूर

तक गाँव और इलाकों में अनाज पिसाई के कोई पुख़्ता इन्तज़ाम व साधन नहीं थे। सारा दारोमदार उसी घराट पर था। यह उनकी आमदनी का भी बड़ा साधन था। उन दिनों मण अनाज की पिसाई के हिसाब से प्याही काटी जाती थी यानी एक मण अनाज की एक या दो सेर। वह ज़माना पैसों का नहीं था। नक़दी देना या लेना सम्भव भी नहीं होता था। इसलिए भागदत के पास जब ख़ूब अनाज जमा हो जाता तो वह उसे बेच भी दिया करता जिससे पैसों की ज़रूरतें पूरी हो जाया करती थीं। मास्टर भागदत के लिए वह घराट नहीं बल्कि अन्न देवता का मन्दिर था जिसे वह इसी दृष्टिकोण से देखा करता था। वैसे भी वह जब दूरदराज़ के गाँव–परगने में किसी घराट के रास्ते गुज़रते तो उसके भीतर जाकर पिसाई वाली जगह पर उतरकर बहुत अदब से सिर झुकाकर प्रणाम करते और घूमते पूड़ों से सतत क्रियाशील रहने का आशिर्वचन लेते। फिर अपने इष्टों को स्मरण करते हुए थोड़ा सा पिसा आटा उठाकर पानी में घूमते और पत्थरों के भारी–भरकम पूड़ों को जीवन प्रदान करने वाले बजीवरे पर अर्पित कर देते। घराट के मालिक उन जैसे मास्टर व स्वतन्त्रता सेनानी की इस अनूठी भक्तिपूर्णता को देखकर अभिभूत हो जाते और उनके मन में अपने ही घराटों के प्रति असीमित श्रद्धा उत्पन्न हो जाती। तदुपरान्त मास्टर भागदत भी इसी की अनुपालना करने लगते। परोक्ष में यह सब उस अन्न–सम्पदा के लिए सम्मान–भाव और प्रार्थना होती जो इन्सान को ज़िन्दा रखे रहता था।

देवीदत वज़ीर के गाँव–इलाक़े में भी दूर–दूर तक यह सुविधा मयस्सर नहीं थी। लोगों के घरों में इक्का–दुक्का पत्थर की हस्त–संचालित चक्कियाँ ज़रूर थीं जिनसे वे अपने परिवार की ही ज़रूरतें पूरी कर सकते थे। धान और दूसरी चीज़ों की पिसाई–कुटाई के लिए उन दिनों ऊखल का इस्तेमाल ज़्यादा होता था जो भी किसी विरले गाँव में होता। मास्टर भागदत के घराट के पूड़ एक क्विन्टल वज़न के थे जो उसी हिसाब से आटा पिसाई भी करते थे परन्तु देवीदत ने एक ही कमरे में दो घराट लगा लिए थे जो एक

साथ गेहूँ और मक्की व दूसरे अनाजों की पिसाई किया करते। इन्हें जौडू घराट के नाम से भी जाना जाता था। इस वजह से उन्होंने अब मिस्त्री का काम थोड़ा कम कर लिया था। उनकी अनुपस्थिति में उनकी पत्नी ही घराट का काम–काज देखा करती थी। उसने भी ज़मीन के कार्य के लिए कुछ मज़दूर रखे हुए थे जिससे घर–बार का बहुत काम वे कर लेते थे।

नदी के साथ उनका चोली–दामन का साथ था। वह उस इलाक़े के पारंगत तैराक भी थे। किसी को भी नदी पार करवाना देवीदत अपना धर्म मानते थे। यद्यपि उस नदी का बहाव बहुत तीव्र था परन्तु उस गाँव तक पहुँचते हुए उसके पाट काफ़ी विस्तारित हो जाते और वह बहुत शान्त स्वभाव में बहती लगती। नदी के छोर पर उनके कुछ क्यार थे जिनमें अच्छा–ख़ासा धान उगा करता था। इसमें लाल चावल का धान भी शामिल था जिसकी माँग दूर–दूर तक होती थी।

देवीदत वज़ीर का बेटा बालकराम भी किसी से कम नहीं था। घर में उसे बालकू से ही पुकारा करते। वह जैसे–जैसे बड़ा हुआ पिता के हुनर उसमें बसते चले गये थे। उनके इलाक़े में अंग्रेज़ों के वक़्त का प्राइमरी स्कूल था जिसे आज़ादी के बाद आठवीं तक का दर्जा हासिल हो गया था। इसीलिए बालकराम को उन्होंने आठवीं तक पढ़ाया और फिर अपने साथ ज़मींदारी में शरीक कर लिया। किसानी के साथ–साथ घराट संचालन की तमाम बारीकियाँ वह बहुत मन से सीखता चला गया। पन्द्रह–सोलह की उम्र तक पढ़ाई के साथ–साथ घर–बार, खेती–घराट और नदी में तैरने का बहुत कुछ ज्ञान उसने हासिल कर लिया था। स्कूल के साथ घर में भी दो–दो गुरु मिले थे उसको–पिता और माँ। उसकी माँ भी पिता के साथ बराबर की भागीदारी निभाती आयी थी। धान पिसाई के लिए देवीदत ने एक छोटा सा थ्रेशर भी घराट के साथ रख लिया था जिसके चलाने की व्यवस्था भी पानी से ही की गयी थी। क्योंकि उन दिनों गाँव तक बिजली नहीं पहुँची थी। यह एक नया प्रयोग था और सुविधा भी।

साथ घराट–पिसाई के साथ अतिरिक्त आमदनी भी। पिता की तरह बालकराम भी अच्छा तैराक हो गया था।

विवाह के लिए दोनों परिवारों को पन्द्रह बरस का इन्तज़ार करना पड़ा था। वह समय लड़का–लड़की देखने का नहीं होता था। लेकिन सुनमा और बालकराम को इस बारे में ख़ूब अवगत करवा लिया गया था कि उनके रिश्ते पहले ही तय हो गये हैं। लड़की के लिए माँ–बाबा की आज्ञा अंगीकार थी जबकि बालकराम के मन में बढ़ती जवानी के साथ कई प्रश्न उठना स्वाभाविक था।

विवाह के तीन साल पहले नदी किनारे बसे तीर्थ में होने वाले मेले में गाँव के साथी–संगियों ने बालकराम के लिए सुनमा देई को बहुत क़रीब से देखने का अवसर जुटा लिया था और वह पहली ही नज़र में सुनमा की शालीनता और बाँकपन से अभिभूत हो गया था। लोक–लाज इतनी थी कि माता–पिता के साथ होते हुए वह उससे बात भी न कर पाया था। जबकि सुनमा देई के लिए अपने होने वाले पति को देखना या न देखना कोई मायने नहीं रखता था। इस एकतरफ़ा अवलोकन ने बालकराम के मन के सभी विभ्रम और शंकाएँ मिटा दी थीं और अब उसे अगले बरस के मेले का इन्तज़ार रहने लगा था।

इधर सुनमा बालकराम के पिता व अपने होने वाले ससुर से भली–प्रकार से परिचित हो चुकी थी क्योंकि अब दोनों परिवारों का दूसरे–तीसरे महीने एक दूसरे के यहाँ आना–जाना होने लगा था। बालकराम ने कई बार सुनमा के घर जाने की इच्छा तो ज़ाहिर की पर पिता ने इसकी इजाज़त नहीं दी। विवाह पूर्व लड़के का लड़की से मिलना उन दिनों शुभ भी नहीं माना जाता था। इसीलिए उसे दिल पर पत्थर रखना पड़ता जिसके नीचे न जाने स्नेह की कितनी ही कोंपलें फूटती रहतीं।

5

सुनमा देई और बालकराम का विवाह बहुत धूमधाम, ठाठबाट और गहमागहमी से हुआ था। दोनों परिवारों की दरियादिली और उदारता देखते ही बनती थी। उन दिनों बिन माँगे दहेज देना रिवाज़ और धर्म का हिस्सा माना जाता था और साथ ही गाँव–परगने में अपनी ज़मींदारी, अज़मत, प्राधान्यता और वर्चस्व की धौंस बरक़रार रखना भी होता था। लेकिन उन दोनों परिवारों में इस तरह का दम्भ और गुरूर लेशमात्र भी नहीं था। न ही उनकी सम्पन्न ज़मींदारों की तरह हैसियत ही थी। इसलिए दहेज लेन–देन के बदले उन्होंने इस ब्याह को आपसी रज़ामन्दी से एक बड़े परमार्थ में बदल दिया था। ज़रूरतमन्दों और ग़रीब परिवारों को अपने–अपने सामर्थ्य के मुताबिक़ कपड़े और अनाज बाँटा गया था।

बारात के साथ जाने के लिए पारम्परिक बजतरियों की मण्डली आमन्त्रित की गयी थी। इनमें नगाड़ा, ढोल, शहनाई, चंबी, गुजू, करनाल और नरसिंगा के पारंगत कलाकार मौजूद थे। लोक–वादकों का यह दल उसी परगने के देवता का बजंतर था जिसके लिए देवता से विशेष स्वीकृति ली गयी थी जिसमें पहाड़ी संगीत विशेषकर नाटी जैसे बहुप्रिय व प्रचलित लोक–नृत्य के गायक व लोक–वादक भी शामिल थे। उन दिनों यातायात के कोई साधन नहीं थे।

दोनों परिवारों के गाँव की दूरी एक दूसरे से लगभग बारह कोस यानी 36 किलोमीटर के क़रीब थी इसीलिए बारात को नदी किनारे बसे एक मध्य रास्ते के गाँव में ठहराया गया था। बारात में तक़रीबन पचास से साठ लोगों तक शामिल थे। महिलाओं को बारात के साथ जाने की परम्परा नहीं होती थी। इस तरह यह शादी अपने गाँव–परगने में तो ख़ूब चर्चित रही पर इसकी धमक बहुत दिनों तक दूर–दूर तक भी सुनायी देती रही थी।

कुछ भी था इस विवाह के आयोजन की दीप्ति और बेहिसाब रौनक़ के बीच सुनमा देई मन से केवल सुनमा ही थी जहाँ एक दुःख अपने छोटे से अतीत को खोने का था और दूसरी तरफ़ ससुराल वालों का सुख एक बेटी, बहू और पत्नी पाने का। इन सुखों और दुःखों में सुनमा का विस्थापन बहुत बड़ा था। मायके में जो स्वाधीनता, उन्मुक्ति और स्वातन्त्र्य मयस्सर था ससुरात में उसकी पराधीनता में अनेक तब्दीलियाँ होना स्वाभाविक था। यह ख़ुद का ख़ुद से ही एक ऐसा विकट द्वन्द्व था जिसका प्रतिस्थापन सुनमा को स्वतः ही करना था। बिछोह और अपनी जड़ों से विलगाव का दर्द असहनीय था जिसकी कहीं कोई परिभाषा न थी, न ही उसे किन्हीं शब्दों में अभिव्यंजित किया जा सकता था और न ही व्याख्यातित। फिर भी सर्वमान्य। सदियों से अनागत परिपाटियों और रीति–रिवाज़ों में अनुबन्धित। कुछ पल के गीत–संगीत में विस्तारित और तरंगित। थोड़े से अश्रुओं में बिला जाना। अनुरत और निमग्न हो जाना।

सुनमा ने बहुत जल्दी अपने नये घर, परिवेश और ससुराल के रिश्तों को स्वीकार लिया था। सास–ससुर के साथ बालकराम ने भी उसे अगाध स्नेह ही नहीं दिया बल्कि यथोचित आदर भी। इस प्यार और इज़्ज़त ने सुनमा को कब उस घर की बेटी और मालकिन बना दिया, उसे पता ही न चला। बालकराम के लिए तो वह पत्नी ही नहीं बल्कि एक ऐसा अभिन्न साथी मिल गया था जिसने उसके जीवन को इन्द्रधनुषी छटाओं से सज़ा दिया था। वह अब अकेला नहीं था जैसे एक और एक ग्यारह हो गये थे। धीरे–धीरे सास–ससुर की

ढलती उम्र के साथ उन्होंने घर, ज़मीन और घराट की ज़िम्मेदारी भी खुद सँभाल ली थी। सुनमा ने मायके में जो किसानी और घराट संचालन के हुनर अपने पिता और माँ से सीखे थे उन्होंने परिपक्वता हासिल कर ली थी जिसने उनके कामकाज में चार चाँद लगा दिये थे। गाँव–बेड़ और ससुराल की रिश्तेदारियों में इसी वजह से उसका मान–सम्मान होने लगा था और घर–घर उसके हुनर की बातें भी। देवीदत वज़ीर, उसकी घरवाली और बालकराम को जब लोग नयी बहू की तारीफ़ में कुछ–न–कुछ कहते रहते तो उनका सीना सम्मान से फूल जाता और सभी के मन में उस नयी–नवेली के लिए दिन–ब–दिन अथाह प्यार बढ़ता रहता। उसके ससुर और सास ने तो कभी उसे बहू से पुकारा ही नहीं, जैसे वह उन्हीं की बेटी हो। इसलिए सुनमा देई को भी कभी न प्यार की और न ही आदर–सम्मान की कमी महसूस हुई। लगा वह अपने पिता के पास ही मायके में रह रही है।

सुनमा के पाँच बेटियाँ हुईं जिनमें चार बेटियों का विवाह उसने और बालकराम ने धूमधाम से सम्पन्न करवाये। बेटा न होने का ग़म उन्हें सालता रहा था। इन विवाहों की ख़ूबी यह रही कि उसकी उन्नत सोच ने किसी भी बेटी का बाल विवाह नहीं होने दिया और न ही किसी परिवार को दहेज ही दिया। इतना सामर्थ्य भी नहीं था। हालाँकि उन दिनों शादी के लिए उम्र निर्धारण का कोई क़ानून नहीं था फिर भी सभी बेटियों की शादियाँ अठारह पार ही हुई थीं। उस समय तक उनके इलाक़े में पाँचवीं तक का सरकारी स्कूल खुल गया था और सभी बेटियों की पढ़ाई पाँचवीं तक हुई थी। उन्हें घर–गृहस्थी के संस्कार देने और कामकाज में पारंगत करने का कार्य स्वयं सुनमा ने बख़ूबी निभाया था ताकि बेटियाँ जिस भी घर में जायें बहुत आत्मसम्मान से जियें और ससुराल के माहौल को मायके ही की तरह अपने भीतर छायांकित कर लें।

सुनमा ही की तरह ससुरालों में उनके भी पूर्व निश्चित और विधिवश किरदार थे जिन्हें बहुत विनम्रता, कुशलता और सुघड़ता

से अदा करते रहना था। वे सभी जानती थीं कि ससुराल भी एक ऐसा रंगमंच है जहाँ जितनी प्रवीणता से अभिनय किया जायेगा उतनी ही तालियाँ और शाबाशियाँ उनकी झोलियों में आती रहंगी। अपने माँ–बाप, घर–आँगन और बालपन को त्यागकर यह सब एक स्वांग ही तो था जिसमें मन कहीं नहीं होता बस संस्कारित व्यवहार, आचरण, बर्ताव और शील की ही महिमा ज़्यादा होतीं जहाँ भीतर के स्थायी बिछोह, विलगन और विस्थापन के कोई मायने नहीं रह जाते और ताउम्र इसकी कोई भरपाई भी न हो पाती थी। बावजूद इसके यही सदियों–सदियों से चली रीतियां और रिवाज़ें थीं जिन्हें बेटियाँ हँसी और आँसुओं के विलक्षण समन्वय से एक नयी और ख़ूबसूरत दुनिया रच लेती थी; बसा और जी लेती थी। एक नदी ही की तरह उनका वेग, अबाधता, चपलता, रवानी और बहाव जैसे समुद्र में मिलकर समुद्र ही में परिवर्तित हो जाते हैं उसी तरह ससुराल भी उनके लिए समुद्र जैसा ही था जहाँ अपनी तमाम मनचाही चाहतों का अग्निाई होना स्वाभाविक था।

बालकराम और सुनमा की बढ़ती उम्र और बढ़ते–फैलते कारोबार के साथ–साथ कई घटनाक्रम भी घटने शुरू हो गये थे। सुनमा के पिता मास्टर भागदत और उनकी पत्नी ने बेशक बेटी के ब्याह में कोई कसर नहीं छोड़ी थी पर उन्हें लगता रहा था कि बेटी अपने साथ–साथ जैसे उस घर की सभी खुशियाँ भी ले गयी हो। उन्हें अब अपना ही घर ऐसा लगने लगा था जैसे घर में रखीं पुस्तकों में से तमाम श्लोक, पद्य, सूक्तियाँ, चौपाइयाँ और उनकी सभी व्याख्याएँ किसी ने चुरा ली हो और महज़ ख़ाली काग़ज़ों का जख़ीरा और अम्बार अल्मारियों में शेष रह गया हो या मानो खेतों से सारी फ़सल ही कहीं ग़ायब हो गयी हो और हर तरफ़ अवासित और उजाड़ ही शेष रह गया हो। यही हाल उन दोनों के उच्छिन्न मन का भी था जो कभी अगाध स्नेह और ख़ुशियों से भरा रहता पर अब जैसे उसपर उदासी, उद्विग्नता, अकुलाहट, बेचैनी और सूनेपन की अनगिनत तहें बिछ गयी हों। यह बिछावट बहुत सालती थी, बहुत पीड़ा देती थी।

इस हूक में भीतर ही भीतर चुपचाप सबकुछ स्वाह होता चला जा रहा था बस उसका धुआँ ही नहीं दिखता था।... वे दोनों जैसे उम्र के ढलते पड़ाव पर साथ–साथ रहते हुए भी जैसे निपट अकेले हो गये थे।

मास्टर भागदत के पास ज़मीन और घर–बार की देखरेख के लिए एक दो मज़दूर तो थे, नहीं थी तो सुनमा जैसी कोई बेटी या बेटा ही। उनका बड़ा दुःख अपना कोई वारिस न होने का था। जो मास्टर हमेशा दूसरों के सुख–दुःख, अच्छे–बुरे में शामिल रहा वह अपने ही हाथों में अपने वारिस के होने की कोई रेखा न डाल सका। अपने लिए भी न जाने कितने धार्मिक कृत्यों के साथ देवी–देवताओं के दरबार में गुहार और पुकार लगायी पर सुनमा के बाद सन्तान का सुख प्राप्त नहीं हुआ। उसके रहते हालाँकि यह कमी उन्हें कभी महसूस नहीं हुई थी पर ब्याह के बाद जैसे सबकुछ शून्य सा हो गया। वह जानता था कि नियति की भूमिका अनन्त, असीम और अपार होती है।

इसी कमी को पूरा करने के लिए उन्होंने एक दिन सुनमा के ससुराल जाकर एक प्रस्ताव दिया था। सुनमा की पाँचवीं बेटी की शादी अभी नहीं हुई थी। सुनमा के बाबा ने उसे गोद लेने की इच्छा जतायी थी। वह जानती थी कि उसके माता–पिता निपट अकेले हैं और उनकी ज़मीन–जायदाद का वारिस कोई भी नहीं है। वह उनके दुःखों को जानती और समझती थी। उसकी अपनी स्थिति भी वैसी ही होने वाली थी। उसने अपने पति बालकराम से इस बारे में सलाह–मशविरा किया तो उसने कोई आनाकानी नहीं की और सहर्ष स्वीकृति दे दी। मास्टर भागदत और उसकी पत्नी को इस ढलती उम्र में और क्या चाहिए था। क्योंकि बेटी भी बड़ी थी और जानती थी कि एक न एक दिन उसे भी अपनी चारों बहनों के साथ पराये घर जाना ही है तो क्यों न अपने नाना–नानी के ही घर जाया जाये। वहाँ उसके लिए एक अच्छी बात यह होने वाली थी कि सुनमा के माता–पिता उसे और उसके होने वाले पति को अपना उत्तराधिकारी बनाना चाहते थे अर्थात घर–जँवाई। लेकिन जैसी उन दोनों की

आदतें और व्यवहार था, सुनमा की बेटी और उसके होने वाले पति को वे अपना बेटा–बेटी ही मानते।

उनकी सोच और इच्छा दोनों पूरी हो गयी थी। बेटी के साथ घर के लिए एक ग़रीब परिवार का बेटा भी मिल गया था। उन्होंने उनकी ख़ूब शान से विवाह रचाया और कुछ दिनों बाद अपनी ज़मीन व घर दो हिस्सों में बाँट दिया। पहला हिस्सा बेटी–और घर–दामाद को दिया और दूसरा सुनमा देई को। हालाँकि, सुनमा पिता से कुछ भी लेने के पक्ष में नहीं थी पर उसके पिता नहीं माने थे। सुनमा देई के लिए यह सब इसलिए भी नहीं सुहाया था कि उसके भी कोई बेटा नहीं था। फिर उनके बाद अपनी और पिता की ज़मीन कौन सँभालता...? परन्तु उसने पिता की इच्छा को मान देते हुए कोई विरोध या आनाकानी नहीं की थी और सबकुछ भविष्य के गर्भ में छोड़ दिया था।

6

सुनमा देई को मायके की जगह–ज़मीन की तरह ससुराल में भी एक जैसा माहौल प्रकृति ने दिया था। वहाँ भी उसका गाँव नदी के किनारे बसा था और यहाँ भी कमोबेश वैसा ही परिवेश था। पानी के साथ रहना और खेलना, उसके साथ उठना, बैठना और सो जाना जैसे उसे विरासत में हासिल हुआ हो। उसका मन मायके की तरह धान के क्यारों में अधिक लगता था। उनके गाँव के नीचे जो नदी का विस्तार था उसके एक किनारे से लम्बी कूहल क्यारों तक लायी गयी थी और उनके दोनों घराट भी उसी से संचालित होते थे। उसे इन घराटों से अथाह लगाव और स्नेह इसलिए भी था क्योंकि उसके पिता ने ही उसके ससुर को इसके लिए प्रेरित किया था और उन्होंने एक के बजाये दो घराट एक ही छत के नीचे लगा दिये थे। सुनमा देई का अब अधिक समय वहीं गुज़रता था जैसे वह अपने बाबा के सानिध्य में ही बैठी हो...घराट के पूड़, उसपर घरघराती बेजान घूघती जैसे उससे बतिया रहे हो।

इन जौड़ू घराटों की भी बालकराम के पिता देवीदत वज़ीर के वक़्त से ही दूर–दूर तक पूछ थी। उन दिनों मशीनों का ज़माना नहीं था। आटा–चक्की शहर तक सीमित थी। लोग मक्की और गेहूँ की पिसाई इन्हीं घराटों में करवाते थे। दिन भर रौनक़ लगी रहती

और आटा पिसाई के साथ–साथ लोगों को नदी आर–पार करवाने का काम भी चलता रहता। अब बालकराम सुनमा के साथ यही काम कर रहा था। उसके लिए ज़्यादा काम स्कूल के बच्चों को आर–पार करवाने का होता। वह चाहता तो इससे भी अच्छी–ख़ासी कमाई कर सकता था परन्तु उसे उसने धर्म के खाते में रख छोड़ा था।

घराटों के बाहर दूब से भरा छोटा–सा आँगन था जिसके किनारे–किनारे नदी के पत्थर चिने गये थे। इन पत्थरों की आकृतियाँ तरह–तरह की थीं जिन्हें नदी का पानी अपने भीतर ही भीतर तराशा करता था और फिर बहुत सी रेत के साथ उन्हें अपने छोरों पर छोड़ देता। सुनमा जब दोपहर का भोजन लेकर घराट आती तो इन पत्थरों को देखकर भाव–विभोर हो जाती। वह सोचती रहती कि इस नदी के भीतर न जाने कितने मज़दूर कलाकार रहते होंगे जो इन पत्थरों को सुन्दर गढ़ाई करने के बाद बाहर छोड़ दिया करते हैं। कभी वह सोचती कि नदी की मछलियाँ इन पत्थरों को तो नहीं तराशती होंगी? वह घराट के आँगन से नीचे उतरकर नदी के छोर पर बैठ जाती। नदी से जी–भर बातें करतीं। मायके की यादें भुलाने का प्रयास करती पर वे कहाँ भुलायी जातीं। फिर अपनी झोली में कई आकृतियों के पत्थरों को सांज कर भर लेती और घर ले आती। वहाँ भी उसने जो फूलों की क्यारियाँ बनायी थीं उनके दोनों ओर सज़ावट के नदी के ही पत्थर लगा रखे थे जिससे आँगन भी नदी जैसा लगने–दिखने लगता था। वह उन पत्थरों में कई बार अपना दाहिना कान लगाकर नदी की आवाज़ सुन लिया करती थी। उस आवाज़ को वह अपने घर के भीतर के कोनों में भी महसूस किया करती। यहाँ तक कि जब बालकराम और वे दोनों एक दूसरे के गले लगकर ख़ूब प्यार करते तो सुनमा उस नदी का बहना अपनी अनुतप्त और ताबदार साँसों में भी महसूस करती रहती। उन साँसों का नदी और लहरों में परिवर्तित हो जाना जैसे उनके साथ कहीं बहुत दूर बहे चले जाना होता। इस तरह घर कई बार उसे नदी का घर जैसा लगता था जहाँ उसके सपनों की न जाने कितनी मछलियाँ पानी की लहरों में तैरती रहतीं।

बालकराम अपने पिता की तरह कुशल तैराक था। उसके पास कोई नाव नहीं थी। केवल वही विरासत थी जो पिता ने उसे सौंपी थी। एक पीतल की टोकणी और एक भेड़ की ख़ाल का दरीयाँ जिससे वह लोगों और बच्चों को नदी पार करवाया करता। नदी की चाल देखकर दोनों का प्रयोग करना उसके बायें हाथ का खेल था। पीतल की टोकणी से नदी पार करना थोड़ा कठिन होता था जबकि दरींए पर सुरक्षित। दरींए में खूब मशक्क़त के बाद हवा भरकर उसे फुलाया जाता था जबकि ख़ाली टोकणी के सिरे पर नाभी सटाकर वह मगरमच्छ की चाल से नदी पार कर लेता था।

सुनमा को यह कार्य बिल्कुल भी पसन्द नहीं था। उसे इसमें बहुत जोख़िम लगता था। बहुत डर लगता था। शायद ही कभी ऐसा हुआ होगा कि बालकराम किसी को नदी पार करवा रहा है और वह एक छोर पर खड़ी उसे न देख रही हो। वह यदि वहाँ होती तो चुपचाप घराट के भीतर चली जाती। इसीलिए इसके विकल्प में उन्होंने गाँव वालो के सहयोग और पंचायत की सहायता से ट्रॉली–पुल लगाने की इच्छा व्यक्त की थी। बालकू ने विस्तार से गाँव वालों को इस सम्बँध में अवगत करवाया कि यह कैसा होता है। उसने बताया कि नदी के दोनों छोरों पर ज़मीन में दो खम्बें गाड़े जाते हैं जिनके मध्य से एक तार दोनों सिरों में बाँधी जाती है। फिर लोहे की ट्रॉली बना कर उसे एक गरारी से लोहे की तार पर लटका दिया जाता है। इस ट्रॉली के सिरे में एक मज़बूत रस्सी तार की लम्बाई जितनी ही बाँध दी जाती है जो इस ट्रॉली को आर–पार खींचने में मदद करती है। उसने समझाया था कि इसका संचालन दो तरह से होता है। या तो एक आदमी ट्रॉली को एक सिरे से खींचता है या फिर नदी पार करने वाला आदमी स्वयं इसमें बैठकर रस्सी को खींचता रहता है। सभी को उसकी बात गाँव के हित में लगी थी। इस ट्रॉली–पुल के निर्माण के लिए सबसे अधिक योगदान बालकराम ने दिया था जिससे पंचायत और गाँव का काम काफ़ी आसान हो गया था। पहाड़ों में कई जगह इस तरह के ट्रॉली पुल पहले ही लगे

हुए थे जिनका इस्तेमान न केवल लोगों की आवाजाही हेतु होता था बल्कि उसी से सेब और अन्य ज़रूरतों की वस्तुओं का उतार–चढ़ाव और ढुलाव भी किया जाता था। इन्हें लोग रस्सी–पुल भी कहते थे।

बालकराम का एक कारीगर वाक़िफ़ था जिसे बुलाकर सभी ने मिलकर नदी पर सर्वेक्षण किया और कई दिनों की मेहनत के बाद पुल स्थापित कर लिया गया। यह पुल बालकराम ने अपने घराट की बग़ल से ही लगाया था। इसमें एक व्यवस्था यह भी की गयी थी कि यदि कोई व्यक्ति ट्रॉली को ख़ुद न खींच सके तो एक छोर पर खड़ा व्यक्ति यह कार्य कर लिया करता था। बच्चे इस पुल के प्रयोग से बहुत डरते थे, इसलिए कभी सुनमा तो कभी बालकराम उनके साथ उन्हें नदी पार करवाया करते थे और ख़ुद रस्सी खींचकर ट्रॉली का संचालन भी करते रहते थे।

7

एक दिन बालकराम स्कूल के बच्चों को ट्रॉली में बिठाकर नदी पार करवाकर लौट रहा था। जब कोई रस्सी खींचने वाला न होता तो ट्रॉली में बैठा शख़्स उसे ख़ुद ही खींचता जाता था। इस तरह वह ट्रॉली के आगे इकट्ठी होती रहती थी। इसमें ख़तरा भी होता क्योंकि कई बार रस्सी ट्रॉली में फँस जाती थी। उस दिन भी ऐसा ही हुआ था। पता नहीं रस्सी ट्रॉली में कैसे अटक गयी थी और बालकराम मँझधार में फँस गया। नदी का इतना शोर था कि वह सुनमा को भी पुकार नहीं सका। पुकारता भी तो उसे सुनायी नहीं देता। उसने रस्सी सुलझाने का बहुत प्रयत्न किया परन्तु उसके उलझाव खुल नहीं पाये थे। काफ़ी देर बाद कुछ लोगों ने जब बालकराम को बीच में फँसे देखा तो सुनमा को भी घराट से बुला लिया था। उस दृश्य को देखकर उसके होश उड़ गये। उसने खम्बे के पास जाकर रस्सी निकालने के बहुत प्रयास किये परन्तु असफल रही। उसकी नज़र अचानक खम्बे के मध्य भाग में उस जगह पड़ी जहाँ मोटी तार बँधी थी। उसे किसी ने लोहे की आरी से काटने का प्रयास किया था जिससे वह काफ़ी कट चुकी थी और किसी भी पल टूट सकती थी। वह इसे देखकर अवाक् रह गयी। कई पल की स्तब्धता के बाद उसकी ज़ोर की जब चीख़ निकली तो पास खड़े

लोग और कुछ बच्चे घबरा गये लेकिन उन्हें कुछ मालूम नहीं हो रहा था कि माज़रा क्या है। बालकराम ने जैसे ही इस बार रस्सी को झटका दिया तो ट्रॉली का सन्तुलन बिगड़ गया और तार कटी हुई जगह से टूट गयी। जब रस्सी टूटी तो बालकराम ट्रॉली समेत नीचे गिरा और बायीं तरफ़ के पहाड़ की एक चट्टान से टकरा गया। धमाका इतनी ज़ोर का था कि एक पल के लिए नदी का शोर भी थम गया। सुनमा देई इस भयंकर हादसे को देखकर जड़ हो गयी। इस ने उसे बेहोश कर दिया था। उसे कुछ लोग उठाकर घर ले गये थे। जिस किसी ने भी वह ख़ौफ़नाक मंज़र देखा उसी ने दाँतो तले उंगली दबा ली। फिर सभी ने सोचा कि वह एक माहिर और अनुभवी तैराक है, कुशलता से नदी से निकल जायेगा। लेकिन देर रात तक इन्तज़ार करने के बाद भी वह नहीं लौटा।

हुआ यह था कि उसे ट्रॉली से बाहर निकलने का भी समय नहीं मिला। नदी में छलाँग लगा देता तो तैरकर किनारे निकल जाता। परन्तु चट्टान से ट्रॉली टकराते ही उसके सिर में चोट लग गयी थी जिस कारण वह कुछ करने में असमर्थ रहा था। सुनमा को बहुत देर बाद होश आया था। वह कभी सोच भी नहीं सकती थी कि वह लौटेगा नहीं। पर नहीं लौट पाया। इस हादसे की ख़बर आग की तरह पूरे गाँव और परगने में फैल गयी थी। देर रात तक बहुत से ग़ोताख़ोर वहाँ आ पहुँचे थे लेकिन घने अँधेरे और नदी में पानी ज़्यादा होने के कारण उस समय कुछ करना असम्भव था। हालाँकि उन्होंने दूसरे छोर पर जाकर ट्रॉली और तार को देखने का प्रयास ज़रूर किया था। वहाँ आधी तार थी बाक़ी टूटकर ट्रॉली और बालकराम के साथ नदी में कहीं दूर बहती चली गयी थी।

इस भयंकर दुर्घटना की ख़बर नदी किनारे नीचे की ओर बसे गाँव को भी दे दी गयी थी जिससे लोग बालकराम को तलाश करने के लिए नदी के छोर पर आ गये थे पर अँधेरे के कारण वे कुछ नहीं कर पाये थे। दूसरे दिन ऐन तड़के कुछ ग़ोताखोर उसे तलाश करने बहुत दूर तक चले गये थे। दिन ढलते उन्हें उसे तलाशने में

कामयाबी मिल गयी थी। वह एक बीहड़ में ट्रॉली में ही मृत पाया गया था। उन्होंने बहुत प्रयासों के बावजूद उसकी लाश को ट्रॉली समेत निकाल लिया था।

सुनमा को जब होश आया तो उसके आसपास गाँव की औरतें थीं। वह चौंक कर उठी और पथरायी आँखों से बालकराम को तलाशने लगी। उन्होंने सांत्वना दी कि वह आ जायेगा। तभी उसके घर के ऊपर से एक टिटहरी नदी की ओर कर्कश आवाज़ करती हुई भागी। उसका स्वर अतिशय आर्त और अपयोग से भरा था। सुनमा भीतर तक सिहर गयी। वह किसी अज्ञात भय से ऐसे काँप रही थी जैसे माघ के महीने में कोई नंगा ठिठुर रहा हो। थरथराते होंठों से वह बार–बार बालकराम को पुकार रही थी। उसे उम्मीद भी थी कि उसका साथी उसे छोड़कर नहीं जा सकता। उसका बड़बड़ाना किसी को समझ नहीं आ रहा था। वह उठने का प्रयास करती पर लगता जैसे शरीर में प्राण ही नहीं रहे है। टाँगें मर गयी हैं। एक औरत बार–बार उसके मुँह में पानी की बूँदे डाल रही थी। तभी घर के पिछवाड़े से लोगों के आने की बहुत–सी पदचापें सुनायी दीं। उसने बहुत हिम्मत से अपने भीतर की सारी ऊर्जा जैसे एकत्रित की और खड़ी हो गयी।

कुछ देर में लोग उसके पति की लाश को लेकर आँगन में पहुँच गये थे। सारी उम्मीदें जाती रहीं। उसने अपनी आँखों से जब यह मंज़र देखा तो दोबारा अचेत हो गयी थी। बालकराम की मृत देह के साथ जैसे पूरा गाँव, बेड़ और परगना ही चला आया था। औरतें पहले से ही सुनमा के घर पहुँचकर उसका ढाढ़स बँधा रही थी। जितनी हो पाये सांत्वना दे रही थी पर इस पहाड़ जैसे दुःख का सुनमा क्या करती...उसकी दुनिया, उसका संसार, उसका ईश्वर, देवता और भगवान, इन सबसे भी बढ़कर उसका साथ अचानक यूँ चला जायेगा, यह कभी उसकी कल्पना में भी नहीं था।

बहुत प्रयासों के बाद सुनमा को जैसे–तैसे होश में लाया गया था। जब उसने आँखें खोली तो वह अपनी माँ की गोद में थी।

उसने डबडबायी आँखों से इधर–उधर देखने का प्रयास किया। पास पिता और बहनें खड़ी थीं जिन्हें परिजनों ने पहले ही बुला लिया था। आँखें पिता पर टिक गयीं...एकटक। अविरल। सुनमा को एक पल के लिए लगा जैसे वह किसी भारी–भरकम चट्टान के नीचे दबी पड़ी हो और चेतनाशून्यता में ही कोई भयावह सपना देख रही हो। उसने पलकें झपकानी चाही, वे नहीं झपकीं। बाज़ू, टाँगें और अपना पूरा शरीर हिलाना चाहा पर लगा उसपर गिरा पहाड़ अब सबकुछ समाप्त कर देगा। फिर मन की आँखों से अपने भीतर की अनचित्तता, निश्चेष्टता और संज्ञाशून्यता को टटोलने का एक असफल प्रयास किया तो साँसों की एक नदी बहती महसूस हुई। मानो उसके भीतर सचमुच की कोई नदी बहती चली जा रही हो...वह अपने घराट के प्रांगण में खड़ी होकर बाँहें फैलाये उस नदी में उतर रही हो...दूसरे छोर पर बालकराम...उसका ईश्वर...साथी उसी तरह बाँहे फैलाये उसे अपने आलिंगन में भरने को आतुर उसी की ओर बढ़ा चला आ रहा हो ...आज जैसे उन्हें नदी आर–पार करने हेतु न तो किसी टोकणी या दरींए की ज़रूरत है और न ही किसी रस्सी–पुल पर भागती–चलती ट्रॉली की...वे निर्बाध और अखण्ड इस अभिहार में आनन्दित होना चाहते हैं...जैसे वहाँ सुनमा और बालकराम ही हो...और हर तरफ़ नदीजल के विस्तार...। अचनाक बहुत धीमी और मीठी आवाज़ उसके कानों में पड़ी थी। इस तरह की आवाज़ उसने शादी की पहली रात को बालकराम की सुनी थी.......जिसमें गहरा स्नेह था, नदी की डूब थी, लहरों का बहाव–सहलाव था और बर्फ़ के पिघलने जैसी विनम्र और विश्रान्त आहटें थीं...

"उठो सुनमा...उठो...। इतना सोना अच्छा नहीं है। तुम आजतक सोई भी कहाँ हो...बस जागती ही रही हो...रात...दिन...काम करती ...आँगन में रात–रानी जैसी महक़ती...मधुमक्खियों की तरह शहद बिलोती...क्यारों में धान की बालियाँ रोपती–काटती...खेत–खलिहान में फ़सलें बीजती, गाहती और बीनती...पशुओं के साथ बतियाती... घराट के पूड़ों की तरह आटा पीसती...बेजान घुघती की तरह

निरन्तर संगीतमय होती...नदी की तरह अनन्तर और अविरल बहती ...और इससे भी बढ़कर मेरे प्राणों में स्नेह–बिन्दुओं की तरह सदैव प्रवाहशील...उठो...मुझे बहुत दूर जाना है...एक ऐसी यात्रा पर जो अनन्त है...अनादि है...अमेय और शाश्वत है...जिस पर आज तुम ही मुझे भेज सकती हो...इस समय तुम्हारे सिवा मेरा कौन है...हमारा बेटा नहीं है...नहीं तो वही आज मुझे बहुत–बहुत सज़ाकर भेजता ...तुम तो जानती हो...इसीलिए तुम्हें ही भेजना है मुझे...देखो सुनमा इस समय हम दोनों यात्री हैं...लेकिन हमारी यात्राएँ बिल्कुल एक दूसरे से भिन्न है...अनमेल है...अतुल्य है...मैं जिस यात्रा पर निकल पड़ा हूँ वहाँ लौटना अघटित और असम्भव है...वहाँ से आज तक कोई नहीं लौट पाया है...बावजूद इसके मेरी मौजूदगी, मेरी उपस्थिति सदैव तुम्हारे भीतर एक नदी जैसी रहेगी...मैं तुम्हारे प्राणों में पहले भी प्रवाहमान था और अब भी रहूँगा, जिसे बस तुम ही तुम महसूस कर सकती हो...और उम्र भर करती रहोगी...निरन्तर बहती हुई...उठो... मेरा श्रृंगार करो...मैं औरों की तरह निहंग और विवस्त्र नहीं जाना चाहता...संस्कारित रूढ़ियाँ ढोते–ढोते हम तमाम उम्र थक–से जाते हैं...तुम मुझे उसी रूप में भेजो जैसे मैं तुम्हें पहली बार लेने आया था...अन्तर बस इतना भर है...उस समय मैं पालकी में आया था... न जाने कितने सपने थे मेरे साथ...तुम्हें पा लेने और जी–भर देख लेने की अनगिनत चाहतें थीं उसमें...एक नव जीवन की यात्रा का आग़ाज़ था वह...और आज भी सबकुछ वैसा ही है...बस पालकी–कहार नहीं है...उनके परिवर्तित छायांकन हैं...कन्धे हैं...बाँस की छड़ों पर लिपटा बँधा निर्जीव शरीर है...जीवन्तता नहीं है बस निष्प्राणता है...केवल परिदृश्य बदला है...सुनो सुनमा...सुनो...यह संसार के आवागमन का खेल है...एक भवजाल...दुनियादारी है...साँसारिकता है...यह मत सोचो मैं चला गया हूँ या चला जाऊँगा...कोई कहीं नहीं जाता...सशरीर वह घर में मौजूद भले ही न हो पर वह रहता यहीं है...अपनों के भीतर मन में घर कर लेता है और वहीं डेरा डालकर रहने लगता है... तुम्हारा मन मेरा नया बसेरा है...पहले तुम अकेली ही चल रही थी,

अब मुझे भी साथ लिए चलना है...इसी अनन्तता तक...उठो...सुनमा... उठो...मुझे अपने भीतर देखो...महसूस करो...बाहर जो तुम देख रही हो वह मिथ्या है...किसी नाटक जैसा...जिसका केवल मंचन होना है... उसी का मैं भी एक किरदार था जो अपनी भूमिका अदा करके चल पड़ा है...सत्य तुम हो...तुम्हारा भीतर है...तुम्हें अकेले–अकेले ही इसी बाहर–भीतर में अभिनय करना है...मंचन करना है...यही दुनियादारी है...सुनमा, बस यह ध्यान रखना...कभी अपने को टूटने मत देना ...ये दुनिया अवसर देखती है...सम्भावनाएँ तलाशती है...मजबूरियाँ परखती है...उनसे विचित्र खेल खेलती है...तरह–तरह के प्रलोभनों और बनावटी संवेदनाओं के मायाजाल में उलझाती है...अकेली स्त्री के लिए यह सब और भी कठिन है...हर तरफ़ उसे फाँसने के लिए विभिन्न मुद्राओं, मुखौटों और रिश्तों में आखेटक तैयार हैं...सभी के हाथों में तरह–तरह के जाल मौजूद हैं...इन सभी के मध्य और बचाव करते हुए तुम्हें जीना है...इनकी चौकसी हम अपनी दृढ़ता से कर सकते हैं...मज़बूत इरादों से कर सकते हैं...मैं जानता हूँ तुम सक्षम हो... तुम में वह सबकुछ है...तुम्हें बहुत लम्बा जीवन जीना है...जैसे हमारे घराट के साथ बहती नदी जीती है...उसे भी लोग कितना तड़पाते हैं...उलझाते हैं...उसके रास्ते बदल देते हैं...उसे कूटते...पीसते हैं...पर वह स्थिरता और अस्थिरता में भी नदी ही रहती है...उठो....जागो...एक नयी शुरुआत का शुभारम्भ करो सुनमा।"

अचानक सुनमा ने आँखें झपकायी थीं। चेतना की एक अद्‌भुत, गूढ़ और सूक्ष्म लहर उसने भीतर उठती महसूस की थी। मन में भावनाओं का एक भयानक कोलाहल मचा हुआ था। कानों में बालकराम के सारे शब्द गूँज रहे थे...स्मरण ऐसे थे जैसे यदि वह किसी स्कूल के बच्चे की तरह प्रार्थना–समय में कोई निबँध सुनाना चाहे तो शब्द–शब्द सुना देगी...एक पल के लिए उसे भ्रम हुआ कि कहीं बालकराम ज़िन्दा तो नहीं...? वह एकाएक उठी...बावरी–सी... बिल्कुल पगलायी हुई–सी...जिसने उसे देखा यही विचार मन में कौंधा होगा कि वह पति–शोक में विक्षिप्त है...बावरी हो गयी है...और

उसके मृत शरीर पर अभिमूर्छित–सी धड़ाम से ऐसे गिरी मानो किसी ने पेड़ की शाख काटी हो...। दाहिना कान उसके हृदय पर रख कर अचेत–सी छाती पर पड़ी रही। वहाँ एक गहरा सन्नाटा था...किसी अनन्त अँधेरे खोह जैसा...धड़कनें ग़ायब थीं। साँसें थमी हुईं....मानो वह किसी चट्टान से लिपटी हो। फिर बालकराम के वही शब्द उसके कानों में गूँजने लगे थे...सुनमा ने धीरे–धीरे अपना सिर ऊपर उठाया ...लाश को झिंझोड़ते हुए बहुत ज़ोर से चीख़ी...यह चीख़ काँटे से भी बहुत पैनी और सामान्य से भी कहीं असामान्य थी। तीव्र से भी तीव्रतर थी। दर्द से भी कहीं दर्दीली थी। उसने दोनों हाथों को धरती पर इतने ज़ोर से पटक दिया कि चूड़ियों से भरी बाँहें ख़ून से लथपथ हो गयीं। काँच के टुकड़े पूरे आँगन में छितरा गये। वह फूट–फूटकर रो रही थी...उसका इस तरह विलापना...बिलखना स्वाभाविक था और ज़रूरी भी। ज़रूरी इसलिए कि यदि उसने उस अथाह दुःख और असीम दर्द को आँसुओं के साथ कहीं भीतर पी लिया होता तो वह बाहर–भीतर से टूट जाती...मन का यह बोझ उतरना आवश्यक था ...बहुत धीमी गति से उसकी वह रुलायी शान्त होने लगी थी...नदी जैसे भयंकर बाढ़ के बाद शान्त हो जाती है।

हालाँकि, जो कुछ बालकराम के भीतर से उसने महसूस किया था वह सब निभाना और कार्यान्वयित करना कठिन था...क्योंकि जो समाज हमेशा अन्ध–आस्थाओं और रूढ़ियों की परवरिश में पला–बढ़ा हो...जिसकी बहूसंस्कारित परिपाटियाँ हमेशा से कभी भी स्त्रियों के अनुकूल या हित साधक न रही हो...उस जीते–जागते समाज के समक्ष क्या यह सब सम्भव हो पायेगा? परन्तु उसे यह सम्भव करना होगा... पहले भी तो स्त्रियों ने बहुत सी दुर्लभताओं को अवसरों में बदला है...अनेक सम्भावनाएँ और प्रारम्भ उपजाये हैं...उस समय न सही, इतिहास ने तो उन्हें सम्मान दिया ही है, स्मरण रखा है...उसे पिता द्वारा सुनायी गयी बहुत–सी कथा–कहानियाँ स्मरण हो आयीं थीं जैसे उन्होंने उन्हें इसी दिन के लिए सुनमा को सुनाया था। एकाएक बहुत सी वीरांगनाओं की कुर्बानियाँ...शहादतें और सामाजिक परिर्वतन के

लिए किये गये उनके अनूठे और सच्चे प्रयास उसके मन में उमड़ने लगे थे...आँखों में तैरने लगे थे...उसे रानी लक्ष्मीबाई और रानी चेनम्मा स्मरण हो आयीं थी जिन्होंने अंग्रेज़ों से लड़ते हुए अपना जीवन कुर्बान कर दिया...बेगम हजरत महल याद आयीं जिन्होंने 1857 के पहले स्वाधीनता संग्राम में अंग्रेज़ों के दाँत खट्टे कर दिये थे...इसी फ़ेहरिस्त में लक्ष्मी सहगल, सरोजिनी नायडू, सुचेता कृपलानी... दुर्गाभाभी...झलकारी देवी...कनकलता बरूआ...ऐनी बेसेंट...भीकाजी कामा और अरुणा आसफ़ अली की यादें ताज़ा हो आयीं जिन्होंने आज़ादी की भूमिका में बहुत योगदान दिया था...उसने बाबा से सावित्रीबाई ज्योतिराव फुले की कहानी भी सुनी थी कि किस तरह उन्होंने अपने पति ज्योतिराव गोविन्दराव फुले के साथ मिलकर स्त्री अधिकारों और शिक्षा के क्षेत्र में उल्लेखनीय योगदान दिया था। कैसे अपने काम से वह भारत की पहली महिला शिक्षिका और समाज–सुधारिका बनी थीं। उसे मदर टेरेसा याद हो आयीं जिन्होंने स्वेच्छा से भारतीय नागरिकता ग्रहण की और 45 सालों तक ग़रीब, बीमार, अनाथ और मरते हुए लोगों की सेवा करती रही और तत्पश्चात संत का सम्मान प्राप्त किया। बहुत से नाम उसे याद आ रहे थे...जिन्होंने इस समाज को कुछ–न–कुछ नया दिया और मानवता के लिए अपना जीवन समर्पित कर दिया। हज़ारों–लाखों विरोधों के बावजूद उन्होंने अपना मार्ग नहीं छोड़ा।

सुनमा देई के पिता बहुत से स्वतन्त्रता सेनानियों के सम्पर्क में रहते थे और बराबर उनके पास आया–जाया करते थे। सुनमा को उनसे मिलकर बहुत अच्छा लगता था...जब कोई स्वतन्त्रता सेनानी उसके बाबा को मिलने आता तो उसके वारे–न्यारे हो जाते... वह रात–भर उनसे ऐसी ही कहानियाँ सुना करती और टूटी–फूटी भाषा व लिखावट में उन्हें एक कॉपी में लिखती रहती...बाद में एक स्वतन्त्रता सेनानी ने उसके बाबा को एक बहुत बढ़िया किताब भेंट की थी जो संस्कृत में थी और उसमें स्वतन्त्रता संग्राम और उसके बाद

जिन महिलाओं ने समाज के लिए अनेकों पाबन्दियों और वर्जनाओं के बावजूद बहुत ही प्रतिकूल और ख़िलाफ़ती परिस्थितियों में समाज सुधार में क्रान्तिकारी भूमिकाएँ अदा कीं...आज जैसे उस किताब और अपनी कॉपी के पृष्ठ उसके समक्ष एक–एक, खुलते चले जा रहे हो... वह जानती थी कि वह इतना कोई महान काम करने नहीं जा रही है परन्तु जिस समाज के भीतर वह पली–बढ़ी है, जिस वर्तमान में जी रही है वह विषम रूढ़ियों से घिरा है जिसका नज़रिया लड़कियों और औरतों विशेषकर विधवाओं के प्रति बहुत निर्दयी, घृणित और अपकरुण रहा है...उनका वैधव्य जैसे अधम और दुर्जनों के लिए वरदान प्राप्ति जैसा होता है...तथापि वह अपने बालकराम की अन्तिम इच्छा कैसे टाल सकती है...दुनिया क्या कहेगी इसका उसे कोई रंज नहीं...जीना उसे है...किसी को कोई कुछ नहीं देता...वह हमेशा दोहरी भूमिका में होता है...तमाशबीन भी और बनावटी हमदर्द भी...सहायक भी और अदृश्य आततायी भी...।

अन्ततः उसने अपने भीतर का परीक्षण किया था...उसकी मनोव्यथा और अन्तःस्ताप हिमालय जैसे विशाल थे...और उन अन्तर्वेदनाओं को स्थिरता प्रदान करना मुमकिन नहीं था...पर उसके पास अन्य कोई विकल्प भी नहीं थे। सुनमा ने उन शब्दों को पुनः स्मरण किया...फिर कविता की तरह समेटा...शृंखलाबद्ध किया और मन के काग़ज़ पर सदा–सदा के लिए अंकित कर दिया...। वह उठी...धीरे...धीरे...जैसे किसी सूखी नदी में जल भरता चला जा रहा हो। चारों तरफ़ बैठी... खड़ी भीड़ पर एक दृष्टि डाली...जैसे सभी प्रार्थना में रत हो...उनकी संवेदना में डूबी अश्रुपूर्ण और डबडबायी आँखों में गहन विनम्रता थी... दुःख था...पीड़ाएँ भी थीं...उसने उन्हें महसूस किया...कुछ शब्द पुनः भीतर कौंध गये...दुनियादारी...सामाजिक रस्में...रिवाज़ें...जिन्हें शवयात्रा के साथ जाकर उस चिता की अग्नि में सदा–सदा के लिए भस्म हो जाना है...। सुनमा ने मन ही मन उन सभी का आभार व्यक्त किया... यह सोचते हुए कौन किसके साथ किसकी अन्तिम यात्रा में जाता है

और कौन पीछे छूट गये यात्री के साथ रहता है...। निरीह आँखों में बालकराम की मृत देह पसर गयी...ख़ून से लथपथ चेहरा सामने था ...होंठ हल्के खुले हुए से...आँखें भी वैसी ही...सामने के दो दाँतों में सोने की लघु तितलियाँ चमकती हुई...जैसे अभी पुकार देगा...सुनमा... सुनमा...! वह एक पल के लिए उन सोने की तितलियों सने दाँतों में खो गयी थीं...।

8

शादी के बाद जब नदी किनारे पहला मेला लगा था तो सुनमा देई को लेकर बालकराम मेले में गया था। वही मेला जहाँ उसने कई बरसों चुपके–चुपके सुनमा देई के मासूम सुन्दर चेहरे को देखा था...अकेले...अकेले...फिर एक साल का बिछोह...फिर मेला और मेले में वही एक पल का निहार...पर उस दिन दोनों साथ–साथ थे। उन दिनों आज की तरह शहर और बाज़ार मेले में नहीं पहुँचा था। गाँव के लुहार नदी किनारे लकड़ी के कई हिंडोले लगाते थे। प्रत्येक हिंडोले में सात–सात लकड़ी की झूलनें लगती थीं जिनमें चार या पाँच आदमी बैठ सकते थे। जब सभी झूलनें भर जातीं तो एक आदमी नीचे खड़ा हाथ से पहले एक झूलन को धक्का देता और फिर बारी–बारी प्रत्येक को तब तक ज़ोर से झुलाता जब तक वह हवा से बातें न करने लगते। सुनमा और बालकराम ने पूरी झूलन ही ले ली थी ताकि उनके सिवाय उसमें कोई और न बैठ जाये। उसके कुछ ज़्यादा पैसे देने पड़े थे। सुनमा तो पहले भी कई बार मेले में माँ के साथ बैठी थी। लेकिन उस दिन का बैठना कई मायनों में अनूठा और रोमांचक अनुभव था। जैसे–जैसे झूलन हिंडोले के सिरे पर जाकर नीचे झूलती सुनमा बालकराम की बाँहों में डरी–सहमी–सी लिपट जाती। यह डर किसी ख़ौफनाक मंज़र का नहीं होता,

उसमें कूट–कूटकर स्नेह और शरारतें भरी रहतीं जिसका आमोद, सरूर, सुख और उल्लास सिर्फ़ वे दोनों ही महसूस कर सकते थे और जिसकी व्याख्या के लिए शायद कोई शब्द भी नहीं बने थे। इस आनन्द में शब्दों से परे का सुख भरा रहता था। दोनों आँखें बन्द किये वे देर तक झूलते रहते। झूलने की समय–सीमा समाप्त भी हो जाती तो वे उसे और ले लेते।

बाज़ार में आज की तरह प्लास्टिक की वस्तुएँ, उतराऊ कपड़े या बिजली से स्वचालित चीज़ें नहीं होतीं थीं। ग्रामीण अपने–अपने हाथों से बनायी–घढ़ी वस्तुएँ बिक्री के लिए लाते थे जिनमें बाँस के किल्टे, डालें, टोकरियाँ, छाबड़ू, लोहे की गैंतियाँ, झबलें, दराट–दराटियाँ, खिलणियाँ, कुल्हाड़ियाँ, हल के फालें और परातें होतीं तथा तैंथू, कड़छी, छाननी, छोटी छुरियाँ, सनसी, चिमटे, फुकरनू और मिट्टी तेल भरने–निकालने की कुप्पियाँ जैसी रसोई में काम आने वाली चीज़ें उपलब्ध रहतीं। इनके साथ रोशनी के लिए तरह–तरह के डिजाइनों की ढिबरियाँ और लैम्प भी मिलते। अपने घर की बनी रस्सियों की भी बहुत–सी चीज़ें दुकानदार लेकर आते थे जिनमें अधिक गात्रा किसानी वस्तुओं की होतीं। बालकराम और सुनमा बहुत–सी ऐसी ही चीज़ों को ख़रीदकर ले जाया करते। उस रोज़ उन्होंने बैलों के लिए छिकड़ियाँ, कुछ गलावें, हल के लिए रस्सियाँ और जुंगड़े के लिए जोच ख़रीदे थे। बालकराम ने एक किल्टा भी लिया था जिसमें सारा सामान रख लिया था। इसी के साथ उसे बैलों के लिए एक जुंगड़ा भी पसन्द आया था जिसके मध्य और सिरे पीतल से मढ़े गये थे। जिस मिस्त्री से वह लिया था वह उसका जान–पहचान का निकला। क्योंकि बालकराम के पास इतने पैसे नहीं थे इसलिए उसने घर से अनाज और पैसे देने तय किये थे। न जाने मेले में कितनी घरेलू वस्तुएँ आती थीं। बच्चों के लिए भी उसी तरह हाथ से बने खिलौने होते थे।

एक दो सुनार भी मेले में मौजूद रहते जो चाँदी–सोने का छोटा–छोटा सामान बेचने को लाते थे। वे गहनों की टूट–फूट भी

ख़रीदते जिसके बदले औरतें दूसरा गहना ख़रीद लेती थीं। सुनमा ने इस बार अपने लिए एक कोका, एक जोड़ी काँटे और बालकराम को अपनी तरफ़ से एक चाँदी की अँगूठी ख़रीदी थी जिसमें लाल रंग का नग जड़ा था। इसके बदले बालकराम ने सुनमा को एक चाँदी का हार ख़रीदा था। यहीं पर एक सुनार दाँतों में सोने की बारीक तिल्लियाँ मढ़ रहा था तो सुनमा की ज़िद पर सामने के दोनों दाँतों में बालकराम ने भी तिल्लियाँ मढ़ाई थीं। वे दोनों सुनार भी उनके परिवार को जानते थे इसलिए मौक़े पर पैसे देने की आवश्यकता भी नहीं होती थी। इन में से एक सुनार ने ही बालकराम के विवाह के लिए सारे गहने बनाये थे जिनमें से अधिकतर सुनमा ने मेले में पहन रखे थे। उन्होंने इसी तरह कई चीज़ें उधारी ले ली थीं जिनका पैसा और अनाज बाद में चुकाया था। सुनमा और बालकराम के लिए शादी के बाद का यह पहला मेला बहुत यादगार और अविस्मरणीय रहा था। ...कुछ पलों के लिए ये सारी स्मृतियाँ और छवियाँ सुनमा की आँखों में चलचित्र की भाँति तैरती रहीं थीं और बालकराम के दाँतों पर मढ़ी उन तिल्लियों में खो गयीं थीं। कितनी भली लगती थीं वे जब वह मुस्कराता या हँसा करता था। कई बार जब शरारतन सुनमा को वह चुपके से अपनी बाँहों में समेट लेता तो वह घूमकर बिल्कुल सामने आ जाती और एकटक उसके दाँतों को देखती रहती...और वह पहला मेला एकाएक उन तिल्लियों के सुनहरेपन में तैरने लग जाता।...आज जैसे जीवन का मेला ही ख़त्म हो गया था।

9

सुनमा ने बालकराम की लाश को भीतर ले जाने का अनुनय किया। लाश को नहलाने की परम्परा बहुत पहले से ही थी। उसने अपने मन का समस्त अशान्तपन, विचलन, अस्थिरता और अशक्तता को अपने दुपट्टे की गाँठ में बाँध दिया था जैसे वह अपने घर, घराट और अलमारियों की चाबियों को बाँधे रखती थी। इस समय उसे बहुत धैर्य और मज़बूती से इन उद्विग्नताओं को पकड़े और समेटे रखने की आवश्यकता थी। वह जानती थी संस्कारों, रूढ़ियों और बंधी–बँधायी रिवाज़ों से परे भी एक धर्म है जो सीधा मन से जुड़ता है...प्रेम और आदर से जुड़ता है...जिसका जुड़ाव केवल प्रेम में अभीलीन और संलग्न व्यक्ति ही समझ सकता है...जहाँ सारे धर्म, वेद–पुराण, पूजा–पाठ समाप्त हो जाते हैं...जिनका कोई औचित्य नहीं रह जाता...रहता है बस प्रेम...जो इन सबसे ऊपर है...वही ईश्वर है... देवता है...सृष्टि है...और प्रकृति वही है।

वह उठकर अपने शयनकक्ष में गयी। कमरे में घोर सन्नाटा था, मानो वह किसी अथाह अँधेरी गुफ़ा में चली आयी हो...या जैसे वह कमरा पूछ रहा हो कि आज बालकराम साथ क्यों नहीं है...? उसने बहुत से इस तरह के प्रश्नों और हूकों के बीच अपनी अलमारी खोली। सफ़ेद गोटेदार कपड़े में बँधी एक पुरानी गठरी उतारी और चारपाई

पर रख ली। उसे खोलने की हिम्मत जुटाई...धीरे–धीरे जमी गाँठें उघड़ने लगी थीं...गठरी खुली तो बहुत अनमोल धरोहर सामने थीं... बालकराम का चमकता सेहरा...उसका शादी का सूट, एक पगड़ी और एक जोड़ी रंग–बिरंगे जूतों की...उनके बीच एक अँगूठी भी थीं... उन्हें बहुत स्नेह से स्पर्श किया जैसे वह अपना सबकुछ समर्पित करते हुए बालकराम को स्पर्श किया करती थीं...बड़ों की हिदायतें याद आयीं कि शादी के बाद सेहरा और दूसरी चीज़ें पति–पत्नी को देखना अपशकुन है...वह ठहर–सी गयी...फिर अचानक ज़ोर से हँसी ...उस हँसी में कोई तफ़रीह या ठिठोली नहीं थी और न कोई चुहल ...एक गहरी वेदना थी...कि अब इससे बड़ा अपशकुन और अपयोग कौन सा होगा...? अनायास ही फिर आँखें भर आयीं...न जाने उन सिसकियों को किसने सुना होगा...शायद उन सभी चीज़ों ने...कमरे की दीवारों और घोर सन्नाटे ने...उन दोनों की सोने की चारपाई ने...पता नहीं किस–किसने...फिर उन्हें उसी तरह समेटा...गाँठ नहीं बाँधी... उसकी अब आवश्यकता ही नहीं थी...क्योंकि भीतर मन में जो गाँठ बँध गयी थी उसके आगे हज़ारों लाखों गाँठें भी शून्य थीं...फिर धीरे से उठी और अलमारी से एक दूसरी गठरी निकाल ली जिसमें उसके अपने विवाह का जोड़ा था। उसी तरह आहिस्ता से उसकी गाँठें भी खोलीं और आँखें बन्द करके अपने कपड़े उतारकर उस जोड़े को पहन लिया। फिर वे सभी गहने बारी–बारी पहने जो दुल्हन के रूप में उसने पहने थे...वह मेले में दिया बालकराम का चाँदी का हार पहनना नहीं भूली थी। जब वह बाहर आयी तो बेटियाँ उसके दुल्हन रूप को देखकर अवाक् रह गयीं। निःशब्द थीं वे...पर माँ से प्रश्न पूछने का साहस किसी में नहीं था...उन्हें महज़ माँ का साथ देना था।

बालकराम की लाश के पास केवल वह और उनकी पाँच बेटियाँ ही रहीं बाक़ी सभी को उसने बाहर भेज दिया था... सुनमा ने हल्के गर्म जल में बहुत से घरेलू द्रव और पदार्थ मिश्रित किये जिनमें प्रमुख नदीजल था, गंगाजल के साथ गौमूत्र, तुलसी, रात की रानी के कुछ पुष्प, घराट में पिसा चुटकी–भर आटा और खेत–आँगन की

थोड़ी–सी मिट्टी...उसे बहुत स्नेह से नहलाया था। फिर बालकराम के शादी के जोड़े को बहुत प्यार से उसे पहनाया। सेहरा लगाया...बूट पहनाये। गले में फूलों का हार डाला और बिल्कुल दूल्हे की तरह सज़ा दिया। उसे कई पल टुकुर–टुकुर निहारती रही...फिर बाहर से लोगों को लाश उठाने के लिए बुला लिया। पहले जो भीतर आये वे इस दृश्य को देखकर दाँतों तले उँगली दबा गये...वे हैरतज़दा से थे...पर किसी ने कुछ नहीं कहा...लाश बाहर आयी...सजी–धजी... जिस किसी ने भी देखा वह अचम्भित हुए न रह सके कि यह सब क्या हो रहा है...? उन्होंने लाश को बाँस की निर्मित अन्तशैय्या पर रख दिया...एक मख़मली चादर सुनमा ने उसपर बिछाने के लिए दी और लाश को लपेटने का संकेत किया...दुल्हन के वेश में सुनमा को देखकर भी सभी लोगों का भौचक्क रहना स्वाभाविक था...वे कुछ देर इस अनूठे असमाजिक, अपसंस्कारित और अधर्मी कृत्य को देखकर दंग और स्तब्ध रह गये। किसी की कुछ समझ नहीं आ रहा था कि यह हो क्या रहा है...? कोई जब लाश बाँधने नहीं आया तो सुनमा ने बेटियों को इशारा किया और वे मिल कर लाश को लपेटने लग गयीं...तभी कुछ परिजनों ने पहल की और पारम्परिक तरीक़े से लाश को बाँधा और सुनमा को एक नज़र पुनः मुँह देखने को कहा...उसने चादर को खिसकाया...लगा बालकराम अभी उठकर सकपाल में बैठ जायेगा। चेहरे का नूर ग़ज़ब का था... जैसे उठकर हँस देगा और सोने की तिल्लियों सने दाँत स्वर्णिम आभा बिखेरने लग जायेंगे...और बोल उठेगा...

"देखो न सुनमा कितने सुन्दर लग रहे हैं मेरे दाँत...जैसे तुम्हारा सुन्दर रूप ही इनमें बस गया हो।"

अब अर्थी को उठाना था...लोगों के मन में अनेक प्रश्न थे जिनके उत्तर शायद वे अभी चाहते थे...उन्हें ये सब देखकर सुनमा की वेदनाओं से ज़्यादा उसके इस अजीब अधर्मपने, अनमारग और कदाचार पर अफ़सोस हो रहा था परन्तु कोई कुछ भी पूछने की स्थिति में न था, न ही हिम्मत जुटा पा रहा था।...तभी एक बुज़ुर्ग

पण्डित उठा, उसने आँगन के किनारे रखी अपनी लाठी उठायी, बूट पहने और चल दिया...। वह उस घर का पुरोहित भी था। लोग उसे शंकर दादा अथवा शंकर पण्डित से ही पुकारते थे। सुनमा की शादी उसी ने पढ़ी थी और उसकी चारों बेटियों की भी। एकाएक सभी लोग उसके पीछे चलने को मुड़े ही थे कि सुनमा की बहुत विनम्र और रुंधी आवाज़ उनके कानों में पड़ी...

"रुको दादा!" वह उन्हें पण्डित जी आदि सम्बोधन के बजाये दादा से ही पुकारा करती थी।

"जाने से पहले मेरे मन की स्थिति या मेरा पक्ष भी सुनते जाओ। न भला लगे लौटना मत, पर यह भी न समझना कि आप सभी के बिना मेरा कोई संस्कार रुक जायेगा...हम बेटियों और उनके पतियों सहित बहुत हैं...हम सब निपटा लेंगे...सच्चाई यही है कि आज मेरे आँगन आप के साथ इतने लोग हैं...बहुत हमदर्दी से आये हैं...बहुत एहसान हैं आप सभी के हमारे ऊपर...लेकिन सोचो सोलह दिनों के बाद क्या कोई मेरे आँगन रहेगा या आयेगा...? कोई नहीं आयेगा दादा, कोई नहीं...मुझे अपना जीवन अकेले ही तो काटना है। आपकी उम्र नब्बे पार है...दादी तीन बरस पहले चली गयी...मैं जानती हूँ कितना वारदाना था आपका...अब भी है...लेकिन देखिए, आपके दो बेटे हैं, बहुएँ हैं...पोते पोतियाँ हैं...पर क्या वे आपके साथ हैं? सभी शहरों में बस गये हैं...गाँव तो मेहमानों की तरह आते हैं, जाते हैं...आप भी कितने अकेले हैं...हम सब अकेले ही रहेंगे दादा, कोई साथ नहीं रहेगा, न जायेगा...न धर्म, न संस्कार, न रीति–रिवाज़े...इन्हें इन्सान बनाता है और तोड़ता भी वही है और नया सृजन भी वही करता है...आप बताइए...आपमें से कितने लोग हैं जो मेरे अकेलेपन के साथ बाद में रहेंगे?...या मेरी घरबार चलाने में मदद करेंगे?...मुझे भी तो यह वैधव्य अकेले ही काटना है...तमाम उम्र ढोना है...फिर मैं क्यों किसी धर्म या संस्कार की बेड़ियों में जकड़ी रहूँ...क्यों न वह करूँ जो मेरा मन कहता है, वह क्यों करूँ जो आपके वेद–शास्त्र और घढ़ी–घढ़ाई परम्पराएँ कहती हैं, बोलती हैं। क्या मेरा हक़ मेरे अपनी

तरह से जीने का नहीं है...? बोलो दादा, क्या दादी कभी आपके घर, आँगन और मन से गयी है?...वह हमेशा आपकी साँसों में बसी रहती है...मैं भी अपने बालकराम को अपनी साँसों में ज़िन्दा रखना चाहती हूँ...अपने भीतर बसाये रखना चाहती हूँ...वह क्यों लावारिस की तरह इस अन्तिम यात्रा में जाये और क्यों अपने साथी के होते हुए अकेला जाये...माना हमारे बेटा नहीं है जिसे इन संस्कारों को करना था...मैं बालकराम की पत्नी ही नहीं, बेटा भी हूँ, उसका भाई भी...पिता भी.. .सोचो दादा जब दादी, ज़िन्दा थी...उनके कितने रूप आपके घर में थे...मेरे लिए भी बालकराम उसी तरह है और रहेगा...मैं इस एहसास में जीना नहीं चाहती कि मैं विधवा हूँ...या वह मेरे साथ नहीं है...आप सब बतायें कि जिन–जिनके परिजन चले गये हैं, क्या उन्हें आप भूल पाये हैं? वे सदा साथ रहते हैं, जीते हैं, अलग कहाँ होते हैं...मैं भी यह महसूस नहीं करना चाहती कि अकेली हूँ, वैसी ही रहना चाहती हूँ जैसे अपने पति के साथ जीती रही हूँ...रहती रही हूँ। मेरी बातें बुरी लगी हों, अधर्मी लगी हों, कुछ संस्कारों और रिवाज़ों के विरुद्ध लगा हो तो आप सभी जा सकते हैं...ख़ुशी–ख़ुशी...बहुत–बहुत धन्यवाद आप सभी का...बहुत–बहुत...और एक बार फिर सुनमा के सब्र का बाँध टूट गया था और वह फूट–फूटकर रो दी थी...।

दादा पीठ फेरे बुत की तरह वहीं खड़े रहे और जो जहाँ था वहीं जड़ हो गया। किसी को कुछ सूझ नहीं रहा था कि क्या करें या न करें, जायें या लौट आयें। एक एक शब्द सुनमा का उनके कानों में कभी गर्म तेल की तरह तो कभी शहद जैसा पड़ रहा था। दादा ने ही पहल की थी। वह मुड़े और धीरे–धीरे लाठी टकटकाते हुए सुनमा के पास पहुँचे। लाठी कब हाथ से छूठ गयी, पता ही नहीं चला। उसे अपनी बूढ़ी बाँहों में समेट लिया और दोनों बहुत देर सिसकते रहे। रोते रहे थे। जब दोनों अलग हुए तो साफ़ दिख रहा था छाती पर से बहुत नीचे तक दादा का कुरता आँसुओं से भीग गया था। वही हाल सुनमा का था। दादा ने अपने झोले से शंख निकाला और इस तरह फूँक मारकर ध्वनित किया मानो तीस साल का कोई

गबरू बजा रहा हो। हालाँकि, मृत्यु पर शंख बजाने की परम्परा केवल ब्राहमणों को ही नसीब हुआ करती थी लेकिन दादा ने उसे जैसे तोड़ने के संकेत दिये थे। उसे झोले में वापिस रखा और सिर के किनारे से अर्थी को उठा लिया...कमज़ोर बाँहें थरथराने लगी तो सुनमा ने थाम लिया और देखते ही देखते सभी अर्थी को उठाने के लिए दौड़ पड़े थे। सुनमा ने सभी को रोक दिया बस अपने जवाँई–बेटों को यह अधिकार सौंपा। धीरे–धीरे आँगन ख़ाली हो गया। दादा सबसे आगे थे, उनके पीछे दुल्हन जैसी सजी धजी सुनमा और उसके पीछे पाँचों बेटियाँ...एक अद्भुत, विस्मयकारी और कुतूहलजनक दृश्य था वह, जो उस गाँव–परगने में न कभी घटा था और शायद न कभी घटेगा ही।

10

सोलह दिन कैसे निकले सुनमा को पता ही न चला। गाँव–बेड़ और दूर–दूर से असंख्य लोग बुलावा बोलने आते रहे। सभी आगन्तुक भारी मन से आते, उसे सांत्वना देते, उसका ढाढस बँधाते और तरह–तरह की तसल्लियों से उसे सराबोर कर देते........ घर–आँगन और उसका हृदय ढेरों दिलासों से भर जाता और दिन ढलते ही वो सबकुछ भयंकर सन्नाटे में खो जाता। सुनमा ने अपने रीति–रिवाज़ों के मुताबिक़ सभी संस्कार स्वयं पूरे किये थे। उसने यह हक़ किसी को नहीं दिया। जबकि यह बात किसी के गले नहीं उतरी। घर–घर में सभी लोगों ने इस कर्म की तीखी भर्त्सना की। जिसके जो मन आया बकता–कहता गया लेकिन सुनमा से किसी की भी कोई बात करने की हिम्मत न हुई और न ही इन शोक के दिनों में कोई उसके घर आने से रूका। सुनमा ने भी किसी की परवाह नहीं की। वह अपने मन की करती रही। बड़ी बात यह थी कि उनके पुरोहित दादा ने सभी कर्म विधिवत् बिना रोक–टोक के करवाये थे।

सुनमा के माता–पिता और बेटियाँ भी आहिस्ता–आहिस्ता अपने–अपने घर जाते रहे। फिर भी बेटियों ने यह ज़रूर किया कि बारी–बारी उसके कामकाज में हाथ बँटाने के लिए उसके साथ रुकती और आती रहीं। आख़िर कोई कब तक रुक सकता था।

अब जीवन जैसे–तैसे तो सुनमा को ही जीना था। पहाड़ जैसा जीवन। दुख असहनीय। बालकराम के बिछोह की पीड़ाएँ अनन्त। दिन पशुओं के लिए घास–पत्ती काटते–छीलते गुज़र जाते लेकिन रातें कटे नहीं कटतीं। घराट कई दिनों से बन्द थे। उस तरफ़ अब उसका जाने का मन ही नहीं होता था। उसे बालकराम के जाने का जो मनोघात लगा था वह बहुत तीखा था। अकेले रहते उसकी चुभन बहुत सालती। वह अपने भीतर को उपले की तरह बहुत धीमे–धीमे सुलगते जलते देखती रहती। महसूस करती जाती। वह बिस्तर पर सो तो जाती पर आँखें खुली रहती जैसे बालकराम अभी भीतर आकर कहेगा,

"बहुत थक जाती हो न सुनमा। सो जाओ अब।"

वह जानती कि ऐसा कहना केवल उसका बहाना होता। वह ख़ुद कितना थका–हारा आता पर उसके साथ बिना बतियाए या कुछ–न–कुछ शरारत किये कभी न सोता। सुनमा कई बार डाँट भी देती,

"कुछ तो शर्म किया करो अब। बुढ़ापा दरवाज़े पर दस्तक देने लगा है। बेटियों के कितने बच्चे हो गये। आप नानू हो गये हो, फिर भी बचपना नहीं गया। सो जाओ चुपचाप।"

यह बहुत मीठी डाँट होती जिसमें दोनों की थकान एक ऐसी ऊर्जा में बदल जाती जिसका कोई पारावार न रहता। वे दोनों साँसों में एक दूसरे को जीने लगते। जैसे दो ज़िस्म नहीं एक जिस्म हो जो कभी न अलग थे न कभी अलग होंगे ही। धीरे–धीरे वह रात पूर्णिमा की रात में बदल जाती और चन्द्रमा जैसे अपने पूर्ण यौवन में होता। उनके स्नेह की स्नेहिल अनुभूतियाँ पिघलती जातीं। सुनमा बालकराम के साथ जैसे उस चमड़े के दरींए पर उसकी पीठ पर बैठी नदी पार कर रही होती। तभी अचानक वह नदी उनके भीतर प्रवेश कर जाती। लहरें उफनने लगतीं। स्वर्णिम किरणें उनमें गूँधती–लिपटती पहले एक भव्य दृश्य नदी–जल पर अंकित करती और फिर उसका अतिक्रमण करती, परिलम्भित होती अचानक ज्वार–भाटे में परिवर्तित हो जाती।

एक पल के लिए जैसे ज़लज़ला आ जाता। सबकुछ कहीं अनन्त में खो जाता। साँसें, धड़कनें, बाँहों के आलम्बन एकाकार हो जाते। यह उनके अथाह स्नेह का उत्कर्ष होता...पराकाष्ठा होती और फिर इसी इन्तिहा से वे दोनों चाँद–सितारों के पाँव अपने–अपने पास लौटने लगते...चाँद जैसे अपनी चाँदनी को समेटता हुआ क्षितिज के उस पार जाने लगता...नदी की लहरें विश्रान्त हो कर पूर्वरत बहने लगती... उनका कमरा नदी के शोर से आच्छादित हो जाता और नदी पुनः भीतर बहने लग जाती।

आज यह सब चौपट हो गया था। तबाह हो गया था...मानो पूरा वर्तमान तहस–नहस हो गया हो। वह सोचने लगती बालकराम या उसने कभी किसी का बुरा नहीं किया था। वह तो सब को नदी पार करवाता। उसे अचानक पिता से सुना रामायण का केवट–प्रसंग स्मरण हो आता...

"माँगी नाव न केवटु आना। कहइ तुम्हारा मरमु मैं जाना।।
चरन कमल रज कहुँ सबु कहई। मानुष करनि मूरि कछु अहई।।

...श्रीराम ने केवट से नाव माँगी। राम आवाज़ देते हैं...नाव किनारे ले आओ, पार जाना है।

पर केवट लाता नहीं। वह कहने लगता है, "मैंने तुम्हारा मर्म जान लिया है। तुम्हारे चरण–कमलों की धूल के लिए सब लोग कहते हैं कि वह मनुष्य बना देने वाली कोई अभूतपूर्व जड़ी है। पहले अपने पाँव धुलाओ, फिर नाव पर चढ़ाऊँगा। तुम लोग जंगलों से चलकर आ रहे हो। पाँव में धूल–मिट्टी होगी।"

राम मुस्कुरा देते हैं। जानते हैं उसके मन की बात। वैसे ही जैसे बालकराम सुनमा के मन को हमेशा बूझ लिया करता था। सुनमा अचानक जैसे केवट हो जाती है। वह अपने राम को स्पर्श करना चाहती है। उनका सान्निध्य प्राप्त करना चाहती है। अपने सम्पूर्ण जीवन की मज़ूरी का फल पा लेना चाहती है।

वह सोचने लगी थी उसके पति ने भी केवट बनकर न जाने कितनों को नदी पार करवायी थी, फिर क्यों उस तारणहार को कम

उम्र मिली...पूरा जीवन जीने का वरदान क्यों नहीं मिल पाया...क्यों उसे कभी कोई राम न मिल पाया...उसका किया उपकार, सआदत, सद्भाग्य, एहसान, नेकी सब पल भर में अपध्वस्त और नेस्तनाबूद हो गये...? ऐसे न जाने कितने प्रश्न उसके मन में कौंधते रहते। वह सिरहाने पर मुँह रखकर औंधे मुँह ख़ूब रोती रहती। सुनमा के इस विलाप, अथाह अवसाद, शोक और ग़मी का कोई सानी नहीं था। पारावार नहीं था। उसे अपना जीवन निर्मूल, सारहीन और निराधार–सा लगने लगा था। उसके लिए यह बिछोह और हादसा असहनीय था। अकल्पनीय, अकालिक और असामायिक। इन प्रतिघातों की कोई इन्तिहा नहीं थीं। सुनमा की आकुलता बड़ी थी। यह भाग्य, नियति और कुदरत का ऐसा तीव्र हमला था जिसे अब सुनमा को सहना ही था। क्योंकि सामने बहुत कुछ था। जीवन अकेला था पर उससे बहुत–सी निर्मितियाँ जुड़ी हुई थीं। ज़मीन, पशु, घराट और बालकराम की यादें। वह मन के बिखराव को समेटने में लगी रहती...कि हार, पराजय और शिकस्त स्वीकारना जीवन का सार नहीं है, नदी की तरह विकटताओं और अनेकानेक बाधाओं को पार करना ही जीवन है। अकेलापन हालाँकि बहुत भयावह था। लेकिन इस आततायी दुनिया के बीच रहते हुए उसे निडर रहना होगा। ख़ौफ़ और संत्रास, क्षोभ और अपभय उसके इस छोटे से संसार को समाप्त कर देगा। उसे अपने मन को बहुत दृढ़ और संयमित करना होगा। उसका जीवन कभी भी निरर्थक, अर्थहीन और अपार्थ नहीं हो सकता। उसे जीना है, उन यादों और उत्तरदायित्वों के लिए जो शेष रह गये हैं और उसने और बालकराम ने साथ–साथ सृजित किये हैं...संरचित किये हैं...।

11

सुनमा देई अपने दुःख में इतना खो गयी थी कि उसे अपने घर के बेज़ुबानों का भी ख़याल नहीं रहा था। गौशाला में एक जोड़ी बैल, दो दुधारू गायें, उनकी दो बछिया और कुछ दूसरे पशु थे जिनमें बकरियाँ और भेड़ें भी थीं। इन अनुताप भरे दिनों में वह उन्हें ढंग से भी न देख पायी थीं। अब तक उसकी बेटियाँ और कुछ गाँव–बेड़ की औरतें ही घास–पतियाँ करती रही थीं। वह केवल गायों को दुहने ही ओबरे में जाया करती, वह भी बेमन–सी। क्योंकि वे दोनों हाथड़ थीं, किसी और के पास दूध ही नहीं देती थीं। कई दिनों तक तो वे अनदुही ही रही थीं। बालकराम का पशुओं से नियमित बतियाना रहता था। विशेषकर बैलों से क्योंकि सारी खेती–बाड़ी का दारोमदार उन्हीं के कन्धों पर था। इसलिए साल–फ़सल बीजने से पहले भी उनका ध्यान रखना ज़रूरी होता था। इसकी ज़िम्मेदारी उसी की थी। वह दो–तीन बार दिन में ज़रूर भीतर जाकर उनकी पीठ थपथपाता और गले कान के आस–पास ख़ारिश करते हुए उन्हें ख़ूब सहलाया करता था। रोज़ सुबह बाहर के कामकाज और घराट में जाने से पहले उनके सींगों में घी की मालिश करना वह नहीं भूलता जिससे उनके लम्बे मुड़े हुए सींग दूर से ही चमकते दिखते थे। दोनों के गले में पीतल की घण्टियाँ बँधी रहती थीं जिसे उसने

मेले से ख़रीदा था। वह और सुनमा उन घण्टियों के संकेतों से उनकी बहुत–सी बातें जान लिया करते थे।

पहले पशुओं को गाँव की घासणियों, वनों और खेतों में चराने का रिवाज़ था। सभी के पशु साथ–साथ चरा करते थे। उन दिनों उनकी सेहत भी देखते ही बनती थी। वनों और खेतों को खाद भी मिल जाया करती। धीरे–धीरे कई कारणों से यह चलन बन्द होने लगा था। पहला कारण यह था कि अब लोगों के मन में एक दूसरे के प्रति खटास भरने लगी थी। वे अपनी ज़मीनों में दूसरों के पशु नहीं मानते थे। इसके लिए उन्होंने ग्राम पंचायत से फ़ैसला करवाकर पाबन्दी लगा दी थी। इसका नुक़सान यह हुआ कि अब गौशाला में ही पशुओं को घास–पानी देना पड़ता था जो मुश्किल काम था। दूसरा कारण गाँव से नौकरी–मज़दूरी और बच्चों की अच्छी शिक्षा हेतु लोगों ने शहर की ओर पलायन शुरू कर दिया था। इससे गाँव धीरे–धीरे ख़ाली होने लगे थे। इस वजह से लोगों ने पशुधन को रखना बहुत कम कर दिया था। मुश्किल काम भैंसे और बैल पालना होता था। पहले हर घर में दूध के लिए गायों के साथ एक भैंस ज़रूर होती थी। बहुत से किसानों ने बैल रखने भी छोड़ दिये थे। बच्चों ने शहरों में शिक्षा ग्रहण करने के बाद या तो शहरी लड़कियों से शादियाँ कर ली थीं या अब उनकी रुचि अच्छी–ख़ासी पढ़ी–लिखी और नौकरी पेशा लड़कियों की अधिक थीं। इस वजह से खेती–बाड़ी पीछे छूटती चली गयी थी। नयी–नवेली बहुत–सी लड़कियों को न तो घर–ज़मीन के कामकाज़ का अनुभव होता और न ही वह मिट्टी–गोबर में रहकर समय गँवाना चाहती थीं। इससे अब अधिकतर ज़मीनें गाँव में उजाड़ होने लग गयी थीं। बालकराम के पास बहुत उम्दा पहाड़ी बैलों की जोड़ी थी जो नीहले बैलों की तरह पुष्ट और पोषित थी। जब खेतों में उनको हल के साथ जोड़ दिया जाता था तो एक–आध बीघे खेत कब बाह–जोत कर ख़त्म हो गया, पता ही न चलता था।

इतने दिनों जब वह उनके पास नहीं गया तो बैलों ने ख़ूब रम्भाना और हुमरना शुरू कर दिया था। भीतर जाते ही सुनमा ने जब उन्हें देखा तो उसका मन पसीज गया था। उनके आगे घास–पत्तियाँ

अनखायी पड़ी थीं जिनमें उन्होंने मुँह तक नहीं लगाया था। वे दोनों एकटक उसे ऐसे देख रहे थे मानो पूछ रहे हो कि उनका मालिक कहाँ है...बालकराम कहाँ है...वह इतने दिनों से उनकी पीठ थपथपाने और सहलाने क्यों नहीं आया है...उनके सींगों में मालिश क्यों नहीं की... उन्हें दुलारा–पुचकारा क्यों नहीं...अपने हाथों से पिन्नियाँ–रोटियाँ क्यों नहीं खिलायी...? उसने गौर से देखा तो चकित रह गयी। उनकी आँखों से अविरल अश्रुधाराएँ बह रही थीं जिन्होंने माथे से ओठों तक बालों के मध्य लम्बी–चौड़ी गीली पगडण्डी–सी बना ली थीं। उसका हृदय वेदना से टूट पड़ा था और सोचने लगी थी कि उसी के दुःख बड़े नहीं है, इन मूकों का भी दिल है जो बोल नहीं सकते पर समझते–जानते सबकुछ हैं। इन्हें भी अपने मालिक का चले जाना सुहाया नहीं है।

उसने अपने पति की तरह बहुत स्नेह के साथ उनकी पीठ पर थपकियाँ दीं और बारी–बारी दोनों के गले में बाँहें डाल ख़ूब रोती रही थी। ऐसा करते हुए दोनों बैल कभी उसके बाल तो कभी मुँह चाटने लगे थे मानो जता रहे हो कि वे भी उसी ही की तरह अकेला महसूस करने लगे हैं। उसने बालकराम की तरह उनके सींगों की मालिश करनी शुरू कर दी थी और उनसे बतियाती भी रहती थी। दोनों बैल अब धीरे–धीरे उसके दुलार प्यार और आत्मीयता के अभ्यस्त होने लगे थे हालाँकि उनकी आँखों का सूनापन सुनमा की तरह कभी गया नहीं। उसकी बिल्ली अब पहले से कहीं ज़्यादा उसके साथ रहने लगी थी और सुनमा जहाँ जाती, उठती, बैठती या सोती वह भी साथ–साथ वहीं चली रहती।

इन सभी बेज़ुबानों में उनका कुत्ता बाघू बहुत परेशान था। सुनमा को उसका ध्यान ही नहीं रहता था। इन दिनों उसका भौंकना भी नहीं सुनायी देता था अन्यथा वह किसी पखले को आँगन में नहीं मानता था और रात–रात भर घर की रखवाली में भौंकता रहता था। परन्तु बालकराम के जाने के बाद न जाने कितने लोग घर आये–गये पर मजाल है कि उसने किसी को कुछ कहा हो।

उसका पता ही नहीं चलता कि वह है भी या नहीं। देर रात ही वह दरवाज़े के पास मायूस और चुपचाप सोया देखा जा सकता था। आज तो सुनमा ने उसे अपने पास बुलाकर बहुत प्यार किया था। उसकी इतनी डूबी हुई और सूनी आँखें उसने पहले कभी नहीं देखी थी। था भी वह किन्नौरी नस्ल का जिसे बालकराम ने एक गद्दी से लिया था। तब उसकी आँखें भी नहीं खुली थीं। वह और सुनमा उसे अपने हाथों से चम्मच या निप्पल से दूध पिलाते रहते थे। वह आधे दिन घर तो आधे दिन घराट के पास बालकराम के पास रहता था।

सुनमा को अब वह कई दिनों से आँगन या दरवाज़े की ओट में सोया नहीं मिलता था। गाँव के लोगों ने बताया था कि वह तड़के ही शमशान घाट में चला जाता और जहाँ बालकराम को जलाया गया था, वहाँ बहुत देर बैठा रहता। फिर थका हारा–सा लौटकर घराट के दरवाज़े के पास सोया रहता और नज़रें कभी पगडण्डी की तरफ़ तो कभी रस्सीपुल के ख़म्भे की ओर होती। कई बार तो लोगों ने उसे पुल के पास भी भौंकते देखा था जैसे वह बालकराम को आवाज़ें दे रहा हो कि मालिक, तुम कहाँ चले गये...तुम्हारे बिना मन नहीं लगता। जिस दिन बालकराम की लाश को जलाया गया था उस दिन रात–भर वह बुझी हुई चिता के पास ही बैठा रहा था। सुनमा ने देखा कि वह बहुत कमज़ोर हो गया था शायद उसने कई दिनों से कुछ खाया भी नहीं था। वह जब चलता तो ऐसे लगता जैसे उसे किसी भयानक रोग ने जकड़ लिया हो। वह समझ रही थी कि अपने मालिक के बिछोह में वह बहुत टूट–सा गया है।

सुनमा को ख़याल आने लगा था कि वह दूसरी मंज़िल के पौड़े पर उसके सोने के कमरे के पास रात–भर बैठा रहता है जैसे उसे यह एहसास दिला रहा हो कि वह उसके साथ मरते दम तक है। उसने अब अपने साथ ही उसे भी खाना खिलाना शुरू कर दिया था क्योंकि यदि उसके खाने वाले बर्तन में बाहर पहले की तरह रोटी डालनी होती तो वह उसके पास चुपचाप बैठ जाया करता था। अब सुनमा उसे अपने पास बुलाकर पहले उसे रोटी अपने हाथ से खिलाती और ख़ूब बतियाती रहती। कहती,

"देख बाघू! अब मेरा कौन है, तू ही तो है मेरे साथ। हम दोनों का मालिक अब नहीं रहा। तू इस तरह रोटी नहीं खायेगा तो मेरा साथ कैसे देगा रे। मुझे भी देख मेरा भी तो संसार छिन गया है, दुनिया लुट गयी है, मेरा भी अब कौन है। तू है, ये सफ़ेदी बिल्ली हैं, गोलू–बोलू दो बैल हैं, काली और भूरी गाय है, उनकी बछिया है। तू तो जानता है इतने पशुओं का अब अकेले–अकेले मुझसे नहीं होगा। नौकर चाकर भी कितने दिन रहेंगे। उनकी मेहनत–मज़दूरी कौन देगा। तुझे ही तो रहना है मेरे साथ।"

और यह कहते–कहते वह उसके गले लिपट जाती थी। बाघू भी उसे जैसे विश्वास दिलाता कि वह हमेशा उसके साथ है। उसका दुःख भी वैसा ही है जैसा सुनमा का है। आज के बाद जैसे उसकी जान में जान आयी थी और वह पहले की तरह चुस्त होने लगा था। उसकी चौकसी अचानक बढ़ने लगी थी। उसका पहले कालू नाम था क्योंकि वह निपट काला था और उसके बाल भी घने–लम्बे थे। मुँह आगे को लम्बा और फैला हुआ था। नथूने भी वैसे ही फूले हुए थे जिससे वह बाघ की तरह लगता था। एक दिन जब आँगन में बाघ ने रात को उसपर आक्रमण किया तो वह काफ़ी देर तक उससे लड़ता रहा और नीचे खेत में जाकर उसने बाघ को मौत के घाट उतार दिया। बालकराम और सुनमा घबरा गये थे कि उनका कालू आज नहीं रहा लेकिन जब रोशनी लेकर खेत में पहुँचे तो देखकर दंग रह गये कि उसने अभी भी गर्दन से बाघ को दबोचा हुआ था। पहले तो वे दोनों डर गये लेकिन बाघ को लहूलुहान देखकर आश्वस्त हो गये कि वह मर गया है। बचाव के लिए बालकराम ने भी डंडे से दो–चार उसकी पीठ में मारी थी जिससे बाघू ने उसकी गर्दन छोड़ दी थी। किन्नौरी नस्ल के कुत्तों की यही ख़ासियत होती है कि वे बाघ के शत्रु होते हैं। बालकराम जानता था कि गद्दियों का एक कुत्ता सौ–दौ–सौ भेड़ों की रखवाली किया करता है। उनके गले में जो लोहे की चदर का चौड़ा कंटीला पट्टा पड़ा रहता है वह उनकी रक्षा करता है।

बाघू के गले में बँधे पट्टे ने भी वही काम किया था क्योंकि बाघ का वार जानवर का गला ही होता है।

इस घटना का दूसरे दिन जब पता चला तो गाँव के लोग इकट्ठे हो गये थे और जो भी बाघ को देखता तो दाँतो तले उँगली दबा लेता। कुत्ता भी घायल हो गया था। गाँव के एक वैद्य ने कुछ जड़ी–बूटी की दवाई बनाकर दी थी जिससे वह कुछ दिनों में स्वस्थ और चौकन्ना हो गया था। उन दिनों जानवरों के शिकार इत्यादि पर पाबन्दी नहीं होती थी और न ही वन विभाग का कोई कर्मचारी दूर–दूर तक नज़र आता था। इसलिए बालकराम के एक जानकार ने बाघ की खाल, दाँत और नाख़ून निकाल लिए थे। बदले में उसने केवल अपने गले में डालने के लिए एक नाख़ून रख लिया था। उसी ने बताया था कि इसके अनेक फ़ायदे होते हैं। लेकिन बालकराम और सुनमा इन टोटकों इत्यादि में विश्वास ही नहीं करते थे। इस घटना का हल्ला आग की तरह गाँव–इलाक़े में फैल गया था और कई दिनों तक लोग कुत्ते को देखने के लिए घर आते रहे थे।

पशु ही नहीं खेत, खलिहान और धान के क्यारों का भी यही हाल था। बहुत दिनों से किसी ने उनकी ख़बर नहीं ली थी। बालकराम का यह रूटीन होता कि वह फ़सलों के हरियाते व पकते समय रोज़–रोज़ उनके बीच घूम–बैठकर उनसे ख़ूब बातें किया करता था। लगता जैसे बीज बोने से लेकर फ़सलों के पकने तक बालकराम का साथ होना और रहना उनकी संजीवनी हो। धान के क्यारों का ज़िम्मा सुनमा का होता। धान के खेतों को बाहना उसका काम था जबकि धान के खेतों में पानी फेरना, उनकी मेंढ़े बनाये रखना और फिर धान की रूमाई का उत्तरदायित्व सुनमा सँभाले रखती थी। उसे मायके से ही धान के क्यारों से बेहद लगाव था क्योंकि रूमाई के वक़्त गाँव की सहेलियाँ, भाभियाँ और चाची–ताइयाँ सभी ब्वारी के लिए आ जाया करतीं और लोक–गीतों की मधुर स्वर–लहरियों के बीच पता ही नहीं चलता कि धान के क्यार, धान की बालियों की रूमाई से कब भर जाते थे।

सुनमा बाघू और अपनी बड़ी बेटी के साथ बहुत दिनों बाद जब खेतों और क्यारों में गयी तो उसे उनमें उगीं फ़सलें बहुत उदास, निराश सी–दिखायी दी थीं। वही हाल धान के क्यारों के थे। कई जगह से मेंढ़ें टूट गयी थीं और क्यार सूखे–सूखे हो गये थे जिससे पकते धान बहुत उदास लग रहे थे। सुनमा को लगता कि यह सूखापन और उदासी जैसे बालकराम के बिछोह की वजह से ही होगी...।

12

सुनमा देई को देखकर विधवा जैसी प्रतीति बिल्कुल भी नहीं होती थी। उसने बालकराम के चले जाने के साथ ही यह प्रण ले लिया था कि उम्र–भर उसी के नाम की सिन्दूर, बिन्दी और मंगलसूत्र पहना करेगी, दुनिया चाहे कुछ क्यों न कहती रहे। विधवा होते हुए भी उसका साज–सँवार पहले की ही तरह रहा, बिल्कुल वैसा ही जैसा सुहागिन होते हुए रहा करता था। हालाँकि गाँव–रिश्तेदारी में जो विधवाएँ होतीं वे न तो माँग भरती, न काँच की लालरंग की चूड़ियाँ पहनतीं, न मंगलसूत्र डालती, न बालों में चाक बाँधती और न रंगीन वस्त्र ही पहनतीं। परन्तु सुनमा ने इन्हें पहनना नहीं त्यागा था। उसे बचपन से ही अपने शरीर का अनावश्यक सज–सज़ाव और बाँक–ठाँक कतई पसन्द नहीं था। एक साधारण स्त्री को जितनी पहनावे और गहनों की ज़रूरत होती वह उतने ही पहने रखती। वैसे उसे किसी शृंगार की आवश्यकता भी नहीं थी क्योंकि उसका स्वाभाविक, सहज और प्रकृत रूप बहुत सुन्दर और मोहक़ था। आज भी उसकी अभिरम्यता और मंजुलता का कोई सानी नहीं था। हाँ, जब उसे मेले, रिशतेदारी में शादी–ब्याह के लिए जाना होता तो वह शादी में मायके और ससुराल की तरफ़ से मिले गहने ज़रूर पहल लिया करती थी। इसे अच्छा और शुभ भी माना जाता था। गाँव की सभी लड़कियाँ ऐसा किया करती थीं।

बहुत लोग सुनमा की इस हठ को उसकी बेअकली और नासमझी ही समझने लगे थे जो उनकी नज़रों में अपने रीति–रिवाज़ों के ख़िलाफ़ था। कुछ उसे बावली और पागल भी कहने लगे थे। कई ऐसे भी थे जो उसे बदचलनी तथा अनाचारिता तक की संज्ञा देने लगे थे और उसपर गिद्ध दृष्टि गड़ाए रहते थे। गाँव–इलाक़े के कर्मकाण्डी तो इसे धर्म का घोर निरादर, अपमान, तौहीन व बेइज़्ज़ती मानते, उसे बहुत हक़ारत और तुच्छ दृष्टि से देखते और जिस रास्ते से वह गुज़रती–दिखती उसे छोड़कर कोई दूसरा रास्ता ले लिया करते। वह हर बात समझती थी पर कभी ज़बान से किसी को न बुरा सोचती न कहती। वह जितनी सुन्दर रूप से थी उससे कहीं सुन्दर और साफ़ मन से भी थी। वह जानती थी उसका बालकराम उसके भीतर मौजूद है तो वह व्यर्थ के प्रपंचों में पड़कर उसे दूर या अपने से अलग महसूस क्यों करे...क्यों बार–बार अपनी सूनी माँग, सूने गले, सूनी कलाइयों और सफ़ेद–काले कपड़े पहन–देखकर अपने आप को तिल–तिल मारती रहे। लोग जो समझे, जो सोचे वह उनकी सोच है लेकिन उसके अथाह दुःखों और पीड़ाओं को न तो वे कम कर सकते और न ही बाँट सकते थे।

हाँ कुछ वे लोग जो पहले दिन इस दुर्घटना के वक़्त उसके आँगन में माजूद थे वे आज भी उसकी सोच और तर्क से सहमत थे और उसका दिल से आदर करते थे। विशेषकर नयी सोच की लड़कियाँ और औरतें तो उसके इस बड़े और क्रान्तिकारी क़दम की तारीफ़ें करतीं नहीं थकती थीं और जब भी कभी घर या बाहर इस सन्दर्भ में सुनमा की बदनामी या अपमान करते किसी को सुन लेती तो उनसे भिड़ जाया करती थीं। इस तरह अब उसके पक्ष में बहुत ज़्यादा लोग थे जबकि विपक्ष में वही दकियानूसी और बूढ़ी सोच वाले लोग ही शेष बचे रह गये थे। सुनमा यह सब किसी दिखावे या अपने को सबसे अलग या महान बनने के लिए नहीं कर रही थी। यह उसकी अपनी सन्तुष्टि थी, अपना जीवन था उससे किसी का क्या अहित, क्षति, अपकार या अनिष्ट हो सकता था।

वह न तो किसी पर आश्रिता थी और न ही परावलम्बिनी। वह जानती थी वह जो कुछ सोचती है, करती है और पूर्ववत जीती है। ये सब उसे भीतर ही भीतर बहुत ऊर्जा और प्रेरणा देता है जो शायद उसके जीने का एकमात्र विकल्प और सहारा भी था।

सुनमा को आज भी स्मरण है कि जब वे लोग हरिद्वार बालकराम की अस्थियाँ बहाने और कर्म करने गये थे तो उनके इलाक़े के पण्डे ने किसी महिला के हाथों, भले ही वह उसकी पत्नी ही क्यों न हो, अस्थियाँ विसर्जित करना, पिण्डदान और अन्य संस्कार करवाने से साफ़ मना कर दिया था। उसका मानना था कि शास्त्र इसकी इजाज़त नहीं देते और जो मृतक की पत्नी करना चाहती है वह धर्म का घोर अपमान ही नहीं निन्दनीय भी है। सुनमा ने जब यह सुना तो उसका मन बहुत आहत हुआ। सभी को यह ताज्जुब ज़रूर हुआ कि उस दिन उसका ग़ुस्सा अचानक ग़ायब कहाँ हो गया...क्यों उसने उस पण्डे–पुरोहित से तर्क–वितर्क नहीं किये जिसकी उसके परिजनों को आशंका थी। वह गंगा की तरह शान्त बनी रही थी। उसने निर्णय लिया कि वह बिना किसी कर्मकाण्डी पण्डे के अपने मन के अनुसार सब कर्म करेगी।

सुनमा जब हर की पौड़ी पहली बार गयी तो उसे पिता द्वारा सुनाया इतिहास स्मरण हो आया था। वह जानती थी कि यह ब्रह्मकुण्ड हरिद्वार का मुख्य घाट है जहाँ से नदी पहाड़ों से बिछुड़कर मैदानी क्षेत्रों में चली जाती है। उसने उस स्थान के सबसे पहले दर्शन किये जहाँ श्रीहरि के पदचिह्न आज भी विद्यमान माने जाते हैं। मृतकों के कर्म अर्थात अस्थियाँ यहीं विसर्जित की जाती हैं और इस स्थान पर नदी में समस्त पापों को धो डालने की शक्ति है–पिता ने ही उसे बताया था। वह मन में सोचती रही कि यदि पिता की बात सत्य है या यहाँ ऐसी कोई शक्ति मौजूद है तो यहाँ से चले जाने के बाद भी लोग आजीवन पाप और अन्याय में क्यों लगे रहते हैं...? उसे यह मलाल ज़रूर रहा कि काश! वह इससे पूर्व कभी पिता के साथ यहाँ आकर नहा जाती तो हो सकता है उसके पाप भी धुल जाते और उसका पति असमय उससे जुदा न होता...?

सुनमा ने साथ लाई चादर की ओट में अपने कपड़े उतारे थे और झोले से बालकराम की अस्थियाँ तथा अपना शादी का जोड़ा निकाल लिया था। धीरे–धीरे सीढ़ियाँ उतरती जब नदी के जल में प्रवेश हुई तो उसका शरीर रोमांचित हो गया, ठीक वैसे ही जैसे वह अक्सर अपने घर के नीचे घराट के साथ बहती नदी में किसी चट्टान पर बैठकर पाँव डाला करती थी। उसने एक हाथ से पानी के बीच सहारे और सुरक्षा के लिए लगाए गये लोहे के शंगल को पकड़ लिया और नाभि तक पानी में चली गयी। ग़ज़ब की शीतलता और ऊष्मा थी उस पानी में, वैसी ही जैसी वह बालकराम की बाँहों में महसूस करती थी। एक पल लगा वह नदी के जल में नहीं उसी की बाँहों में क़ैद हो। उसने अस्थियों को सफ़ेद कपड़े की गाँठ से आज़ाद किया और बहुत विनम्रता और भारी हृदय से उन्हें गंगा माँ की गोद में समर्पित कर दिया। ख़याल आया अब उसके जीवन में शेष बचा ही क्या है...क्यों न इन्हीं के साथ अपनी भी विलुप्तता सुनिश्चित कर ली जाये। तभी पीछे पिता खड़े–खड़े कुछ मन्त्र उच्चारण करते सुनायी दिये। उसने पुनः अपने मन के विचलन को समेटा। फिर शादी के जोड़े को प्रवाहित कर दिया इस एहसास के साथ कि पति जहाँ भी रहे, जाये...लोक या परलोक...उसी ही की तरह उस सुहाग की अनुभूति उसे भी तो रहे। आश्चर्य था कि नदी उसकी ब्याह की अँगूठी भी साथ ले गयी थी जिसे बालकराम ने ब्याह–मण्डप में उसे पहनाया था। अचानक गंगाजल से एक भँवर निर्मित हुआ जिसमें उसका वह सुहाग का जोड़ा डूबा और पानी की सतह पर लौट आया था। अँगूठी और अस्थियाँ उसपर सिमट गयी थीं...फिर वह उन्हें लेकर लहरों के साथ कहीं दूर आँखों से ओझल हो गया।

उन दिनों गंगा आज की तरह प्रदूषित नहीं थी और उसका पानी आकाश जैसा नीला हुआ करता था। वह पानी में बहुत देर तक खड़ी रही। साथ उसके पिता भी। वह बेटी के मन को भली–भाँति जानते थे। इसलिए कभी उसके कार्य में दख़ल नहीं देते बल्कि समर्थन ही दिया करते थे। सुनमा मानो गंगा को आँखों में भरकर हमेशा के

लिए मन में बसा लेना चाहती थी और बसा भी लिया...कितनी नदियाँ थी उसके हृदय में...पहली जिसके साथ वह पली–बढ़ी, दूसरी जिसे वह हरिद्वार में मिल रही है और तीसरी...आँसुओं की नदी...जिसकी गहराइयों की कोई इन्तिहा नहीं थी...। फिर वह सूर्य को तब तक अर्घ्य देती रही थी जब तक उसकी बाँहें थक न गयी हों।

पानी से बाहर निकल उसने अपने कपड़े पहने और पिता व परिजनों के साथ दूसरी ओर पूजा–घाट पर चली आयी थी जहाँ न जाने कितने पिण्डदान, क्रियाएँ और कर्म हो रहे थे। कुछ पण्डे उनके पीछे लगे जिन्हें पिता ने रोक दिया। उसने ख़ुद अपने हाथों से पिण्ड बनाकर उसका नदी में दान किया था और सभी परिजनों के सामने प्रतिज्ञा ली थी कि जितना ख़र्च हरिद्वार में बालकराम के कर्मकाण्ड व क्रिया इत्यादि पर होना था वह उसमें उतना ही धन मिलाकर पाँच विधवाओं को दान देगी और साथ उन्हीं की दो बेटियों की शादी का ख़र्चा भी उठायेगी। उसके इस प्रण से सभी चकित रह गये थे पर उसके पिता को बेटी की इस सोच पर अथाह गर्व हुआ था। पिता ने उसे अपनी बाँहों में भींचकर छाती से लगा लिया था और पता नहीं सुनमा कितनी देर उस नदी की उपस्थिति में फूटफूटकर रोती रही थी शायद तब तक जब उसके वे आँसू पिता के कुर्ते को भिगोते नीचे गंगा तक न चले गये हों...पिता की बाँहों के आलम्बन से जब वह अलग हुई तो उसने अपने मन को और भी शान्त महसूस किया था।

उसने ख़ाली गेलन में गंगा का पानी भर लिया था जिसे लोग गंगाजल के रूप में वहाँ से लाना अपना परम धर्म समझते थे। उसे बचपन से ही यह ज्ञान था कि परिवार चाहे किसी भी जाति का हो, हर घर में थोड़ा बहुत गंगाजल ज़रूर रखा रहता है और उसे मनुष्य और घरबार की शुद्धता के लिए छिड़काया जाता रहा है। वह कई बार सोचा करती थी कि क्या मनुष्य के भीतर जो छुआछूत और बुरी सोच छिपी, बैठी रहती है...काश! वह भी इसके छिड़काव से चली जाया करती...। उसके लिए गंगा का पानी इससे परे और ऊपर की सोच थी। आज सुनमा ने जितना कुछ खोया था उससे

शायद कहीं ज़्यादा अंज़ोर कर गंगा के इस पानी के साथ लेती आयी थी जिसके साथ अब उम्र–भर जीना था। इसकी अनुभूति केवल वही कर सकती थी। नदी की निर्मलता, उसका नीला रंग, उसकी विनम्रता और सहजपन...उसकी डूब...उसकी चंचलता...उसकी रुखाई... सदाशय...सौम्यता...उसकी धड़कनें...नदी की तड़प...उसकी अगाध पीड़ाएँ...उसका विस्तार...उसका संघर्ष...उसकी ठण्डक...उसकी उष्णता.... और सबसे ज़्यादा उसके भीतर छुपा हुआ आक्रोश और विनाश। साथ...साथ बिछोह...विरह...वियोग भी...। उसके पिता व परिजन जो उसके साथ थे उन सभी ने भी गंगा के पानी की एक–एक गेलन अपने साथ लिया था पर उनके लिए वह मात्र गंगाजल था...बाहरी अशुद्धता को शुद्ध व पवित्र करने का एक अच्छा–ख़ासा विकल्प... उससे भी ज़्यादा अपने भीतर की रूढ़ियों और सोच को ढकने का स्वांग। सुनमा के लिए तो उस गेलन में गंगाजल नहीं एक नदी ही थी। घर आकर उसने उसे अपने सोने वाले कमरे में सुरक्षित रख लिया था और सुबह उठते ही वह उसे दोनो हाथों से स्पर्श कर लेती थी। जब उदास–निराश होती...कभी कुछ सूझता नहीं...वह उस नदी से बतियाती रहती और अगने भीतर के प्रश्नों के ख़ुद ही हल तलाश लिया करती थी।

13

सुनमा के लिए खेती–बाड़ी और पशुओं की देखरेख अब मुश्किल होने लगी थी। उसके पिता और बेटियों की भी यही राय थी कि वह धीरे–धीरे पशुओं को कम कर दे परन्तु उसका मन नहीं मानता कि जिन्हें अपने हाथों से पाल–पोसकर बड़ा किया उन बेज़ुबानों को कैसे किसी को दे दें या बेच दे? वह यही सोचती थी कि जब तक नौकर हैं वह उन्हें किसी को नहीं देगी। उसके पास दोनों नौकर गोरखे थे जिन में से एक काफ़ी उम्र का था जिससे अब काम नहीं होता था। वह अपने बुढ़ापे में गाँव लौटना चाहता था। सुनमा ने उसे रोका नहीं और उसकी मज़ूरी का सारा पैसा इकट्ठा दे दिया। ऊपर से दो महीने की पगार, कपड़ा इत्यादि और दे दिया था। उसे भारी मन से विदा किया था सुनमा ने। वे नौकरों को अपने परिवार का ही हिस्सा मानती रही थी।

दूसरा नौकर ज़्यादा उम्र का नहीं था। पर एक दिन उसे गाँव से तार आया कि उसकी माँ बहुत बीमार है। सुनमा ने उसे भी नहीं रोका और उसका सारा हिसाब करके उसे पैसा दिया और कई कुछ सामान भी बाँध दिया था। इस तरह सुनमा का एक बड़ा सहारा भी जाता रहा था। अब उसके लिए पशुओं को घास–पत्ती जुटाना मुश्किल हो रहा था। विशेषकर बैलों को पालना उसके वश की बात

नहीं थी और बिना बैलों के खेती का काम भी सम्भव नहीं था। इस वजह से घराट बिल्कुल ठप्प हो गया था जो उसके जीवन–यापन का बड़ा साधन था और उससे उसका ख़ूब लगाव भी था। वह रोज़ सोचा करती कि घराट का कामकाज शुरू किया जाये पर समय ही नहीं मिल रहा था।

एक दिन उसके पिता ने ही सुझाया था कि वह बैलों और बकरियों को या तो बेच दे या किसी को बटाई पर दे दे ताकि साल–फ़सल पर बैल उसके काम भी आते रहे। सुनमा के लिए हालाँकि यह बहुत कठिन था फिर भी उसे कोई न कोई निर्णय तो लेना ही था। उसने एक दिन अपनी एक बेटी को, जिसका ससुराल ज़्यादा दूर नहीं था, घर बुलाया और सारी बात बता दी। बेटी ने इनकार नहीं किया। बैल, गाय और बकरियों को अपने घर ले जाने का फ़ैसला कर लिया। उसके ससुराल में बैल की पहले से ही कमी थी जो इस तरह पूरी हो गयी थी। साथ ही बिजाई के समय वह अपनी माँ की मदद भी कर सकती थी। सुनमा के लिए बैलों का देना आसान नहीं था क्योंकि उन्हीं से खेती थी और बालकराम की बहुत–सी यादें उन्हीं से जुड़ी थी। जिस दिन उन्हें देना था उसके पिछले दिन वह पता नहीं कितनी देर गौशाला में उनसे बतियाती रही थी। आँखों के आँसू रोके भी नहीं रुक रहे थे। दूसरे दिन बहुत मुश्किल से उन्हें घर से विदा किया था। उस रात सुनमा ने कुछ भी खाया–पीया नहीं था बस उनके बिछोह में रोती रही थी। अपने घर की तरह अब गौशाला भी ख़ाली हो गयी थी जो कभी पशुओं से भरी रहती थी। सुनमा के पास एक गाय और उसकी छोटी बछिया ही रह गयी थी। शेष, महज़ खूँटे ही बचे थे जिनका अकेलापन भी सुनमा की तरह हो गया था। वह जब गौशाला में जाती तो खूँटे उसके दिल और छाती पर कीलों की तरह चुभने लगते। वह बहुत देर बारी–बारी उनके पास बैठकर उन्हें सहलाती रहती जैसे उनमें बँधे बैलों और दूसरे पशुओं को प्यार कर रही हो। उसे गाय और बछिया का अकेलापन भी अपनी तरह लगने लगा था।

सुनमा का एक भरा–पूरा संसार अचानक उजड़ जायेगा, उसने कभी इसकी कल्पना तक नहीं की थी। सुनमा ने भी अभी तक के जीवन में ऐसे अनेक रंग देखे थे जहाँ कहीं भी समय ठहरा हुआ महसूस नहीं होता था। केवल उसका और बालकराम का खुशनुमा संसार था। बहुत प्यारी–सी दुनिया थी उनकी जहाँ आज की कल्पना भी उसने नहीं की होगी। परन्तु समय किसी के हिसाब से नहीं चलता, वह हर जगह, हर घर और परिवार में अपने रंग दिखाता चलता है।

एक गाय और छोटी–सी बछिया के लिए घास–पत्ती जुटाना आसान था। इसलिए सुनमा ने सोच लिया था कि वह सारा समय अब घराट के संचालन में लगायेगी। वहाँ लोगों के आने–जाने के साथ–साथ उसका मन भी लगा रहेगा। उसने अपना ध्यान घराट पर केन्द्रित करने की सोच ली थी। उसे जो करना है अकेले ही करना है, अब कोई नौकर भी घर पर नहीं रहा जो उसकी मदद करता। उसका मन भी किसी को रखने का अब नहीं था।

आज सुबह उसने घर बाहर का काम जल्दी–जल्दी निपटाया और घराट पर चली गयी। वहाँ सबकुछ अस्त–व्यस्त था। नदी के किनारे से घराट तक आती कूहल जगह–जगह से टूट गयी थी। उसने पहले उसे ही ठीक किया और पानी की बहाली दुरुस्त की। थोड़ी देर में पानी घराट के ऊपर बनी हौदी में पहुँच गया और जमा होने लगा। वहाँ से पानी दो पाइपों में घराट के लिए जाता था जो नीचे लकड़ी से बने दोनों बजीवरों की पाँखों पर जैसे ही गिरता उन्हें पंखों की तरह घुमाता और भीतर पत्थर के बने लगभग सौ–सौ किलो वज़न के दोनों पूड़ घूमने लगते। सुनमा ने भीतर जाकर अच्छी तरह साफ़–सफ़ाई की। बाँस की खार, जिसमें गेहूँ, जौ और मक्की पीसने के लिए डाली जाती है, उसमें अभी भी बहुत गेहूँ पीसने को शेष थी। सुनमा के लिए यह जानना मुश्किल था कि घराट में गाँव के किन–किन लोगों का अनाज पीसने को पड़ा है। लेकिन उसे विश्वास था कि जैसे ही घराट चलना शुरू हो जायेगा लोग ख़ुद चले आयेंगे और अपना–अपना अनाज ले जायेंगे।

ऐसा ही हुआ था। घराट के संचालन की ख़बर आग की तरह गाँव–बेड़ तक पहुँच गयी थी। लोगों के लिए इस बीच मुश्किलों का सामना भी करना पड़ा था क्योंकि आस–पास कोई भी घराट नहीं था। धीरे–धीरे लोगों का आना–जाना शुरू हो गया और कुछ ही दिनों में सुनमा का वहाँ ख़ूब मन रमने लगा। आटा पिसाई से जो पिहाई यानी मेहनत आती थी, वह उसकी आमदनी का भी एक साधन था। सप्ताह–भर में अच्छा ख़ासा अनाज जमा हो जाता था। उसी से उसकी रोज़ी–राजी चलनी शुरू हो गयी थी। अब न तो अपने घर अनाज की कमी होती और ज़रूरतमन्द लोग आटा ख़रीदकर भी ले जाने लगे थे।

सुनमा के साथ उसका कुत्ता बाघी भी होता जिसका उसे बहुत सहारा था। वह घर पर कभी–कभार ही रहता था या जिस दिन सुनमा उसे घर छोड़कर आती। वह सारा दिन आँगन में बैठा घर की जुगाली करता रहता।

घराट में दिन भर चहल–पहल रहती। दोनों घराटों के चलते रहने से भीतर जैसे जीवन भरा रहता। गाँव की औरतें और मर्द अनाज की पिसाई के लिए आते–जाते रहते। हालाँकि, सुनमा देई का सभी सम्मान करते परन्तु कुछ ऐसे भी थे जो पिसाई के लिए कम और बाहर–भीतर की भनक लेने के लिए ज़्यादा उत्सुक रहते। सुनमा अब अकेले कैसे जीवन यापन करती इसकी जाँच–परख करते रहते। उसका मन घराट की खार जैसा साफ़ था कि उसमें कोई भी अनाज डालो पूड़ के भीतर वह बे रोकटोक और बिना भेदभाव के एक जैसा पीसेगा ही। उसका ध्यान हमेशा अपने काम पर रहता, अपनी मेहनत पर रहता। किसी के मन में क्या चल रहा है, किसी की आँखें कहाँ लगी हैं, क्या देख रही हैं या कोई उसके बारे में क्या सोच रहा है, उसे इन बातों से कोई मतलब नहीं होता। हाँ, उसे अमीर–ग़रीब की ज़रूर पहचान रहती। जो लोग मुश्किल से पिसाई के लिए अनाज जुटा पाते वह उनसे कुछ भी पिहाई यानी मज़ूरी नहीं लेती। ऐसे ग़रीबों और ज़रूरतमन्दों के लिए वह अपने घर तक से

मुफ़्त अनाज दे दिया करती। यह संस्कार उसने अपने पिता से पाये थे जो ससुराल में आकर और पल्लवित हो गये। वही लोग होते जो साल–फ़सल या दूसरे कामों के वक़्त सुनमा की सहायता के लिए बिना बोले हमेशा खड़े रहते।

एक दिन गाँव का प्रधान ठाकुर बसन्तराम और पंचायत सदस्य भीखीराम उसके पास आये थे। उनके पास पिसाई के लिए कोई अनाज नहीं था। सुनमा ने अपने पति बालकराम से प्रधान के बारे में बहुत कुछ सुन रखा था कि वह उनके गाँव–परगने का ऐसा बड़ा साहूकार है जिसने ग़रीबों और ज़रूरतमन्दों की ज़मीनें रेहन रखकर अपनी साहूकारी चमकायी है। जो भी कोई ग़रीब उसके चंगुल में फँसा वह उम्र–भर उसी का क़र्ज़दार रहा और लाख कोशिशें और मिन्नतें करने के बावजूद भी अपने रेहन खेत और घासणी नहीं छुड़वा पाया। यहाँ तक कि जिस किसी के घर में यदि अच्छी नस्ल की पहाड़ी गाय सू जाती तो ब्याज के बहाने वह उसे उनके खूँटों से बेझिझक खोल कर ले जाता। परन्तु उसका कभी सुनमा के ससुर या पति से ऐसा कोई लेन–देन न हो पाया। बालकराम के न रहने से उसकी कई उम्मीदें जगने लगी थीं। वह जैसे–केसे सुनमा के अकेलेपन का इस मायने में फ़ायदा उठाना चाहता था कि वह कुछ खेत या घासणी उसे बेच दे। मन ही मन वह घराट तक का सौदा भी करना चाहता था। उसका मानना था कि सुनमा अब अकेली है, इतनी ज़मीन रखकर क्या करेगी?

सुनमा देर तक लोगों के अनाज की पिसाई और तौलायी करती रही। जब सारा काम निपट गया और लोग चले गये तो सुनमा यह देखकर थोड़ा चकित ज़रूर हुई कि वे दोनों बिना काम के अभी तक भी आँगन की मुँडेर पर बैठे थे। उसने ज़्यादा सोचा नहीं और बाहर उनके पास चली आयी। विनम्रता से कहने लगी, "माफ़ करना प्रधान जी, लोगों की पिसाई ज़्यादा थी आज, इसीलिए आपसे न बतिया सकी।"

प्रधान ने उसकी बात अनसुनी करके अपनी सदरी की जेब से बीड़ी और माचिस निकाली। एक बीड़ी अपने मुँह में ठूँसी जो

बेतरतीब मूँछों के बीच आधी ही दिखायी पड़ती थी और दूसरी पास बैठे सदस्य भीखीराम को थमा दी। माचिस इतनी ज़ोर से डिब्बिया के मसाले पर रगड़ी कि पता नहीं क्या हुआ पूरी डिबिया की तिल्लियों ने आग पकड़ ली। उसका भभकाव इतना तीव्र था कि कुछ पंचायत के सदस्य के ऊपर गिर गयी जिससे उसकी क़मीज़ में कई छेद हो गये। दोनों झटके से खड़े हुए और कपड़े झाड़ते रहे। सुनमा एक पल के लिए चौंकी थी। उसकी नज़र जब उनके पाँव के पास रेतीली ज़मीन पर पड़ी तो वह विस्मित रह गयी। वहाँ बीड़ी के अधजले टुकड़ों और तिल्लियों का ढेर लगा था। उसने अनुमान लगाया कि जब से ये दोनों यहाँ बैठे हैं ज़रूर दो बंडलों से ज़्यादा फूँक गये होंगे। जगह–जगह रेत में उँगलियों से कुरेदने के निशान भी थे।

यह सब उन दोनों की झुँझलाहट की गवाहियाँ थीं जिनका सुनमा कुछ–कुछ अंदाज़ा लगा रही थी। उसे इस बात की ज़्यादा भनक नहीं थी कि उन दोनों के मन में क्या कुछ चल रहा है। परन्तु भीतर न जाने कितनी माचिस की तिल्लियाँ जल रही है जिसके ताप का अंदाज़ा उनकी लाल–लाल आँखों और माथे से चू रहे पसीने से सहज ही लगाया जा सकता था। यह भभक भीतरी खिन्नता से भरी थी जिसके सीधे मायने यही थे कि प्रधान जैसे रुतबे को एक साधारण गाँव की स्त्री ने कैसे अनदेखा किया था...?

प्रधान कुछ कहता सुनमा ने भीतर जाकर एक बीड़ी का बंडल और माचिस की डिबिया लाकर उनको थमा दी,

"कोई बात नहीं प्रधान जी, आप यहाँ से बीड़ी सुलगा लो।"

यह आग में घी का काम कर गया लेकिन दाँत भींचने से ज़्यादा वे दोनों कर भी क्या सकते थे। सुनमा आते–जाते बीड़ी पीने वालों के लिए हमेशा अपने घराट में बीड़ियाँ रखती थी।

प्रधान ने बेमन से एक बीड़ी सुलगायी। इस बार सदस्य भीखीराम को देना भूल गये या जानबूछकर नहीं दी और सीधी बात पर आ पहुँचे।

"तुम्हारे से एक काम था सुनमा देई।"

"मेरे से...?" कुछ अचरज भरे स्वर में वह बोली थी।

"हाँ जी। बात यह थी कि...।" वह थोड़ा रुक गया था। सुनमा ने ही बात को आगे बढ़ाया था।

"बोलो, बोलो प्रधान जी। मेरे लिए क्या काम है आपके पास?"

"मैं सोच रहा था नदी के साथ तुम्हारे क्यार अब उजड़ पड़ने लगे हैं। बालकराम था तो बड़ा सहारा था तुम्हारे लिए। ख़ूब निराई–बुआयी भी होती थी। बिना मर्द के अब कहाँ घर और ज़मीनें चलती हैं। सोच रहा था मेरे को बेच दो। जो कीमत लेनी तुम्हारे को ले लो। जितना बोलोगी ज़्यादा ही दूँगा।"

सुनमा के पास हमेशा दराट साथ रहता था। वह जहाँ बैठी थी उसने गुस्से में उसके थरे को इतनी ज़ोर से पकड़ा कि हाथ की नसें फूल गयीं और उसका सिरा आधा ज़मीन में घँस गया। लेकिन अपने गुस्से पर काबू पाते हुए उसने प्रधान को समझाया था।

"प्रधान जी, घर–ज़मीनें औरतों से भी चलती है। बस मेहनत और काम का जज़्बा होना चाहिए। ...और वह दोनों मेरे में हैं। पर मैं उतने ही पैर पसारती हूँ जितनी चादर सहारा देती है। क्यार उजड़ है तो क्या हुआ, अगली बरसात में पानी लगा दूँगी। पर आप जानते हैं मेरे लिए घराट ही बहुत है। ज़मीन बेचने को नहीं होती प्रधान जी। कमाने–खाने को होती है। न भी कमाई जाये तो उजड़ रहे, पर है तो अपनी ही न। मुझे नहीं बेचनी है अपनी ज़मीन। और आप सुन भी लो, जब तक ये सुनमा देई ज़िन्दा है न तिलभर भी न बेचूँगी। आपको कोई और काम हो तो बोलो, मुझे देर हो रही है।"

सुनमा ने दराट उठाया, घराट के भीतर जाकर ताला चाबी ली और दरवाज़ा ओटकर उसे बन्द कर दिया। उसके हाव–भाव देखने लायक़ थे।

प्रधान और उसका साथी वैसे ही जड़ बैठे रहे। उन्हें नदी का भयंकर शोर अब ऐसे सुनायी दे रहा था जैसे नदी नीचे नहीं उनके कानों में बह रही हो। दोनों ने कानों को एक साथ उँगलियों से साफ़

किया जैसे भीतर कोई कीड़ा घुस गया हो। पर वह शोर बढ़ता ही रहा। सुनमा देई अब तक काफ़ी ऊपर पगडण्डी पर निकल गयी थी। उसके क़दमों की पदचापें उनके मुँह पर थपेड़ों की तरह पड़ती रही। किसी ने आपस में कोई बात नहीं की और चुपचाप चलते बने, बिल्कुल वैसे ही जैसे अखाड़े से कोई पहलवान हारकर लौट रहा हो। अपनी आज तक की प्रधानी में ठाकुर बसन्तराम ने शायद ही कभी इतना अपमान महसूस किया होगा और वह भी एक औरत से। पता नहीं उसके दिमाग में उस समय क्या–क्या खुराफातें चल रही होंगी लेकिन सुनामा देई के तेवर और उससे बढ़कर गाँव–बेड़ यहाँ तक की परगने में उसकी इज़्ज़त–परतीत के आगे जैसे वे सब स्वाह होती जा रही थी। यही हाल सदस्य भीखीराम के थे। ठाकुर अधेड़ उम्र का था। होगा कोई बासठ साल का जबकि भीखीराम पचास से थोड़ा कम रहा होगा। उसके भीतर पंचायत सदस्य की ठीस के साथ–साथ अभी तक भी ज़वानी का जोश नहीं गया था। वैसे भी वह सुनमा देई के पति बालकराम से बहुत पहले से ईर्ष्या करता था। कारण कोई नहीं था बस एक तो सुनमा देई जैसी सुशील, सुन्दर और कामगर बीबी दूसरे उनकी लोगों के बीच बनी साख थी।

प्रधान देर तक ख़ामोश बना रहा लेकिन उस सदस्य के मुँह से सुनमा देई के लिए एक बहुत भद्दी और गन्दी गाली निकली। प्रधान की मूछें अजीब तरीके से फड़फड़ाई और होंठों पर एक धूर्त मुस्कान पसर गयी। दोनों की आँखें एक पल के लिए मिली और उस कुटिलता ने जैसे दोनों के भीतर स्फूर्ति भर दी। उस गाली ने भीतर उठे अपमान के ताप पर ठण्डे पानी का काम किया। कई पल वह गाली प्रधान के कानों में गूँजती रही और फिर होंठो और जीभ के बीच फँस गयी। वह उसे काफ़ी देर ऐसे चबाता रहा जैसे ताज़ी भुनी हुई मक्की के दाने चबा रहा हो।

एक दिन सुनमा देई के साथ अप्रत्याशित घटना घट गयी। वह दोपहर को घराट में आटा पिसाई कर रही थी। आज कुत्ता भी साथ नहीं था। पाँचायत सदस्य भीखीराम एक थैली में थोड़ी–सी मक्की

लेकर पिसाई के लिए आ गया। उसे पिछले दिनों की याद हो आयी जब वह प्रधान के साथ आया था। एक मन हुआ घराट बन्द करके निकल लिया जाये या उसे पिसाई के लिए मना कर दें परन्तु ऐसा करना सुनमा को ठीक न लगा। वह अभी यह सोच ही रही थी, भीखीराम ने हालचाल पूछने से बात की शुरुआत की,

"कैसी हो सुनमा देई...? बई, ख़ूब नाम है तुम्हारे घराट का। लोग रोटी चूल्हे–तवे पर बाद में पकने को डालते है पहले तुम्हारा गुणगान कर लेते हैं। सच में, कितनी बढ़िया पिसाई करती हो तुम। मैं तो कब से तुम्हारे घराट का आटा खा रहा हूँ। घरवाली हमेशा पिसा कर ले जाती है।"

सुनमा ने उसकी बातों की तरफ़ क़तई घ्यान नहीं दिया। खार में पहले की बची गेहूँ को बाहर निकाला। दोएडा यानी जिससे दाने पूड़ के छेद में गिरते हैं, को बन्द किया और भीखीराम की थैली से मक्की खार में डाल दी। पिसाई शुरू हो गयी।

इधर–उधर, बाहर–भीतर कनखियों से नज़रें घुमाते–फिराते उसने आँखें सुनमा पर गड़ा दी जो अभी नीचे पूड़ के पास आटा इकट्ठा कर रही थी। थोड़ा घबराया–सा बोला,

"तुम्हारा वो शेर कुत्ता नहीं दिख रहा कहीं?"

सुनमा को झटका–सा लगा। याद आया कि आज उसे घर ही छोड़ आयी है। एक पल के लिए सहम–सी गयी। फिर अपने को संयत किया और पास पड़े दराट को पकड़ते हुए बोल पड़ी,

"उसके बदले दराट जो है मैंबर जी।"

भीखीराम ने सोचा भी न था कि उसे ऐसा तीखा उत्तर भी मिलेगा। दराट देखकर वह भीतर ही भीतर तिलमिला गया। जेब से बीड़ी निकाली और जलाकर ज़ोर–ज़ोर से धुआँ उड़ाने लगा। वह दहलीज़ पर ही बैठा था। उसकी एक नज़र बाहर थी और दूसरी सुनमा देई पर। उसकी हरकतों को देखकर सुनमा कुछ–कुछ घबरायी हुई–सी थी। पर विश्वास था कि कोई–न–कोई ज़रूर इस बीच आटा पिसाने चला आयेगा, पर आया कोई नहीं।

आटे की पिसाई ख़त्म हुई तो झटपट उसे भीखीराम की थैली में डाल दिया। उसकी पिसाई रखना भी भूल गयी। वह चाह रही थी कि यह बला जितनी जल्दी चली जाये अच्छा है।

सुनमा जैसे ही आटे की थैली उसे पकड़ाने लगी भीखीराम ने उसे बाँह से पकड़ लिया और अपनी तरफ़ खींचने लगा। सुनमा देई बुरी तरह काँप गयी। तन–बदन जैसे किसी धधकती आग में डाल दिया हो। यह ऐसा अप्रत्याशित हमला था जिसकी अपने ही गाँव में न वह कभी उम्मीद कर सकती थी और न ही ऐसी अशलील हरकत के निपटाव के लिए वह तैयार ही थी। वह इससे बहुत डर गयी थी। देर तक अपने को भीखीराम की पकड़ से छूटने को छटपटाती रही पर उसके बाँहों के कसाव मज़बूत होते जा रहे थे। भीखीराम की आँखों में वासना का भूत सवार था। सुनमा जानती थी कि नदी के शोर में उसका चीख़ना–चिल्लाना व्यर्थ होगा। इसलिए उसे अपना बचाव जैसे–तैसे ख़ुद ही करना है।

दोनों घराटों के अनाज की खारें ख़ाली हो गयीं थीं। उसमें अनाज नहीं था और घराट के पूड़ बिना दानों के अज़ीब और डरावनी आवाज़ें करने लगे थे। उन पर लगी धूघतियों की टरटराहट ऐसी थी मानो वें किसी शिकारी के जाल में फँसकर छूटने को फड़फड़ा रही हो। उस वासना के भूखे भेड़िए से लड़ते हुए सुनमा को अचानक लगा जैसे नदी में बाढ़ आने लगी है। पानी घराट के दरवाज़े तक चला आया है और उसके भीतर धीरे–धीरे उतरने लगा है। अपने भीतर के हौसले को समेटते हुए हुए उसका नदी जैसा विराट रूप होने लगा था। एकाएक वह उसकी गिरफ़्त से आज़ाद हो गयी और बाहर भागने के बजाय उस पर उल्टी झपट पड़ी। एक ही लात से भीखीराम घराट के घूमते हुए पूड़ के पास गिर गया। सुनमा ने उसके मुँह और आँखों के ऊपर आटा फेंक दिया जिससे उसकी आँखें बन्द हो गयीं। वह नीचे से बाहर आने का प्रयत्न करने लगा पर आँखों में आटा घुसने की वजह से जैसे अन्धा हो गया था। उसने पास रखे दराट को उठाया। एक मन किया कि उसकी गर्दन काट डाले लेकिन

किसी घोर अपराध की गन्ध ने उसे रोक दिया। दराट की नोक उसके कॉलर में फँसाकर उसे बाहर खींच लिया और फिर लात–घूँसों से उसकी अच्छी–ख़ासी मरम्मत कर दी। उसकी आँखें अभी भी खुल नहीं रही थी। वासना का सारा भूत जाता रहा था और सुनमा के आगे भिखारियों की तरह गिड़गिड़ाने लगा था। सुनमा का गुस्सा सातवें आसमान पर था। उसे घसीटती हुई नदी के किनारे तक ले गयी और उसका मुँह पानी में ठूँस दिया। अधमरा–सा वह छटपटाता रहा। सुनमा का एक मन हुआ कि उसे नदी में फेंक दे पर ऐसा विचार आते ही उसे किसी ने पीछे से पकड़ लिया था। देखा तो गाँव की एक औरत थी जिसे वह बड़ी भाभी कहती थी। अब कुछ और लोग भी वहाँ आ गये थे। इस पूरे दृश्य और माजरे को देख–समझकर सभी हतप्रभ थे। उन्होंने सुनमा को शान्त किया। वह आदमी नदी के किनारे रेत पर पड़ा हाँफ रहा था। सुनमा ने रोते–रोते सारी घटना गाँव वालों को सुनायी। सुनते ही उसकी बड़ी भाभी का गुस्सा भड़क गया। उसने सुनमा के हाथ से दराट छीन लिया। पर गाँव के लोगों ने उसे बहुत मशक़्क़त से पकड़ लिया अन्यथा वह अनर्थ कर देती।

इस घटना ने पूरे गाँव–बेड़ और परगने तक को हिला दिया था। मामला पंचायत तक पहुँचा और पंचायत में उसकी बड़ी फ़जीहत हुई। उसे सर्वसम्मति से पंचायत की सदस्यता से निष्कासित कर दिया गया। हालाँकि, प्रधान बसन्तराम का मन ऐसा कुछ करने का नहीं था पर अन्य सदस्यों और लोगों के दबाव के आगे वह कुछ नहीं कर पाया था। कुछ दिनों बाद भीखीराम ने मारे शर्म के नदी में कूद कर अपनी जान ही दे दी थी।

सुनमा की दबंगता का लोहा हर तरफ़ मनने लगा था। उसकी हिम्मत की ख़ूब दाद दी जाने लगी। लेकिन उसके भीतर इस घटना ने जैसे बहुत कुछ छिन्न–भिन्न कर दिया था। वह घराट में अब अकेले रहने से डरने लगी थी। इसलिए या तो अपने कुत्ते को साथ रखती या फिर ही आती जब गाँव की औरतें उसके साथ होतीं।

14

समय सुनमा देई की उम्र लेकर उड़ रहा था। जीवन के पलों का उड़ाव इतना चुपचाप होता कि उसे उठते–बैठते, सोते–जागते, दिन–भर काम करते उसका पता ही नहीं चलता। सुनमा अकेले बैठे–बैठे सोचती रहती कि क्या सूरज इन पलों को चुराता होगा या चाँद इन्हें छीनता रहता होगा...या हवाओं के साथ ये पल कहीं चले जाते होंगे...या फिर जब चाँद नहीं होता और धरती काले अँधेरे में लिपट जाती है तो वही अन्धकार जीवन के इन अनमोल क्षणों को हमसे छीनता चला जाता होगा...? वह जब अकेली अपने घराट में आटा पीसती रहती तो पत्थर के पूड़ को घूमते एकटक देखती रहती। खार से एक–एक दाना जब लकड़ी के दोएडा में गिरकर पूड़ के छेद से भीतर जाता तो वह सोचती कि उसका जीवन भी घराट जैसा ही है। जब तक पानी न्यूजल से बजीवरे की पाँखों में टकराकर उसे घुमाता रहेगा, घराट चलता रहेगा। पानी नहीं तो घराट भी बन्द...जैसे साँस ही बन्द हो गयी हो। वह अपने जीवन और समय को भी इसी से तौलती जाती। विचारती रहती। मानो समय पूड़ की तरह बहुत तेज़ी से घूम रहा है और जीवन रूपी खार से पल रूपी दाने एक–एक कर समय के पाट में पीसते हुए समाप्त होते चले जा रहे हैं। ये सब उसे कितना विस्मयकारी लगता कि हमारी भीतर की साँसें पल–पल जाती

रहती हैं और हमें एहसास तक नहीं होता। उसकी ईश्वर से शिकायत रहती कि उसके बालकराम को पता नहीं उसने क्यों इतनी कम साँसें दी थीं...उसने उनके बदले मुझे ही क्यों नहीं कम साँसें दी...ताकि मैं ही पहले निकल जाती? उसकी आँखें भर आती और बहुत देर आँसुओं की बूँदे टप–टप गिरती रहतीं ...मानो अब अकेले जीवन गुज़ारना सम्भव ही न रहा हो...। पहाड़–से इस जीवन को वह कब तक ढोती रहेगी...?

इन्हीं निराशाओं के समन्दर में डूबी सुनमा नदी के किनारे जाकर किसी चट्टान पर बैठ जाती। पाँव घुटनों तक पानी में डाल देती और नदी से ख़ूब बातें किया करती मानो मायके में अपनी अम्मा के पास ही बैठी हो। अपने दुःखों, पीड़ाओं और उदासियों को नदी से बाँटती जाती और उसे लगने लगता कि उन्हें लहरें उससे माँग–माँग कर कहीं दूर पार ले जाया करती हैं। नदी के सुनमा न जाने कितने रूप देखती। कभी माँ जैसी लगती, कभी पिता जैसी तो कभी एक बहुत प्यारी क़रीबी सहेली जैसी। नदी के इन प्ररूपों से उसकी न जाने कितनी शिकायतें होती, कितने दुःख–सुख की बातें, जब मन हल्का होता तो पानी से पाँव निकालकर उन्हें अपने चादरू से पोंछ लेती और घराट–घर लौटते हुए उसके सिर पर रखा दुपट्टा भारी होता जाता। लगता जैसे नदी को बाँधकर घर ही ले जा रही हो।

एक दिन सुनमा देई का घराट चलते–चलते बन्द हो गया था। वह पिसे हुए आटे की एक तरफ़ ढेरी लगा रही थी। दोनों बजीवरों की पंखुड़ियाँ घरघराती हुई अचानक धीरे–धीरे निर्जीव–सी हो गयी थीं। उसकी समझ में नहीं आया कि पानी कैसे और कहाँ रुक गया? भरी दोपहरिया थी। धूप बहुत तेज़ चमक रही थी। नदी किनारे की रेत और पत्थर बहुत तेज़ी से तप रहे थे परन्तु नदी–जल के साथ हवा टकराकर वातावरण को हल्की नमी व ठण्डक दे रही थी। वह बाहर निकली। घराट का दरवाज़ा ओटा और हाथ में दराट उठाकर ऊपर की ओर चल दी। दरवाज़े के पास सोया कुत्ता भी पीछे–पीछे चल दिया था। सुनमा के साथ जब से वह हादसा हुआ था वह हमेशा साथ ही रहता था। हालाँकि, अब वह काफ़ी बूढ़ा भी हो गया था।

पानी की हौदी के पास पहुँची। वह ख़ाली थी। कूहल में पानी ही नहीं आ रहा था। सोचा कहीं से टूट गयी होगी या किसी ने शरारत की होगी। फिर सोचती रही कि ऐसा पहले तो कभी हुआ ही नहीं। कूहल टूटने की कोई सम्भावना नहीं थी। तूफ़ान–बारिश का मौसम भी नहीं था जिस वजह से उसमें रुकावट आती। वह धीरे–धीरे कूहल के किनारे–किनारे बने सँकरे रास्ते से उस तरफ़ चल दी जहाँ नदी के तट से घराट के लिए कूहल लायी गयी थी।

कूहल बहुत दूर से आती थी। वह ऐसी जगह थी जहाँ नदी का विस्तार काफ़ी चौड़ा था जो कुछ दूर आगे जाकर सँकरा हो जाता था। वहाँ नदी विश्राम करती लगती थी और उसके बाद ऐसे भागती जैसे समुद्र में मिलने की बहुत जल्दी हो। चलते हुए सुनमा की जब नीचे बहती नदी पर नज़र पड़ती तो नदी के निर्मल जल में सूरज उसके साथ–साथ चलता दिखता। सूरज का इस तरह साथ चलना और नदी में उसका भीगना अच्छा लग रहा था। यह ऐसा नज़ारा था जिसे इससे पूर्व देखने का सौभाग्य उसे कभी मिला ही नहीं था। आर–पार की घाटियाँ और हरे–भरे जंगल भी मानो तेज़ गर्मी से निज़ात पाने के लिए नदी के भीतर छुपने का प्रयास कर रहे हों।

जैसे–जैसे वह नदी के तट की तरफ़ बढ़ने लगी उसे एक धुँधली–सी आकृति पानी से खेलती नज़र आयी। यह वही जगह थी जहाँ से पानी कूहल में आता था। उसके क़दम एकाएक रुक गये। लगा कि वह वही कोई है जिसने कूहल का पानी तोड़ा होगा। सुनमा के गुस्से का पारावार नहीं रहा। वह तेज़–तेज़ क़दम देने लगी। उसके कुत्ते ने भी उस आकृति को देख लिया था और देखते ही जैसे उसके बूढ़े जिस्म में ग़ज़ब की स्फूर्ति भर आयी हो। वह गोली की माफिक सुनमा की बग़ल से उस ओर दौड़ पड़ा था। सुनमा उसे पुकारती रही, इसी भय से कि कहीं उस आदमी को काट न ले, पर उसने नहीं सुना। कुछ पल कुत्ते के भौंकने की आवाज़ आती रही और फिर कहीं नदी के शोर में गुम हो गयीं। वह घबरा गयी थी कि कहीं उस आदमी ने कुत्ते को तो कोई नुक़सान न पहुँचा दिया हो।

सुनमा के दाहिने हाथ का कसाव दराट पर बढ़ गया और साँसें भी ज़ोर–ज़ोर से चलने लगीं। मन में कुछ जोश के साथ एक भय भी पैदा हो गया था। उसने चारों तरफ़ नज़र दौड़ाई। कहीं कोई आदमी भी दिख नहीं रहा था। बस था तो नदी का शोर।

जहाँ से पानी कूहल में आता था उसके छोर पर एक बड़ी चट्टान थी जिस पर बैठने की खुली जगह थी। उसपर बैठकर कोई भी नदी के जल में पाँव डुबो सकता था। उसकी नज़र जैसे ही वहाँ गयी, पाँव ठिठक गये। एक छोटी–सी लड़की बैठकर अपने पाँव पानी में डाले उन्हें छपका रही थी जिसके छींटे दूर–दूर तक जा रहे थे। जब वे ऊपर की ओर उछलते तो उनमें सूर्य के प्रतिबिम्ब उतर आते और नीचे गिरते वे ऐसे लगते मानो कई छोटे–छोटे सूरज नदी में डुबकियाँ लगा रहे हो। सुनमा कुछ देर उस चकाचौंध में खो–सी गयी थी। उसकी तिरमिराहट कई पल आँखों में बसी रही। बार–बार पलकें झपकाने के बाद जब रोशनी साफ़ हुई तो अचम्भित हो गयी। कुत्ता लड़की की बग़ल में चुपचाप बैठा था और वह बहुत स्नेह से उसके सिर पर हाथ फेर रही थी। सुनमा धीरे–धीरे जैसे ही चट्टान के पास पहुँची, लड़की ने बिना देखे आवाज़ दी,

''ऊपर आओ न। देखो नदी में पाँव डालकर कितना अच्छा लगता है।''

सुनमा को विश्वास ही नहीं हुआ कि किसी बच्ची की आवाज़ इतनी मीठी भी हो सकती है। लड़की ने फिर कहा,

''बहुत प्यारा कुत्ता है आपका।''

सुनमा को आश्चर्य हुआ कि कुत्ता उसे देखकर ज़रा भी नहीं हिला, जबकि वह किसी के साथ कभी इतना घुलता–मिलता नहीं था। बच्चे तो उसके नज़दीक जाने से भी कतराते थे। वह एक पल के लिए सहम गयी।

''नीचे उतरो। काटेगा तुमको। आगे देखती नहीं हो नदी कितनी गहरी है। गिरोगी तो निकालेगा भी कोई नहीं। कुत्ता और मैं दोनों को तैरना नहीं आता। उतरो...उतरो।''

इस स्नेह–भरी डाँट को सुन कर वह बहुत ज़ोर से हँसी थी। उसकी खिलखिलाहट पल–भर में नदी के शोर से मिल गयी। अब चारों ओर जैसे उन्हीं का मधुर संगीत था। सुनमा ने पहली बार हँसी के इस अचरज भरे संगीत को सुना था।

धीरे–धीरे वह संगीत नदी की लहरों में जैसे डूब गया था। लड़की ने हल्की–सी गर्दन सुनमा की ओर घुमाई। उसे लगा जैसे चट्टान ही उसकी ओर घूम गयी है। लड़की का चेहरा देखते ही सुनमा जैसे बेहोश होते–होते सँभली थी। एक अज़ीब–सा नशा आँखों में उतरता हुआ पूरे ज़िस्म में फैल गया। वह जितने जल्दी भीतर उतरा उतना जल्दी ही एक सुकून में बदल गया। सुनमा ने इससे पहले कभी इतना सुन्दर और आकर्षक चेहरा नहीं देखा था। जैसे वह किसी मनुष्य का नहीं चाँद का चेहरा हो...किसी बच्ची का नहीं इन्द्रलोक की अप्सरा का चेहरा हो...पल–भर सुनमा इन कल्पनाओं में खो गयी थी।

लड़की की वही मीठी आवाज़ फिर कानों में पड़ी थी। सुनमा मानो गहरी नींद से जागी...,

"आप ही ऊपर आओ न, हमारे साथ बैठो कुछ पल।"

बहुत प्यारा अनुनय था वह। सुनमा टाल नहीं पायी। कुत्ते ने भी स्वीकृति में अपनी पूँछ हिलायी थी।

सुनमा ऊपर चढ़ी। अपनी चप्पलें चट्टान के साथ खोल दी। चढ़ते हुए हल्का–सा धक्का आ गया। लड़की ने कब दाहिना हाथ पकड़ लिया, इसका आभास तक भी उसे नहीं हुआ।

"अभी बुढ़ापा नहीं आया है आपको। बहुत काम करने है आगे। मुझे देखो। नहीं...नहीं....मुझे नहीं इस नदी को देखो, कभी थकती ही नहीं है। न कहीं ठहरती ही है। रात–दिन चलती रहती है। निरन्तर। आपको भी ऐसे ही चलते रहना है...निरन्तर...।"

उसकी बातें सुनमा को समझ नहीं आयी पर हल्की सी मुस्कुरायी ज़रूर थी। लड़की ने उसे अपने पास बिठा दिया था। बैठते हुए उसे ऐसा लगा मानो वह किसी पत्थर पर नहीं अपितु बेहद मुलायम रेशमी

आसन पर बैठी हो जो तरह–तरह के इत्रों की ख़ुशबू से महक रहा हो...या वहाँ चारों तरफ़ रात–रानी के पुष्पों की वैसी ही सुगन्ध बिखरी हो जैसी कई बार सुनमा के आँगन में रात को फैली रहती थी। उसने लड़की ही की तरह अपने पाँव नदी के जल में डुबो दिये थे। जल का यह स्पर्श पहले से आज कहीं मीठा और प्यारा लगा था। वह अपने घराट के पास बहती नदी में भी कई बार ऐसा ही किया करती थी।

"देखो यह तुम्हारा कुत्ता न अब बूढ़ा हो गया है। इस बार एक दूसरा लेना। दूध पीता हुआ। आप जानती है जहाँ से मैं आती हूँ वहाँ घाटियों में कई गाँव हैं जहाँ गडरिए रहते हैं। सर्दियों में नीचे उतर जाते हैं वो। आपकी ज़मीन में तो बैठते ही हैं कई–कई दिनों तक। आपके पति ने उन्हीं से तो लिया था इसे। इस बार तुम लेना। पालना उसे। हालाँकि, कुत्ते की बहुत कम उम्र होती है पर वह बहुत उम्र जियेगा...देखना आप।"

सुनमा को एक झटका–सा लगा था। यह लड़की कैसे जानती है मेरे पति को... कौन है यह इतनी बातूनी और सुन्दर...? देखने को बच्ची–सी है पर इसकी बातें तो स्कूल मास्टरों की तरह लगती है। यह सोचते–सोचते सुनमा को एकाएक ख़याल आया कि वह इसकी बातें सुनने थोड़े ही आयी थी। घराट की कूहल देखने आयी थी। इसी लड़की ने कूहल का पानी तोड़ा होगा? कितनी शरारती है यह। हल्का–सा गुस्सा आया था सुनमा को। प्यार से डाँट दिया उसको,

"तो तुम अपनी बातों में उलझाना चाहती हो मुझे? बताओ, मेरी कूहल का पानी क्यों तोड़ा तुमने? जानती नहीं लोग क्या कहेंगे कि उनका आज आटा पिसा ही नहीं। बताओ...बताओ...क्यों...?"

"अरे दादी! क्यों डॉटती हो। मैंने कोई पानी नहीं तोड़ा। वो देखो तुम्हारी कूहल तो भरी हुई है। पहले जैसा पानी जा रहा है उसमें।"

सुनमा ने कूहल को देखा तो चकित रह गयी। कुछ देर पहले जो कूहल बिल्कुल ख़ाली थी अब वह पानी से लबालब भरी हुई थी। कहीं कोई पानी नहीं टूटा था। पहले की तरह नदी–तट से पानी

उसमें जा रहा था। बल्कि कूहल पहले से कहीं ज़्यादा भरी हुई लगी थी। वह एक नज़र पानी देखती और दूसरी उस लड़की को।

लड़की उठी। उसकी गोद में एक कागज़ की नाव थी। उसे नदी में उतारा और उसमें बैठकर कहीं चली गयी।

"मैं जा रही हूँ दादी। फिर ज़रूर मिलूँगी कभी। जब नदी नहीं होगी। बस मैं हूँगी और तुम।"

यह कहते–कहते न जाने वह कब आँखों से ओझल हो गयी थी। कुत्ता अभी भी नदी की लहरों में कहीं खोया हुआ था।

सुनमा उस चट्टान के पास कुछ पल ठिठकी रही। स्तब्ध... चकित...दंग...भौचक्क...और चमत्कृत भी। पास कुत्ता खड़ा था बिल्कुल उसी की तरह अवाक्। अब कहीं कोई नहीं था। बस नदी का शोर था। जहाँ लड़की बैठी थी उसके दायीं ओर चट्टान पर पारिजात, नीलकमल, सूरजमुखी, कूजो, रात–रानी, नागपुष्प और महामेरू के फूल बिख़रे थे। उनकी खिलावट ऐसी थी मानो अभी–अभी उन्हें पेड़ों तथा डालियों से तोड़ा गया हो। उनमें केवल कुछ ही फूलों को सुनमा जानती थी बाक़ी उसने कभी देखे भी न थे। उसने कई बार अपनी आँखें मली। कानों में उँगलियाँ डालीं। सोचती रही कि ये सब क्या था...वह लड़की कहाँ से आयी थी...? किसकी थी वह...? गाँव में कभी उसे आज तक नहीं देखा था...क्या खुली आँखों में भी सपने आते हैं...? फिर उसके कुछ शब्द याद आने लगे थे...एक दम दादी का सम्बोधन। उसने चट्टान के साथ ठहरे हुए जल में अपना चेहरा देखा था। क्या सचमुच बुढ़ापा आ गया है उसको...? फिर दिल को स्वयं ही मनाया था...गाँव में तो जवान और अधेड़ औरतों को भी बच्चे दादी ही बोलते हैं...कुछ भी था दादी का सम्बोधन सुनमा के मन में उतर गया था। वह फिर उस चट्टान पर चढ़ी थी और दूर–दूर तक देखती रही कि वह लड़की कहीं यहीं तो नहीं...पर वहाँ कोई नहीं था। हवा की सरसराहटें थीं...नदी की लहरों का संगीत था...सूर्य की हल्की तपिश।...और जैसे यहाँ वह सुनमा देई आयी थी और अब दादी बन कर जा रही हो...।

सुनमा इन विस्मयों को साथ लेकर घराट की तरफ़ लौट रही थी। इस बार वह अकेली नहीं थी...उसके और कुत्ते के साथ तीसरा और भी कोई था...जो कहीं भीतर ही भीतर या आँखों की पलकों में या मन के किसी कोने में बैठा साथ–साथ चल रहा हो। वह हौदी के पास पहुँचकर रुक गयी। पानी का बहाव बाहर की तरफ़ फैल रहा था। भ्रम हुआ कि कहीं पाइपों में तो कुछ फँस न गया हो। देखा तो सब ठीक था। पानी पहले की तरह पूरी शक्ति के साथ उनमें जा रहा था। जैसे ही घराट के भीतर पहुँची, खार से आख़िरी दाने पूड़ में पिसाई के लिए गिर रहे थे और आटे का ढेर ऐसे लगा था मानो अभी–अभी कोई उसे समेट गया हो। उसने झटपट मक्की की आधी–आधी बोरी दोनों घराटों की खारों में पिसाई के लिए उँड़ेल दी। पिसा हुआ आटा एक तरफ़ कर लिया था ताकि दूसरे का आटा उसमें न मिल जाये। आटे को बोरी में भरते–भरते वह लड़की बहुत याद आ रही थी। उसे अचानक लगा जैसे उसने बाहर से फिर आवाज़ लगायी हो....दादी! दादी! और सुनमा देई ज़ोर से हँस पड़ी थी।

15

एक दिन शंकर दादा व प्रधान बसन्तराम ठाकुर सुनमा के पास आये थे। वे जानते थे कि वह दिन भर घराट में ही होती है। पहुँचते ही स्वागत कुत्ते ने किया था। सुनमा बाहर आयी तो प्रधान के साथ दादा को देखकर थोड़ी हैरत में पड़ गयी। एकाएक पिछली बातें याद आ गयीं कि कहीं आज ज़मीन ख़रीदने की सिफ़ारिश दादा के गाध्यम से तो नहीं होगी...? उसने कुत्ते को हल्की–सी डाँट लगायी थी। वह चुप तो हो गया परन्तु प्रधान को देखकर गुर्राता रहा। सुनमा के मन में विचार आया कि जानवर भी धूर्त लोगों के मन को टोह लेते होंगे। वह बहुत पहले से ही प्रधान बसन्तराम ठाकुर की कमीनगी, चालाकी और शोषक प्रवृत्तियों से भली भाँति वाक़िफ़ थी इसीलिए उसे बिल्कुल भी पसन्द नहीं करती थी। गाँव, बेड़ और परगने तक उसकी बदचलनी और भेदभाव की राजनीति मशहूर थी। परन्तु कुछ बातें उसके हक़ में इसलिए भी जाती थीं कि पंचायत की प्रधानी में उसने कुछ काम अच्छे किये थे। सुनमा ने पिछली सारी बातें दरकिनार करते हुए दादा के पाँव छुए और प्रधान को नमस्ते की। भीतर गयी और खजूर के दो पटड़े आँगन में रख कर उन्हें बैठने का संकेत किया। सुनमा अपने काम में थोड़ी व्यस्त हो गयी और बाहर बैठे उन दोनों ने बीड़ी सुलगाकर धुआँ उगलना शुरू कर दिया था।

वह जब काम निपटाकर बाहर आयी तो उनसे थोड़ी दूर बैठ गयी। बैठते हुए दादा से पूछ लिया,

"आज इधर कैसे आना हुआ दादा? संदेसा दे देते तो कल सुबह मैं ही आपके घर आ जाती। बहुत बार सोचती थी आपको मिलने आऊँ, पर अकेली हूँ न, टाइम ही नहीं लगता। घराट चली आती हूँ तो सांझ यहीं हो जाती है। सुबह का समय गाय–बछिया को घास–पत्ती में निकल जाता है।"

"पर पशु तो ज़्यादा नहीं है न अब।" दादा ने जैसे याद दिलायी थी।

"जितने हैं उनको भी तो भूखा नहीं रखा जा सकता न।"

"बेटा, वह तो है।"

"प्रधान जी के तो अब दर्शन ही नहीं होते। पता नहीं किस घराट का आटा खाते होंगे अब।" सुनमा ने यह बात बिल्कुल सहज भाव से कही थी। हालाँकि, इसके अर्थ बहुत गहरे थे। प्रधान थोड़ा सकपकाया था। लेकिन तुरन्त कहने लगा,

"ऐसी बात नहीं है सुनमा देई। आटा तो तुम्हारे घराट का ही खाते है। अब तुम्हारी भाभी थोड़ा बीमार रहती है, इसलिए नौकर–चाकर या कोई गाँव का ब्वारा आटा ले आता है।"

सुनमा ने बात बदलते हुए दादा से पूछा था,

"कोई काम था दादा?"

दादा ने बीड़ी के दो–चार कश एक साथ लिए थे और उसे ज़मीन पर ठूँसकर बुझा दिया था। प्रधान ने अधजली बीड़ी की आग से एक नयी बीड़ी सुलगा ली थी।

"देखो बेटा, पंचायत के चुनाव आ गये हैं। हमारा इलाका कितना पिछड़ा हुआ है, तुम भी देखती हो। सड़क नहीं, बिजली नहीं, पानी नहीं, कोई और सुविधा नहीं। एक स्कूल है उसका दर्जा भी नहीं बढ़ा। हमारी लड़कियाँ बेचारी तो पाँचवीं के बाद दूर पढ़ने जा ही नहीं सकती।"

दादा कुछ और बोलते, सुनमा ने बीच में ही टोक दिया था।

"दादा प्रधान जी ने तो कितना काम किया है। कब से प्रधान रहे हैं ठाकुर जी।"

प्रधान को लगा जैसे उसके गाल पर सीधा तमाचा पड़ा है। उसके कुछ बोलते नहीं बना था, बस बीड़ी सुड़कता रहा था। सुनमा ने बोलना जारी रखा था,

"आप चिन्ता न करो दादा। आप आये हैं तो इस बार का वोट भी प्रधान जी को ही।"

दादा ने बात आगे बढ़ाई थी।

"नहीं बेटा, ऐसी बात नहीं है। ठाकुर साहब के दिन गये अब। इस बार तो हमारी पंचायत महिला प्रधान के लिए है। सरकार बोलती है कोई महिला ही होगी इस पंचायत की प्रधान।"

सुनमा ने तुरन्त सहमति दी।

"इससे बढ़िया क्या बात हो सकती है दादा। औरतों को सरकार मौक़ा दे रही है तो अच्छी बात है। मैं तो सहमत हूँ। आप किसी पढ़ी–लिखी काम करने वाली महिला को खड़ी करो इस बार।"

"वही तो समस्या है सुनमा बेटा। हमारी पंचायत मुट्ठी भर गाँव की है। एक–एक घर उँगली पर है। तुम ही बोलो ऐसी कौन है जो इस ज़िम्मेदारी को निभा सके?"

"इसमें क्या बड़ी बात है दादा। ठकुराइन भाभी को खड़ा कर दो, अँगूठा तो प्रधान जी का ही चलेगा।"

जैसे यह दूसरे गाल पर तमाचा था ठाकुर प्रधान के। वह इस बार भी चुप रहा था। बस एक और बीड़ी निकालकर सुलगा ली थी।

दादा सुनमा की बात पर ज़ोर से हँसे थे। प्रधान को भी समझ नहीं आया कि इसमें इतनी हँसने वाली क्या बात थी...सुनमा बस हल्की–सी मुस्कुरायी थी। वह जानती थी कि इशारों–इशारों में वह क्या कह गयी थी?

"सीधी बात करूँ सुनमा। हम गाँव वाले चाहते हैं इस बार तुमको प्रधान बनायें। ठाकुर जी भी यही चाहते हैं।"

सुनमा को एक झटका–सा लगा। उसने कभी सपने में भी नहीं सोचा था कि इस तरह का कोई प्रस्ताव उसके सामने कभी आयेगा। वह सुनकर उठने लगी थी।

"देखो दादा, आपका बहुत आदर करती हूँ। पर ये काम मेरे से नहीं होगा। न मैं उतनी पढ़ी–लिखी हूँ। आप किसी और को खड़ी कर दो।"

अभी वह भीतर जाने को मुड़ी ही थी कि दादा ने रोक लिया,

"कहती हो बेटा कि मेरा आदर करती हो, तो बैठो थोड़ी देर। पूरी बात सुनकर जाओ। न मन हो मत खड़ी होना। कोई ज़बरदस्ती नहीं है।"

सुनमा यह सुनकर बैठ गयी थी। पर दिल में पता नहीं क्यों इस बार कुछ धुकधुकी–सी लगी रही।

अब प्रधान ने ही बोलना शुरू किया था।

"सुनमा देई। मैं जानता हूँ तुम मुझसे भीखीराम की वजह से नाराज़ हो। भई सच बोलता हूँ मैंने तो सोचा भी नहीं था वह कमबख़्त ऐसा–वैसा कुछ करेगा। हाँ, मैं थोड़ा नाराज़ ज़रूर था ज़मीन के लिए कि तुमने बेची नहीं। पर तुम्हारी जगह, ज़ायदाद है, ज़मीन है, तुम्हारी मर्ज़ी, मैं कौन होता हूँ ज़ोर ज़बरदस्ती करने वाला। मैंने तो वह बात दिमाग से ही निकाल दी थी। अब उसने जो किया वह बहुत गलत था। तुम हमारी धी–बेटी हो। पंचायत ने उसके किये की सज़ा दी। इलाक़े में बेइज़्ज़ती अलग हुई। ऊपर से कुदरत कि ऐसी मार पड़ी कि मर गया हरामी शर्म के मारे। जैसी करनी वैसी भरनी।"

"जो बीत गया ठाकुर जी उसे क्या याद करना। पर बुरा सपना–सा था। अब भी परेशान करता रहता है।"

"अब समाँ बदल गया है सुनमा देई। हम ही नहीं पूरी पंचायत तुम्हारे को जानती है। तुम्हारे काम को सराहती है। तुम जो लोगों की मदद करती हो उसके लिए सभी तुम्हारी इज़्ज़त करते हैं। मैं कई बार प्रधान रहा। मानता हूँ अपना ही भला किया, इसे मानने में क्या शर्म? अपने इलाक़े का न कुछ कर पाया। अब वो ज़माना नहीं है सुनमा।

लोग काम चाहते हैं। होना भी चाहिए। सरकार की तरफ़ से कोई कमी नहीं होती। कमी हमारे में ही है। पर हम समझते नहीं है। बस सबकुछ हड़प जाते हैं। ऊपर तक यही चला रहता है। पर इस बार नहीं होगा सुनमा। तुम्हारा साथ हम सब देंगे। ईमानदारी से देंगे। तुम्हारे को जानते हैं, तुम कर सकती हो यह काम।''

सुनमा के मन में जो शंकाएँ थीं उसे जैसे ठाकुर प्रधान ने ख़ुद ही दूर कर लिया था। इस बार उसे उसके मन में कोई धूर्तता नहीं लगी। न आँखों में कोई बेईमानी। सच्ची साफ़–सी बातें लगीं। हैरत भी हुई कि कोई अपनी नालायकी, कमज़ोरी और कारगुज़ारी का ऐसा बखान भी कर सकता है। सुनमा ने कुछ नहीं कहा। चुपचाप बैठी कुछ सोचती रही थी।

दादा ने पास पड़ी लाठी उठायी और उठते हुए बस इतना ही कहा,

''हम बहुत आस से आये हैं बेटा। अपने लिए नहीं इस पंचायत के लिए। इस इलाक़े के लिए। ग़रीबों के लिए और ख़ासकर अपनी बेटियों और बच्चों के लिए। बहुत टाइम है अभी सोचने का। हमने स्कूल के आँगन में पन्द्रह दिनों के बाद एक बैठक रखी है। तुम्हारा मन हो तो ज़रूर आना। मन बनाकर आना। कुछ काम भगवान ने भी तय किये होते हैं। हो सकता है इस बार का काम तुम्हारे लिए ही हो।''

यह कहते–कहते वे दोनों चले गये थे।

सुनमा उन दोनों को ऊपर तक पगडण्डी से जाते देखती रही थी। दादा की बातें मस्तिष्क में घूमती रही और अचानक वह लड़की याद हो आयी जिसने कहा था कि आपको बहुत काम करने है अभी। नदी की तरह निरन्तर चलते रहना है। रुकना नहीं है।...क्या मतलब होगा उसका...? मुझे क्या काम करने हैं अभी...वह छोटी–सी बच्ची जानती भी क्या है...? क्या वह बच्ची थी या कोई फ़रिश्ता...? एकाएक सब याद हो आया था...उसका सलोना चेहरा...हाथ में पकड़ी काग़ज़ की छोटी–सी नाव...उसका अजीबोग़रीब तरह से खिलखिलाना...उसकी

रहस्यमय बातें...और बिना पानी की कूहल में अचानक पानी का भरना और यथावत बहते रहना और चट्टान पर भाँति–भाँति के फूलों का होना।

सुनमा अब इसी बारे में रात–दिन सोचती रहती थी। जब अपने घराट आती तो इन्तज़ार रहता कि पानी की कूहल टूट जाये... घराट बन्द हो जाये...ताकि वह फिर उस छोटी–सी बच्ची से मिल सके...पर न कूहल टूटी और न ही घराट बन्द हुआ था। एक दिन वैसी ही दोपहरिया में वह घराट का दरवाज़ा ओटकर कूहल के किनारे–किनारे इस आस में चलती रही कि उस चट्टान पर शायद वह बच्ची बैठी मिल जाये। वह कब वहाँ पहुँच गयी उसे पता ही नहीं चला। वह कुछ पल इधर–उधर, आर–पार बड़ी उत्सुकता से देखती रही। चारों तरफ़ नदी का शोर था। उसने जूते उतारे और उसी चट्टान पर चढ़ गयी जहाँ उस दिन वह बच्ची बैठी थी। बैठते ही लगा वह नदी के शोर उस बच्ची की खिलखिलाहट में बदल गया है...लहरें बच्चों की तरह उछल कूद करने लगी है...वह उन्हें बहुत देर तक निहारती रही...कई पल। पर वहाँ कहीं भी कोई नहीं था। फिर अपने पाँव नदी–जल में डाल दिये थे। जल के स्पर्श ने मन को बहुत राहत दी थी जैसे भीतर बैठे बहुत से प्रश्न उस जल में भीगने लगे हो। बहुत देर वह पाँव को पानी में छपछपाती रही, बिल्कुल बच्चों की तरह...उस लड़की की तरह। नदी बहती चली जा रही थी...लहरें उठतीं...नाचतीं...संगीतमय हो जातीं...उनमें कुछ मछलियाँ कभी–कभार उछलती–कूदती दिखतीं और कहीं लुप्त हो जातीं। सुनमा का मन बहुत सहज और शान्त हो गया था। उसने उस चट्टान पर बैठे–बैठे सोचा कि जीते तो सब हैं पर किसी बड़े काम या उद्देश्य के लिए जीना ही जीना होता है। यह नदी भी न जाने कितने उद्देश्यों के साथ बहती जा रही है...अनवरत...अनन्तर...उसे भी इस शेष जीवन को लेकर बहते रहना है...और सुनमा एक दृढ़ निश्चय के साथ उस

चट्टान पर से नीचे उतरी...जूते पहने और वापिस लौटने लगी। कई बार पीछे मुड़–मुड़कर यह ज़रूर देखती रही कि कहीं वह बच्ची दिख जाये...पर इस बार वह नहीं दिखी थी...फिर भी उसे लगा जैसे वह उसी से मिलकर लौट रही है...वह उसी के साथ उसकी उँगली पकड़े चल रही है...जैसे साथ बहती कूहल नहीं वही है...जैसे नीचे नदी नहीं है वही बह रही है।

16

पन्द्रह दिन कैसे बीत गये सुनमा को पता ही नहीं चला। उसने अपने भीतर इन दिनों एक ऐसा बदलाव महसूस किया था जिसकी उसने कभी कल्पना भी नहीं की थी। वह अपने पति बालकराम की यादों में हमेशा खोयी रहती थी और किसी भी काम में मन नहीं लगता था। दिन में कई–कई बार घराट से उठकर चुपचाप नदी के किनारे बैठी रोती रहती थी। जब थोड़ा मन हल्का होता या कोई आटा पिसाने आता तो लौट आती थी। घर में भी यही हाल थे। रात होती तो उसे अँधेरा बहुत डराने लगता। हालाँकि, अकेले रहते हुए बड़ा अर्सा बीत गया था परन्तु पति के बिछोह का सूनापन बाहर–भीतर घर के कोने–कोने में पसरा हुआ लगता था। घर की हर एक चीज़ बालकराम की यादें ताज़ा करवा देती थीं।

पता नहीं क्यों और कैसे सुनमा अपने को बहुत सहज और परिपक्व अनुभव करती जा रही थी। उसके मन का अवसाद और विचलन पहले की तरह नहीं रहा था। जब से प्रधान बसन्तराम ठाकुर और शंकर दादा ने उसके सामने प्रधानी का प्रस्ताव रखा था वह उसी को लेकर अब ज़्यादा सोचती रहती थी। मन में फिर बहुत–सी शंकाएँ उत्पन्न हो जाती थीं। अनगिनत प्रश्न उमड़ते–घुमड़ते रहते थे। पिता और ससुर का देश–प्रेम स्मरण होने लगता था।

उनका समाजसेवी रूप सामने आकर बैठ जाता था। पिता की शिक्षा याद आती रहती जिसमें पढ़ाई तो थी ही दूसरों के लिए सेवा–भाव भी कम नहीं था जो सुनमा देई के भीतर कूट–कूटकर भरा तो था परन्तु पति के बिछोह की अवसादिता की चादर ने उसे ढक–सा दिया था। वह अपने से ही सवाल पूछने लगी थी कि क्या सुनमा का जीवन आटा पीसते–पीसते ख़त्म हो जायेगा...क्या पिता की सीख और देश के लिए उनकी लड़ाई व्यर्थ चली जायेगी...? उसका रिश्ता दो स्वतन्त्रता सेनानियों की मित्रता का ही तो प्रतिफल था...यह सोचते–सोचते उसे प्रधानी का विकल्प बेहतर लगने लगा था कि यदि ऐसा अवसर मिलता है तो वह अपने गाँव, अपनी पंचायत के लिए कुछ अच्छा तो कर ही सकती है।

आज स्कूल में बैठक थी इसकी सूचना पिछली शाम शंकर दादा ने सुनमा को भिजवा दी थी कि यदि उसका मन हो तो वह और प्रधान गाँव के कुछ लोगों के साथ उसको लेने आयेंगे। प्रतिउत्तर में सुनमा ने बैठक में साथ चलने की हामी भर दी थी। उसने घर और गौशाला का जल्दी–जल्दी काम निपटाया और तैयार होकर अपने कमरे में बैठ गयी। भीतर एक छोटा–सा शीशा था जिसे उसने और उसके पति ने मेले से ख़रीदा था। वह जब भी उसमें अपना चेहरा देखती तो बालकराम अचानक पीछे आकर खड़ा हो जाता और शीशा उन दोनों के चेहरों से भर जाया करता। उसे आज भी वैसा ही महसूस होता...जैसे उसमें उसके चेहरे के साथ उसके पति का चेहरा भी है।

सुनमा ने आज बहुत सलीके के साथ कई दिनों बाद अपने बाल बहुत ध्यान से बनाये थे...माँग में हल्का सा सिन्दूर भरा...माथे पर उसी की छोटी–सी बिन्दिया लगायी और अलमारी से चाक निकालकर पुरान्दू में बाँध दिया। चारपाई के सिरहाने नीचे रखी गंगाजल की गेलन से गिलास में थोड़ा गंगाजल उँड़ेला और गंगा माँ को स्मरण करते हुए उसे पी लिया। फिर नीचे बहती नदी को प्रणाम किया। गंगा का वह जल कितना पुराना हो गया था परन्तु उसकी ताज़गी

और निर्मलता अभी भी यथावत थी। लोगों के घरों में उस जल के अलग मायने होते थे। वे उसे सूतक–पातक और कई तरह की शुद्धियों के लिए प्रयोग किया करते परन्तु सुनमा के लिए उसके अलग अर्थ थे। उसे लगता कि गेलन में जल नहीं जैसे गंगा नदी ही वास करती है जिसकी उपस्थिति हमेशा घर–बाहर और उसके अपने भीतर मौजूद रहती है। आज उस पानी ने जैसे भीतर बचे अवसाद और मायूसियों को अपनी लहरों के साथ कहीं दूर बहा दिया था। उसका मन बहुत शान्त था और एक अलग क़िस्म की ऊर्जा वह अपने भीतर महसूस कर रही थी। बालकराम के चले जाने के कई सालों बाद तक वह बिल्कुल दुल्हन की तरह सजी–सँवरी रहती थी लेकिन धीरे–धीरे उसने अब अपने पहनावे को बहुत सादा कर लिया था। पहले भी वह ज़्यादा रंगीन व तड़क–भड़क वाले कपड़े नहीं पहनती थी लेकिन रंगों का चयन बहुत बढ़िया किया करती थी। अब उसके पहनावे से सादापन और गम्भीरता दिखायी पड़ती थी।

जब वे लोग आँगन में आये तो सुनमा कमरे से बाहर आ गयी और यथानुसार सबके पाँव छुए, नमस्ते की और गले लगी। दरवाज़े में ताला बन्द करने लगी तो पास बाघू यानी उसका कुत्ता जैसे पहले ही साथ चलने को तैयार था। सुनमा ने उसे प्यार से समझाया कि आज उसे कोई ख़तरा नहीं है। वह एक बड़े काम के लिए जा रही है। कुत्ता चुपचाप आँगन के एक छोर पर जाकर अपनी जगह पर सो गया था। शंकर दादा ने जब उसके चेहरे पर नज़र डाली तो मन ही मन आश्वस्त हो गया कि बिटिया सुनमा ने उनकी बात का सम्मान करते हुए जैसे सहमति प्रदान कर दी है। उन्होंने पहले कभी भी इस तरह का तेज़ और हल्की मुस्कुराहट उसके चेहरे पर नहीं देखी थी। हमेशा गहरी मायूसी और अकेलापन ही पाया था।

रास्ते में लोग तरह–तरह की बातें, बहसें और तर्क–वितर्क करते रहे। योजनाएँ बनाते रहे। अब तक प्रधान और दादा ने किसी को इस बात की भनक नहीं लगने दी थी कि प्रधानी के लिए उनका क्या विचार है और किस महिला को वे चुनाव में खड़ा करना चाहते हैं।

गाँव में यह ख़बर पहले ही फैल चुकी थी कि इस बार पंचायत महिला प्रधान के लिए आरक्षित है। एक–दो ठेकेदार किस्म के लोगों ने तो कई तरह की साँठ–गाँठ करने की योजनाएँ भी तैयार कर ली थी ताकि प्रधानी उनके घर से न जाये। उनके लिए प्रधानी का मतलब अपना काम–धन्धा चमकाना था न कि लोगों की सेवा करना।

स्कूल के प्रांगण में जब वे लोग पहुँचे तो देखकर अचम्भित रह गये कि वहाँ पहले से पंचायत के बहुत से लोग मौजूद थे जिनमें बच्चे, औरतें, पुरुष, युवा और बुज़ुर्ग सभी शामिल थे। इस तरह की बैठक और लोगों की उपस्थिति दादा और प्रधान ने इससे पूर्व कभी नहीं देखी थी। प्रधानी के पाँच–पाँच साल निकल जाते, न लोगों को पता होता और न इलाक़े को ही कि क्या लाभ किसको मिला, क्या और कौन–कौन–सी योजनाएँ आयीं, सुविधाएँ मिलीं? इस बार इस बैठक से ही अंदाज़ा लगाया जा सकता था कि लोग अब कितने जागरूक और सजग हो गये हैं। वे अपने गाँव और इलाक़े में जन–साधारण की सभी सुविधाएँ चाहते हैं।

अध्यक्षता प्रधान ठाकुर बसन्तराम को ही करनी थी। जैसे ही ठाकुर बोलने खड़ा हुआ कुछ युवाओं ने प्रश्नों की झड़ी–सी लगा दी थी। उनके सीधे प्रश्न थे कि इतनी सालों तक वह प्रधान रहा, कई दूसरे सदस्य और उप–प्रधान यहाँ मौजूद है, वे लोगों को बतायें कि उन्होंने गाँव के लिए क्या किया...? कौन–सी स्कीमें लायी और कार्यान्वित की...? सुनमा को उनका आक्रोश और इस तरह के प्रश्न पूछना बहुत भाया था। उन्होंने ठाकुर प्रधान को निरुत्तर ही कर दिया था। उसके पास कुछ भी बताने को नहीं था। बताता तब यदि अपनी प्रधानी में कुछ किया होता तो। स्थिति बिगड़ती देख अब शंकर दादा ख़ुद खड़े हो गये थे। उन्होंने ज़मीन पर कई बार अपनी लाठी के प्रहार किये और चुप रहने के संकेत दिये। पंचायत में सभी छोटे–बड़े उनकी बहुत इज़्ज़त करते थे। उन्होंने अब सम्बोधन शुरू किया था,

"मैं इन नौजवानों के गुस्से की क़द्र करता हूँ। हमें अपनी पंचायत में ऐसे ही पढ़े–लिखे चाहिए जो सवाल पूछते रहे।

आज तक इस तरह की जागरूकता हमारे इलाक़े में नहीं थी। कोई नहीं पूछता था प्रधानों से, पंचायत से कि क्या हो रहा है? क्या स्कीमें हैं और कितना धन आया है और कहाँ लगा है...? परन्तु मैं पूछता हूँ कि आप लोगों में से कितने ऐसे हैं जो कभी पंचायतों की बैठकों में गये हों और ठाकुर प्रधान और दूसरे मेंम्बरों से इस तरह के सवाल पूछे हों...?''

स्कूल प्रांगण में एक सन्नाटा-सा छा गया था। इसलिए भी कि लोग बहुत-सी बातें तो बनाते थे पर कभी पंचायतों की बैठकों में नहीं जाते थे। जाते तो बस अपना राशन-कार्ड बनाने, इनकम या दूसरे किसी प्रमाण-पत्र या ग़रीबी-रेखा से नीचे आने के लिए झूठे काग़ज़ बनवाने।

''पीछे क्या हुआ, क्या नहीं हुआ इसे अगर हम भूल जायें तो अच्छा है। आप जानते हैं इस बार पंचायत प्रधानी महिला के लिए है और हमें किसी योग्य महिला को यह काम देना है। आज की बैठक इसी के लिए हमने बुलायी है। मैं आप सभी से पूछता हूँ कि आपकी नज़रों में कोई महिला है तो बतायें?''

पहले लोगों में खुसर-फुसर शुरू हुई और थोड़ी देर बाद ठेकेदार मसदीराम खड़ा हुआ और उसने अपनी पत्नी का नाम ले लिया। बाज़ू से पकड़कर उसे भी अपने साथ खड़ा कर लिया। इसी के साथ उसी पंचायत का लाला भावीराम खड़ा हो गया और उसने अपनी बीबी का नाम प्रस्तावित किया और उसे भी साथ खड़ा कर दिया। शंकर दादा ने बहुत गहरी नज़र दोनों औरतों पर डाली। बेचारी सहमी डरी हुई-सी खड़ी थी लेकिन उनके दोनों पतियों की मूँछें जैसे किसी बड़े गौरव से फड़फड़ा रही थी।

''अच्छी बात है। कोई और हो तो आप लोग उसका नाम भी दे सकते हैं लेकिन निर्णय किसी एक का नहीं हम सभी का होगा और जिसमें पतियों की ठेकेदारी या लालागिरी नहीं देखी जायेगी, योग्यता हम महिलाओं की देखेंगे कि क्या वो प्रधानी के लायक़ हैं भी या नहीं?''

इस पर ठेकेदार मसदीराम भड़क गया,

"अजी दादा, तुम्हारी इतनी उम्र हो गयी। राजनीति नहीं जानते। अब औरतें यदि अपने बलबूते पर प्रधानी चलाने लगी तो हो लिया काम। बई, हम काहे को हैं। साथ रहेंगे। इनका काम तो बस काग़ज़ों पर अँगूठा छापना है। अब दादा साहब आपकी बग़ल में जो प्रधान जी बैठे हैं, ठाकुर साहब! आज़ादी के बाद यही प्रधानी चला रहे हैं और वह भी अपनी अँगूठे के बल पर...फिर म्हारी बीबियों के अँगूठे कौन से अछूत हो गये भई?"

शायद ही बैठक में कोई होगा जिसकी हँसी न निकली होगी। वह हँसी ठहाकों में बदल गयी और ठाकुर प्रधान के दिल में कैंची की तरह चुभी। उसने ज़ोर की आह भरी और अपनी टोपी उतारकर कई बार सिर खुजलाया और फिर शर्म से सिर झुकाकर बैठ गया। दूसरे पल पता नहीं कहाँ से हिम्मत लौटी। इतने दिनों प्रधानी की ठसक रही, सोचा कि आज दो पल में ख़त्म हो गयी। एक़दम उठा और बोलने लगा,

"मैं मानता हूँ कि मैंने कुछ नहीं किया पर आप में से यह भी बताओ कि किसी का बुरा भी तो नहीं किया। ग़रीब पंचायत है म्हारी। जिसकी बेटी की शादी हुई पैसे दिये, बेटे की शादी को धन दिया। हारी–बीमारी में सब की मदद की। पंचायत में कोई नेता अफ़सर आया तो उसकी आव भगत में लगा रहा। पर आप बताओ किसी ने मेरे से पंचायत में आकर कभी बात तक की कि इस पंचायत के गाँव के लिए क्या कुछ चाहिए? बस अपने स्वार्थ लेकर आये सब। मेरे से जितना हुआ, किया। अब मेरे पास जो गहना और ज़मीन लोगों ने रखी मैंने अपने नाम नहीं करवायी, वह कल भी उन्हीं की थी आज भी उन्हीं की है, जब पैसे देंगे तो लौटा दूँगा। मैंने सरकार का धन नहीं खाया। अपनी कमाई की। ज़मीन कमाई। हाँ बहुत कमियाँ भी थी। पैसा आता रहा और जाता भी रहा। मैं अपने इलाक़े के लिए नहीं कुछ कर सका। पर अब सारी स्थिति तुम्हारे सामने है भाईयो। मिलकर तय करो कुछ ताकि अब पहले जैसा माहौल न रहे।"

ठाकुर प्रधान ने मूँछों में ताव दिया। अपनी टोपी थोड़ी ठीक की और सीधी नज़र ठेकेदार मसदीराम पर गड़ा दी।

"अँगूठाछाप! तो मैं अँगूठाछाप।"

ठाकुर ने अजीब तरीक़े से कई बार बाज़ु आगे करते हुए चारों तरफ़ अपना अँगूठा नचाया। सभी हँसने लगे थे।

"मसदी भाई, देख रहे हो न इस अँगूठे को। बड़ी बेइज़्ज़ती कर रहे हो इसकी। याद नहीं जब ठेकेदारी के लिए झूठा सरटीफिकेट बनाना था तो यही अँगूठा था...इसी अँगूठे ने तुमको और तुम्हारे जैसे कितनों को सरकारी सुविधाओं के लिए सरटीफ़िकेट दिये...तुम्हीं लोग हो जो हमसे कुछ करने नहीं देते...दबाव बनाते हो चारों तरफ़ से... ग़रीबों का हक़ तो तुम जैसे लोग मार जाते हो...इसी अँगूठे के बल से...बोलो...बोलो...बताओ लोगों को...।"

ठाकुर का ठेकेदार मसदीराम को जैसे नहले पर दहला था। वह अपमानित–सा चुपचाप खड़ा रहा। लोगों के लिए अब यह मीटिंग हास–परिहास का अखाड़ा बनती जा रही थी। ठाकुर ने हाथ जोड़ दिये थे,

"मुझसे जो अच्छा–बुरा हुआ वह आप सब के सामने है। पर यह मौक़ा उसके हिसाब–किताब का नहीं है। वह कभी और भी हो सकता है। आज हम इसलिए यहाँ है कि हम किसी योग्य महिला को चुन सके और आगे हम सब मिलकर अपने इलाक़े के लिए काम कर सकें।"

इतना कह कर ठाकुर बसन्तराम बैठ गया था। ठेकेदार और लाला की जैसे अब बोलती ही बन्द हो गयी थी पर वे दोनों अपनी बीबियों के साथ मैदान में डटे रहे थे।

शंकर दादा ने जब देखा कि कोई तीसरा नाम नहीं आ रहा है तो खड़े होकर कहने लगे,

"देखो मसदीराम और लाला भावीराम भाई, प्रधानी आपको नहीं करनी, यदि तुम्हारी घरवाली बनती है तो उसी को करनी है। पहले जैसा टाइम नहीं रहा अब। लोग जागरूक हैं। हमारा टाइम तो चला गया।

मेरी उम्र देखो। इस गाँव के कितने लोग बेचारे उम्र के आख़िरी पड़ाव पर हैं जिन्होंने कभी बस तक नहीं देखी। हमारे पास आज कुछ सुविधा नहीं है। आप जानते हैं। हमें ऐसी प्रधान चाहिए जो चार लोगों के बीच बोल सके, बातचीत कर सके। मैं आपकी दोनों बीबियों को बुलाता हूँ कि वो आगे आयें और अपनी बात लोगों के सामने रखें कि यदि वे प्रधान बनती है तो इलाक़े के लिए उनकी क्या योजनाएँ होंगी...?''

शंकर दादा ने जब यह कहा तो ठेकेदार और लाला दोनों को जैसे साँप सूँघ गया। उन्होंने पास खड़ी अपनी अपनी बीबियों की तरफ़ देखा। उनके चेहरे पसीने से भीग रहे थे। टाँगें काँप रही थीं। अब उनसे न बैठते बन रहा था न खड़े रहते हुए। दादा ने ही बात सँभाली थी और दोनों महिलाओं की तरफ़ मुख़ातिब होकर अपनी बात जारी रखी थी,

''देखो बेटा, घर और पंचायत के काम में धरती–आसमान का फ़र्क़ होता है। चलो तुम बन भी जाओगी, पर हर वक़्त तो तुम्हारे पति साथ नहीं रहेंगे। काम तो तुमको ही करना पड़ेगा। चार आदमियों के बीच बोलना भी पड़ेगा। अफ़सरों और नेताओं से मेल–मिलाप अलग से।''

उन दोनों महिलाओं ने गुस्से भरी आँखों से एक–एक नज़र साथ खड़े अपने पतियों की तरफ़ की और चुपचाप बैठ गयी। उनकी असहमतियाँ अब सबके सामने थी। तीसरा कोई नाम किसी के पास न था। होता भी कैसे पिछड़ा हुआ इलाका रहा था उनका। सुविधा के नाम पर बस एक पाँचवीं तक का स्कूल।

''आप सबकी राय हो तो मैं नाम बताता हूँ आपको।''

दादा ने जब यह कहा तो सबसे पहले प्रतिक्रिया एक साथ बैठे कुछ युवाओं की आयी जो गाँव से शहर के कालेजों में पढ़ते थे।

''हाँ, हाँ दादा बोलो बोलो, कौन है वह...?''

''सुनमा देई...।''

इस नाम को सुनकर सभी अचम्भित हो गये थे। उन युवाओं के लिए यह नया नाम था लेकिन उस पंचायत की औरतों और बहुत से लोगों के लिए बिल्कुल परिचित–सा नाम। जब वह अभद्रता का हादसा हुआ था उसने सुनमा को और भी लोकप्रिय बना दिया था।

''हाँ, सुनमा देई। बहुत लोग जानते है उसको। घराट चलाती है। इतना ही परिचय है उसका। लेकिन वह आज तुम्हारे बीच अपना परिचय ख़ुद देगी और बतायेगी भी कि उसके पास क्या स्कीमें हैं या उसके पंचायत के बारे में क्या विचार है?''

बैठक में एक सन्नाटा पसर गया। फिर औरतों में कानाफूसी हुई। कुछ खड़ी हो गयीं जिन्होंने नाम लेकर दादा के साथ सहमति जतायी थी।

''सुनमा बेटा, उठो...लोगों के सामने कुछ बोलो तुम। हम तुम्हें सुनना चाहते हैं।''

सुनमा धीरे–धीरे उठी थी। जिन लोगों ने उसे नहीं देखा था वह उसकी छवि देखकर स्तब्ध से थे। इतनी सुन्दर, इतनी शील और इतनी भली–सी दिखने वाली कोई औरत उनकी पंचायत में भी हो सकती है...? अभी तो उसने एक शब्द भी बोला नहीं था परन्तु उसके चेहरे का तेज़ सभी को प्रभावित कर गया था।

उसने हाथ जोड़कर सभी को विनम्र प्रणाम किया था और बोलना शुरू कर दिया...

''पहले तो मैं सरकार को धन्यवाद देना चाहती हूँ कि उन्होंने हम महिलाओं को यह इज़्ज़त दी है। इसलिए हम सब की ज़िम्मेदारी भी है कि हम महिलाओं की इज़्ज़त करें। उनका सम्मान करें। अभी जिस तरह ठेकेदार जी और लाला जी की घरवालियों का मज़ाक़ बनाया गया, ऐसा नहीं होना चाहिए। आज आप जो कुछ हो इन्हीं औरतों की वजह से हो। वे घरबार सँभालती है। खेती–बाड़ी में आपसे ज़्यादा काम करती है। आपके बच्चों का लालन–पालन करती है...कुल मिलाकर वह एक परिवार में कितने किरदार निभाती है...दादी का, माँ का, पत्नी का, बहन और बेटी का...यह पढ़ाई उन्होंने कहाँ से सीखी है...उसके स्कूल तो नहीं है न कोई...पर वह हर औरत के

स्वभाव में होता है। ख़ून में होता है। वे आजीवन घर को घर बनाती है। पति को पति भी वही औरतें बनाती है। सोचो, आप अगर उनको भी पढ़ने लिखने का मौक़ा मिला होता तो वे आज कहाँ होती...? हम नहीं देते उनको यह मौक़ा....सब परिहास उड़ाते हैं उनका...कमज़ोर समझते हैं उनको...उनकी जो भागीदारी घरों में है उसका आदर नहीं करते...वह बेचारी उम्र भर चारदीवारी में पिसती रहती है...अपनी इच्छाओं को आपके घर के लिए मार देती है...अपने माँ–बाप का घर छोड़कर आपके घरों को बसाती है...बनाती है। जोड़ती है। सांजती है। सोचना आप लोग...तुम्हारे घर में अगर कोई औरत न होती तो वह घर कैसा होता...वहाँ न दादी होती...न माँ होती...न बहन ...न पत्नी और न कोई बेटी ही होती...पर हम यह नहीं सोचते...।"

इस वक़्त अगर उस स्कूल प्रांगण में एक सूई भी ज़मीन पर गिरती तो लोग उसकी आवाज़ सुन लेते...हर तरफ़ ऐसा मौन छाया हुआ था।

सुनमा ने अपना दुपट्टा सिर पर ठीक किया जो बार–बार कान्धे पर सरक रहा था और बोलती रही...,

"आप महिलाओं की तरफ़ से मैं अपना नाम देती हूँ प्रधानी के लिए। मैं शंकर दादा को धन्यवाद देती हूँ कि उन्होंने मुझे इस क़ाबिल समझा। ठाकुर प्रधान जी को भी। आपकी अगर सहमति हो तो बतायें।"

सभी एक दूसरे का मुँह ताकने लगे थे। परन्तु जितनी औरतें उस मैदान में बैठी थी उनके चेहरों पर जैसे विजय के भाव उमड़ रहे थे, मानो सुनमा नहीं हर एक औरत वहाँ खड़ी बोल रही थी। शंकर दादा खड़े हुए थे पर उन्हें बड़े सम्मान के साथ उन युवाओं ने बिठा दिया था। एक युवा ने बोलना शुरू किया था,

"आप बैठो दादा। हम जानते हैं आप इनकी तारीफ़ में ही बोलेंगे। लेकिन हमारे भी कुछ सवाल है जो हम अपनी होने वाली प्रधान से जानना चाहेंगे।"

यह प्रशान्त वर्मा था जो यूनिवर्सिटी में एक छात्र संगठन का प्रधान भी था और पी.एच.डी. कर रहा था।

"आप हमारी माँ की तरह है। मैं आपकी भावनाओं की क़द्र करता हूँ। इसकी भी कि आपमें बहुत आत्मविश्वास है। मैं नहीं जानता कि आप कितनी पढ़ी–लिखी होंगी पर जो कुछ अभी आपने कहा मैं उससे प्रभावित हुआ। हमारी पंचायत में आप जैसी जागरूक महिला भी है मुझे आज सच में गर्व हुआ। मैं बहुत कम गाँव आता हूँ। लेकिन यह पिछड़ापन बहुत सालता है। सोचता हूँ मैं भी कुछ करूँ। आज यह भावना आपमें देख रहा हूँ। क्या आप बतायेंगी कि यदि हम आपको प्रधान चुनते हैं तो आप किस तरह लोगों के लिए और इलाक़े के लिए काम करेंगी....?"

सुनमा ने प्रशान्त को बहुत स्नेह से देखा था और उसकी आँखें भर आयी थीं। यह आँसू कैसे थे? क्यों थे और किसलिए, यह वही जान सकती थी। पर उसने उन्हें आँखों से गिरने नहीं दिया बहुत सतर्कता से भीतर ही सँभाल लिया। परन्तु प्रशान्त वर्मा से वे गीली आँखें छुप न सकी थी। वह एक पल के लिए जैसे कहीं खो गया था।

"मुझे नहीं पता बेटा तुम्हारा क्या नाम है? किस गाँव से हो तुम? किस के बेटे हो? पर तुम्हारी सोच बहुत ऊँची लगी। आज ऐसे ही युवाओं की ज़रूरत हमारे समाज को है। रही मेरी योजनाओं और काम की बात तो अभी मैं क्या बता सकती हूँ...लेकिन इतना ज़रूर है आप सभी ने साथ दिया तो हम इस पंचायत का नक़्शा ही बदल देंगे। मैं चाहती हूँ हमारे पास हाई स्कूल हो ताकि हमारी बेटियाँ यहीं पढ़ें, बेटे यहीं पढ़ें। अच्छी सी डिस्पेंसरी हो ताकि लोगों को इलाज की सुविधाएँ मिले। एक प्रशिक्षण केन्द्र हो जिसमें हमारे बेटे–बेटियाँ स्वरोज़गार हेतु ट्रेनिंग ले सकें। सड़क आये और घर–घर में पानी उपलब्ध हो। आप देखते हो कि हमारी पंचायत नदी किनारे की पंचायत है। नदी कितना पानी रोज़ बहा ले जाती है पर हमारे घर प्यासे हैं, ज़मीन प्यासी है। हम नदी को घर–घर तक लाना चाहते है। हम चाहते हैं कि बिजली घर–घर में हो। हमारे पास गाँव में चलने को रास्ते नहीं है। मैं हैरान होती हूँ कि लोग बीहड़ों से गुज़रते हुए नदी किनारे तक शव जलाने जाते हैं। हमारी पंचायत में बहुत से

ऐसे हर जाति के लोग हैं जिनके पास घर नहीं है, ज़्यादा ज़मीनें नहीं है। हम सभी को घर देना चाहते हैं। अच्छी ज़िन्दगी देना चाहते हैं। मेरी यही प्राथमिकताएँ रहेगी। एक बात और कहना चाहती हूँ। मैंने जैसा देखा–सुना है उसी नाते कह रही हूँ। ठाकुर प्रधान जी माफ़ करेंगे मुझे। आज पंचायतें विकास का नहीं कमाई का अड्डा बनती जा रही है। घटिया–सी राजनीति हर चूल्हे के पास दिखायी देती है। बेईमानी और भ्रष्टाचार वार्ड सदस्य से लेकर प्रधान से होता हुआ दफ़्तरों और सरकार तक जा पहुँचा है। सरकार की तरफ़ से न पैसे की कमी है न योजनाओं की कमी है उस पैसे को बहुत ईमानदारी से ख़र्च करने की और बहुत सूझबूझ से उन योजनाओं को लागू करने की। जब ऐसा नहीं होता और लोग चुप्पी लगा जाते हैं तो पैसों का दुरुपयोग स्वाभाविक है। पाँच साल में ऐसा क्या चमत्कार हो जाता है कि एक वार्ड मेंम्बर का भी पक्का मकान बन जाता है, उसके पास मोटर–गाड़ी आ जाती है? उसके बच्चे गाँव के स्कूलों में नहीं, शहरों के अंग्रेज़ी स्कूलों में पढ़ने लगते है। बेचारे ग़रीब, दिनोदिन ग़रीब ही होते जाते हैं। पंचायतों के घर–घर आपसी बैर और मन मुटाव बढ़ने लगते हैं। जातियाँ आपस में बैर पाल लेती हैं?"

ऐसा लग रहा था जैसे सुनमा नहीं कोई बहुत सूझबूझ वाला व्यक्ति ये सारी बातें कह रहा था। औरतों में ग़ज़ब का जोश दिखायी दे रहा था। और मर्दों में भी। प्रशान्त वर्मा के साथ जो गाँव परगने के युवा थे उनके चेहरे जैसे खिलखिला रहे थे। सुनमा की बातों का सीधा प्रभाव उन पर देखा जा सकता था।

प्रशान्त ने अब एक और प्रश्न पूछा था,

"आप बुरा न माने तो जानना चाहूँगा आप कितनी पढ़ी लिखी हैं?"

"अँगूठाछाप।"

एक तरफ़ से आवाज़ आयी थी। इसी के साथ हल्की–सी खिच–खिच भी सुनायी दी। प्रशान्त की नज़र भीड़ में बैठे सीधे ठेकेदार के मुँह पर गयी थी जिसने यह तंज़ कसा था। उसके गुस्से का पारावार न रहा। आँखों में युवा ख़ून जैसे दौड़ गया।

सुनमा चाहे अँगूठाछाप ही होती पर उसे इस तरह बीच में टोकना और मज़ाक़ उड़ाना अच्छा नहीं लगा था। वह उठकर उसकी तरफ़ जाता सुनमा ने उसे इशारों से रोक दिया था। एक पल के लिए उसके मन में यह ज़रूर आया कि इतना कुछ कहने के बावजूद भी इस ठेकेदार की समझ में कुछ नहीं आया। उसके पास उसकी जो औरत बैठी थी उसने भी उसको अपनी पहाड़ी बोली में कुछ डाँट लगायी थी।

सुनमा ने बजाय प्रशान्त वर्मा की तरफ़ कहने के सीधा ठेकेदार मसदीराम को ही सुनाया था,

''ठेकेदार साहब! मैं किसी स्कूल में नहीं पढ़ी। तुम लोगों ने इलाक़े में ठेकेदारी और प्रधानी तो ख़ूब की पर हमारे लिए एक आठवीं तक का भी स्कूल न बना सके। मैं आपको बता दूँ मैं तीन भाषाएँ जानती हूँ। हिन्दी, संस्कृत और उर्दू। थोड़ी बहुत अंग्रेज़ी भी लिख–पढ़ लेती हूँ। मेरे पिताजी का नाम तो सुना होगा आपने...? मास्टर भागदत, स्वतन्त्रता सेनानी। और ससुर का भी...देवीदत वज़ीर। वह भी स्वतन्त्रता सेनानी थे। मेरे पिता ने मुझे घर में ही पढ़ाया था।''

ठेकेदार को पता नहीं भागदत मास्टर याद आये या कि नहीं लेकिन प्रशान्त वर्मा ने अपने प्रदेश के स्वतन्त्रता सेनानियों के बारे में ख़ूब पढ़ा था। उसके मुँह से अचानक निकल पड़ा था,

''मास्टर भागदत की बेटी...!''

इसी के साथ वह सीधा सुनमा देई के पास आया और बहुत अदब से उनके पाँव छुए। सुनमा ने सोचा भी नहीं था कि प्रशान्त ऐसा भी कुछ करेगा। वह भावविभोर हो गयी थी। उसने प्रशान्त को उठाया और गले से लगा लिया। इस समय उसने आँखों के उस पानी की बूँदें अपने चेहरे पर अवश्य महसूस की थी। उन दोनों का इस तरह मिलना सबकी आँखें पता नहीं क्यों नम कर गया था। ठेकेदार को इस पर इतनी शर्मिंदगी हुई थी कि वह जैसे ज़मीन में ही गड़ गया था। एकाएक बैठक में बैठी औरतों का हुजूम उमड़ा और उन्होंने सुनमा को घेर लिया। सभी की आवाज़ों में सुनमा थी...

हमारी प्रधान सुनमा देई...किसी को कुछ कहने की अब ज़रूरत नहीं थी। सुनमा ने सभी को बिठा दिया था और अन्त में बस इतना ही कहा था,

"मैं जो कुछ हूँ आपके सामने हूँ। इसके लिए शंकर दादा और प्रधान जी का मैं फिर धन्यवाद करती हूँ कि मुझे आप सभी के बीच आने और बोलने का मौक़ा दिया। प्रधान किसे बनाना है, यह आपकी मर्ज़ी। परन्तु एक बात अवश्य कहूँगी। पहली बार यह पंचायत महिला के लिए आयी है। अच्छा होगा कि सर्वसम्मति से उसे चुनें। चुनाव न करायें। ऐसा करके आपकी पंचायत का नाम सरकार तक जायेगा और बहुत सारा पैसा बिना योजना के ही मिल जायेगा। हमारा मक़सद चुनाव लड़ना नहीं मिल–जुलकर पंचायत का विकास करना होना चाहिए।"

लोगों के शोर के बीच अब प्रशान्त वर्मा बोलने के लिए उठा था। हालाँकि, उसे किसी ने भाषण देने के लिए नहीं कहा परन्तु सुनमा के सम्बोधन से वह बहुत प्रभावित और जोश में था।

"मैं आप सब से कुछ कहना चाहूँगा।"

इस बार सुनमा ने टोका था।

"बेटा, तुम अपने बारे में तो बताओ पहले।"

"जी, मैं पास के गाँव का रहने वाला हूँ। मेरे पिता यूनिवर्सिटी में क्लर्क हैं। उनके साथ ही रहता हूँ और मेरी पढ़ाई शहर में ही हुई है। एक छात्र संगठन का प्रधान भी हूँ और राजनीतिशास्त्र में पी.एच.डी. कर रहा हूँ।"

सभी ने तालियाँ बजाकर उसका स्वागत किया था।

"मैं आप सभी से एक विनती करना चाहता हूँ। क्यों न इस बार हम सारी पंचायत को आज यहीं चुन लें। चुनाव के चक्कर में न पड़ें। जब मक़सद इलाक़े और लोगों की सेवा करना है तो मैं नहीं समझता इस पिछड़े इलाक़े में चुनाव लड़कर हम एक दूसरे के विरोधी हो जायें।"

सुनमा देई की बातों का इतना प्रभाव सभी पर पड़ चुका था कि इस बार किसी ने कुछ नहीं बोला। सुनमा देई भी चुप रही थी।

अचानक ठेकेदार मसदीराम खड़ा हुआ और उसने प्रशान्त वर्मा के सुझाव को सहमति दे दी। इस पर सभी ने एक स्वर में कहा कि यदि ऐसा होता है तो बड़ी बात है।

"बेटा, तुम्हारी सोच बहुत अच्छी है। ऐसा हो जाये तो हमारी पंचायत एक उदाहरण बन जायेगी। अब अगर हम तुम को बोले कि तुम भी पंचायत में आ जाओ तो आओगे क्या...?"

सुनमा देई ने प्रसन्नता ज़ाहिर की थी।

लाला भावीमल अचानक उठा और कहने लगा,

"तो फिर क्यों नहीं तुम उप-प्रधान बन जाते हो छोकरे...?"

सभी लाला की इस बात पर चकित रह गये थे। किसी ने सोचा भी नहीं था कि वह अब कुछ बोलेगा भी।

इस तरह की सहमति पहले कभी देखने को नहीं मिली थी। इसका एक बड़ा कारण इलाक़े में शंकर दादा, ठाकुर बसन्तराम, ठेकेदार मसदीराम और लाला भावीमल का रुतबा भी काम कर गया क्योंकि पूर्व में यही लोग पैसे और रुतबे के बल पर अपनी-अपनी पसन्द के कैंडिडेट लड़ाया करते थे। हर बार ठाकुर के प्रधान चुने जाने के पीछे उसकी बड़ी साहूकारी और ज़मींदारी भी रहती रही थी क्योंकि ग़रीब और अनपढ़ इलाका था। ज़रूरतें पूरी करने के लिए लोग अक्सर उसी के दरवाज़े जाया करते थे। वह ज़मीन और गहने ज़रूर बदले में रेहन रख लेता था परन्तु किसी को बिन वजह परेशान भी नहीं करता था। इस बार महिला के लिए पंचायत आरक्षित क्या हुई कि सभी के विचार ही बदल गये थे। सुनमा देई और प्रशान्त वर्मा ने जिस योग्यता का परिचय दिया था उससे लोगों का प्रभावित होना स्वाभाविक भी था। सभी चाहते थे कि पढ़े-लिखे पंचायत में आयें और फिर महिला और युवाओं का गठजोड़ एक ईमानदार और जोशीला नेतृत्व भी देगा ही।

प्रधान और शंकर दादा की पुरज़ोर स्वीकृति ने सभी की हाँ में हाँ मिलायी थी। कुछ शरारती तत्व ज़रूर बीच में थे लेकिन उनके मन में भी यह विचार ज़रूर बैठ गया था कि कब तक उनकी पंचायत

इस तरह बिना सुविधाओं के रहेगी। ठाकुर बसन्तराम क्योंकि कई बार प्रधान रह चुका था इसलिए उसी की अध्यक्षता में पूरी पंचायत के चुनाव हो गये। प्रधान सुनमा देई, उप–प्रधान प्रशान्त वर्मा और दूर–पार के गाँव से एक–एक वार्ड सदस्य निर्विरोध चुन लिए गये। दूसरी बैठक पंचायत घर में तय हुई थी जहाँ इस निर्विरोध पंचायत चुनाव की सूचना का प्रस्ताव बनाया जाना था और प्रशासन को सूचित किया जाना था। बैठक में यह भी सन्देश दे दिया गया था कि यदि किसी को इस पर आपत्ति हो तो वह अगली बैठक में ज़रूर आयें जो पंचायतघर में होगी। बरसों से पंचायतघर प्रधान बसन्तराम के घर में ही एक कमरे में बनाया गया था। वहीं पंचायत की बैठकें हुआ करती थीं।

17

जिस दिन पंचायत की बैठक हुई, पहले की अपेक्षा इस बार ज़्यादा लोग आये थे और निर्विरोध चुनाव पर किसी ने कोई आपत्ति नहीं उठायी बल्कि सभी ने समर्थन ही किया था। इसकी सूचना पंचायतघर में सचिव ने तैयार करके ज़िला चुनाव आयोग को दे दी थी। उस राज्य की यह पहली पंचायत थी जहाँ सर्वसम्मति से इस बार पंचायत के चुनाव हुए थे। इस तरह की पहल और लोगों की सोच से चुनाव आयोग और सरकार भी हैरान थी क्योंकि वे जानते थे कि अब पंचायतों के चुनाव भी विधानसभा के चुनाव से कमतर नहीं रह गये हैं। प्रधान, उप–प्रधान और यहाँ तक कि वार्ड सदस्यों के पदों के लिए भी कई बार दस–दस प्रत्याशी खड़े हो जाते हैं। ख़ूब पैसा बहाया जाता है। शराब और बकरे चलते हैं। देवताओं के मन्दिरों में क़समें होती हैं, लूण–लोटा किया जाता है। जातिगत समीकरण शीर्ष पर और लड़ाई–झगड़े अलग। राजनीतिक पार्टियाँ भी अपने–अपने समर्थित उम्मीदवारों के लिए अप्रत्यक्ष रूप से पानी की तरह पैसा बहाती हैं ताकि उनके लोग जीतकर आयें। पूरी पंचायत का निर्विरोध चुना जाना सचमुच उन्हें एक अजूबा ही लगा था।

मीडिया को जब इसकी भनक लगी तो वे इस पंचायत को ढूँढ़ते हुए पंचायत घर तक पहुँच गये थे। इससे पूर्व इस पंचायत का किसी

ने नाम तक भी नहीं सुना था। इनमें प्रिंट और इलेक्ट्रानिक मीडिया दोनों थे क्योंकि उनके लिए भी यह एक बड़ी ख़बर थी। इसके पीछे प्रशान्त वर्मा की बड़ी भूमिका रही थी क्योंकि यूनिवर्सिटी में वह हमेशा अपने काम और नाम के लिए सुर्ख़ियों में रहता था। उसके जोश, होश, योग्यता और कामों की दूसरे छात्र संगठन भी क़द्र करते थे और उसकी बात मानते थे। अलग–अलग विचारधाराओं के होते हुए भी उसने सभी संगठनों में आपसी भाईचारे की सोच को विकसित किया था और जब भी कोई छात्रों की सुविधा की बात आती तो सभी मिलकर उस माँग को मनवाने प्रशासन के पास ले जाते और मनवा लेते थे। इस तरह उस विश्वविद्यालय का भी एक अलग रुतबा बन गया था। राजनीतिक दलों को यह भाईचारा रास नहीं आता था इसलिए गाहे–बगाहे वे छात्रों पर तरह–तरह के दबाव बनाते रहते थे। बहुत से छात्र उनके बहकावे में आ भी जाते थे और राजनीतिक दल उनके माध्यम से कई बार वहाँ अराजकता फैलाने के काफ़ी प्रयास करते रहते थे। परन्तु सकारात्मक सोच का बहुमत प्रशान्त के साथ ही होता था। प्रशान्त वर्मा और उस जैसी सोच के छात्र उस नफ़रत के वायरस को कैम्पस में घुसने ही नहीं देते थे। परन्तु अब धीरे–धीरे वहाँ भी माहौल प्रदूषित होना शुरू हो गया था और यही कारण था कि प्रशान्त जैसी सोच के युवा या तो अपने को अलग–थलग होने की सोचने लगे थे या अपने क्षेत्र में ईमानदारी व सेवाभाव से लोगों की सेवा करने के इच्छुक थे। प्रशान्त को आज अचानक इसमें कामयाबी भी मिल गयी थी और सुनमा देई जैसी वरिष्ठ व साफ़ सोच की महिला के साथ काम करने का सुअवसर भी मिल रहा था।

मीडिया ने जिस उत्साह व विस्तार से इस समाचार को कवर किया था उसने प्रदेश की राजनीति में भूचाल–सा ला दिया था। यही चर्चा हर जगह थी कि आज के समय में यह कैसे सम्भव हो सकता था कि कोई पंचायत निर्विरोध चुन कर आ जाये अन्यथा प्रधान तो दूर की बात पर एक साधारण से वार्ड सदस्य के लिए भी दस से पन्द्रह लोग मैदान में खड़े हो जाते हैं।

इस विस्तृत कवरेज के बाद अब कई राजनीतिक पार्टियों के नेता पैदल–पैदल उनकी पंचायत तक पहुँचने शुरू हो गये थे और सुनमा तथा प्रशान्त वर्मा पर अपनी–अपनी सदस्यता लेने का दबाव बनाने लगे थे। प्रशान्त पर उसकी अपनी पार्टी का भारी दबाव था कि प्रधान सहित सभी वार्ड सदस्य उनकी सदस्यता ले लें परन्तु उन्होंने तय कर लिया था कि वे किसी राजनीतिक दल की सदस्यता नहीं लेंगे और स्वतन्त्र रूप से सरकार के साथ विकास के काम करेंगे। पूर्व प्रधान बसन्तराम ठाकुर की पार्टी हमेशा ही सत्ता में रही थी इसलिए पहले वह भी यही चाहता था कि उसी की पार्टी के समर्थन में पंचायत के चुनाव हों परन्तु सुनमा देई और प्रशान्त वर्मा इस बात पर सहमत नहीं हुए जिसके आगे उसका कोई वश नहीं चला था।

उधर प्रदेश में पंचायत चुनाव सम्पन्न हुए तो नयी पंचायतों का संवैधानिक रूप से गठन होने लगा था। सुनमा की पंचायत का भी अब विधिवत गठन हो गया था। पहली ही बैठक में सुनमा देई और प्रशान्त वर्मा ने लोगों के आगे जिस तरह के विकास का प्रारूप रखा उसे मीडिया ने इस बार भी बढ़–चढ़कर प्रचारित किया था। उनकी पंचायत के गाँव बहुत दूर–दूर तक फैले थे। इसलिए उन्होंने पहला यह निर्णय लिया कि जब तक पंचायत के केन्द्र में पंचायतघर नहीं बन जाता उस समय तक प्रत्येक वार्ड में पंचायत की माहवार बैठक हुआ करेगी ताकि लोगों को उनके दरवाज़े तक सुविधाएँ मिल सके। उनकी प्राथमिकता में शिक्षा को महत्त्व दिया गया था ताकि हर घर के बच्चे को पढ़ने का बेहतर मौक़ा मिल सके। उन्होंने पंचायत में जो प्रस्ताव पास किये उसमें पंचायत के एकमात्र प्राइमरी स्कूल का दर्जा मिडिल और हाई तक बनाने, पंचायत घर का निर्माण, आर्थिक आधार पर लोगों के लिए अच्छे मकान की सुविधा, सस्ते राशन का डिपू, बिजली और पानी घर–घर के लिए शामिल थे। निर्विरोध चुने जाने पर पंचायत के लिए जो धन आया उससे प्राइमरी स्कूल की इमारत को नया रूप दिया गया और सारी आधारभूत सुविधाएँ वहाँ उपलब्ध करवा दी गयी। स्कूल में पहले केवल एक अध्यापक ही हुआ करता था

और बीस के आसपास बच्चे थे लेकिन जैसे ही उसमें सुविधाएँ उपलब्ध हुई प्रशान्त वर्मा ने अपने कुछ साथियों को सेवाभाव से बच्चों को पढ़ाने के लिए आमन्त्रित किया था। धीरे–धीरे स्कूल के आधुनिक स्वरूप और सुविधाओं को देखकर बच्चों की संख्या बढ़ती गयी और एक महीने के भीतर वहाँ सौ से अधिक बच्चे पढ़ने पहुँच गये। कुछ ही दिनों में स्कूल का दर्जा मिडिल और उसके बाद हाई तक हो गया। दो सालों में जिस तरह से इस परिसर को सुनमा और प्रशान्त वर्मा की सोच के मुताबिक़ बनाया गया वह दूसरी पंचायतों के लिए भी उदाहरण बन गया था। परिसर किसी भी प्राइवेट स्कूल से कमतर नहीं था।

सुनमा ने लोगों में यह सोच भी विकसित की थी कि विकास कार्यों में मज़दूरी के अतिरिक्त लोगों को श्रमदान भी करते रहना चाहिए क्योंकि ये सुविधाएँ उन्हीं के लिए हैं। इससे आपसी सहयोग व भाईचारा भी बना रहेगा और कार्यों की गुणवत्ता भी। इसका लोगों ने दिल से स्वागत किया था और बच्चों से लेकर बुजुर्गों तक का सहयोग मिलने लगा था। इनमें पंचायत की महिलाओं का बहुत योगदान मिल रहा था। पंचायत के गाँव के भीतर के रास्तों और पानी की बावड़ियों का संरक्षण किया गया और शीघ्र ही पंचायत के लिए पेयजल की एक बड़ी योजना का कार्य भी शुरू हो गया।

लोग जानते थे कि पंचायतों में अब उनके प्रधान व दूसरे प्रतिनिधि बहुत द्वेषभाव से काम करने लगे हैं जिससे ग़रीब लोग आधारभूत सुविधाओं से वंचित रह जाते हैं। बहुत से मामले ऐसे भी होते हैं कि पंचायतों के उच्चवर्ग के सम्पन्न लोग उनके नाम पर मिलने वाली सुविधाओं को अपने लिए उपयोग करते हैं। सरकार से जो पैसा आता है उसके बँटवारे की अप्रत्यक्ष रूप से कमीशन के लिए बोलियाँ लगती हैं और योजनाओं में भ्रष्टाचार की वजह से आधा पैसा भी नहीं लगता। सुनमा और प्रशान्त वर्मा के साथ सभी वार्ड सदस्यों ने इस बात पर बल दिया था कि सरकारी धन के एक पैसे का भी दुरुपयोग न हो। यह सोच हालाँकि ब्लॉक से लेकर ऊपर तक के अधिकारियों को अखर गयी थी परन्तु वे दोनों जब मुख्यमन्त्री और

मन्त्रियों के समक्ष अपने प्रस्ताव व योजनाएँ रखते थे तो सभी उनकी सराहना ही किया करते थे। मीडिया की नज़रें उस पंचायत पर पहले से ही थी इसलिए हर समाचार तत्काल अख़बारों में छप जाया करता था। इससे उन्हें बहुत सहारा मिलता था और नीचे से ऊपर तक की अफ़सर बिरादरी चौकन्नी रहती थी।

यह पंचायत निर्विरोध चुनाव के लिए पहले ही सुर्ख़ियों में थी परन्तु अब अपने विकास कार्यों के लिए सुर्ख़ियाँ बटोरने लगी थीं। इसलिए भ्रष्ट लोगों की नज़रें उन पर रहने लगी थीं। ईर्ष्या और विरोध का भी सूत्रपात हो गया था परन्तु अपनी ईमानदारी और कड़ी मेहनत से सुनमा और प्रशान्त ने एक ऐसा उदाहरण पेश कर दिया था जिसके नेता अब उदाहरण देने लगे थे। पाँच साल आते–आते जिस तरह की सुविधाएँ इस पंचायत में उपलब्ध करवाई गयी, उसने पंचायत को पिछड़ी पंचायत से एक आदर्श पंचायत में बदल दिया था। कई इनाम इस पंचायत को मिले थे।

पाँच सालों का समय कैसे निकल गया सुनमा देई को पता भी नहीं चला। अगले चुनाव आ गये थे और अब पंचायत महिला के लिए आरक्षित नहीं थी। प्रशान्त वर्मा की इस बीच एक यूनिवर्सिटी में सहायक प्रोफ़ेसर की नौकरी लग गयी थी और घर की आर्थिक स्थिति अच्छी न होने के कारण उसने नौकरी लेने का निर्णय कर लिया था। सुनमा देई का यही विचार था कि इस बार प्रधानी प्रशान्त वर्मा को दी जाये पर नौकरी लगने की वजह से उसने प्रशान्त पर इसका कोई दबाव नहीं बनाया। पंचायत में अब पहले जैसा माहौल भी नहीं रहा था। कई भ्रष्ट और स्वार्थी क़िस्म के लोगों को ईमानदारी रास नहीं आ रही थी। उनके लिए पंचायत प्रधानी कमाई का एक बड़ा साधन थी और सुनमा देई ने इस सोच को ही समाप्त कर दिया था। इस बार के चुनाव में सुनमा को निर्विरोध चुनने की लोगों ने फिर माँग उठायी थी लेकिन कुछ दबंग क़िस्म के लोगों और पार्टी के नेताओं ने अपने–अपने प्रतिनिधि खड़े कर दिये थे। उप–प्रधान के लिए प्रशान्त वर्मा जैसा लड़का भी अब नहीं था।

कुल मिलाकर जब सुनमा देई ने दूसरे चुनाव का पर्चा लोगों के दबाव में भरा तो उनकी पंचायत से पाँच और उम्मीदवार प्रधानी के लिए खड़े हो गये थे। उनमें दो सत्तारूढ़ और विपक्ष के थे और तीन अन्य क्षेत्रीय पार्टियों से। सभी ने दिल खोलकर पैसा बहाया, शराब पिलायी और नक़दी भी बाँटी। लेकिन जिस दिन परिणाम आये सुनमा भारी बहूमत से जीती थी और अन्य पाँचों की ज़मानतें ज़ब्त हो गयी थी। उन दबंग मर्दो और पार्टियों के लिए यह तौहीन का विषय था। कोई भी सुनमा और प्रशान्त वर्मा के किये कामों के आगे नहीं टिक पाया था।

सुनमा को बहुत से और बड़े कार्य अपनी पंचायत के लिए करने थे। सत्तारूढ़ पार्टी तो अब इस सोच में थी कि क्यों न सुनमा को अगली बार विधायक का चुनाव लड़वाया जाये परन्तु जब भी बात होती तो वह मना कर दिया करती थी। उसकी पंचायत के लिए इस बार सड़क का निर्माण भी होने लगा था जो वहाँ से बहुत आगे एक राष्ट्रीय उच्चमार्ग में मिलायी जानी थी। परन्तु जिस गति से वह काम हो रहा था लोगों की समझ में नहीं आ रहा था कि यह सड़क निर्माण इतने युद्धस्तर पर क्यों हो रहा है? सरकार और अधिकारियों की तरफ़ से भी कुछ भनक नहीं लग रही थी।

सुनमा देई के अतिरिक्त अब जो पंचायत का उप–प्रधान और दूसरे वार्ड सदस्य चुन कर आये थे उनकी सोच केवल खाऊ क़िस्म की थी, तिकारा और सेवा से उनका कोई लेना–देना नहीं था। परन्तु सुनमा देई की ईमानदारी और साफ़ छवि उनके रास्ते का बड़ा रोड़ा थी। इसलिए वे लोग अपने–अपने प्रयोजन में कामयाब नहीं होते थे। लोगों का भरपूर समर्थन हमेशा सुनमा देई के साथ रहता था। सुनमा प्रधानी के कामकाज के साथ कभी अपना घराट खोलना नहीं भूली थी। उसने अब एक–दो नौकर भी रख लिए थे जो बहुत ईमानदारी से उसके काम निपटा लिया करते थे।

सुनमा देई जब थकी–हारी अपने घर और कमरे में आती तो बहुत देर पंचायत, वहाँ के लोगों की सोच और अपने कामकाज़ की

समीक्षा देर रात तक किया करती थी। वह ज़्यादातर उन लोगों के बारे में सोचती रहती जो निरन्तर पंचायत में ग़लत कामों को करवाने के लिए आया करते थे। उसके लिए वे किसी नेता, अफ़सर और यहाँ तक कि किसी मन्त्री तक की सिफ़ारिश करवाने से भी नहीं हिचकते। सुनमा देई चकित रह जाती जब पंचायत के सम्पन्न लोग ग़रीबी–रेखा से नीचे रहने के लिए कई हथकण्डे अपनाते। यहाँ तक कि वे अपने परिवार में अपने बेटों तक काग़ज़ों में अलग करवाने से भी नहीं सकुचाते ताकि आई.आर.डी.पी और अन्य योजनाओं के तहत एक ही परिवार में कई–कई राशन–कार्ड बन सके। परन्तु सुनमा ऐसे ग़लत कामों को होने ही नहीं देती थी, इस वजह से उसने पंचायत सचिव तक का तबादला करवा दिया था। परन्तु उसके इतने लम्बे हाथ थे कि विभाग उसे भारमुक्त ही नहीं करवा पाया था। सुनमा के लिए इसलिए भी मुश्किल हो रही थी कि उसके साथ पंचायत के उप–प्रधान और बाक़ी सदस्य भी नहीं थे। कारण सुनमा का ईमानदारी से काम करना था। उन्होंने अपने–अपने वार्डों के बहुत से लोग भी अपने पक्ष में कर लिए थे जिनके द्वारा उनका सरकारी पैसों का दुरुपयोग करके कमाऊ धन्धा अच्छा–ख़ासा चल रहा था।

पंचायत वार्डों में जो काम होते थे वे सभी पंचायत सदस्यों के माध्यम से ही होते थे। उनमें रास्तों, टैंकों, पानी के तालाबों इत्यादि के निर्माण के साथ मनरेगा के तहत बहुत से और काम भी होते थे। वास्तव में, पंचायत द्वारा और क्या–क्या काम करवाये जा सकते थे इसका उनको क़तई भी ज्ञान न था या वे उनकी अनदेखी किया करते थे। सुनमा उनको बहुत समझाती परन्तु वे एक कान से सुनते और दूसरे से निकाल दिया करते और केवल उन्हीं कार्यों को करते जहाँ से जेब में पैसे जाने की सम्भावनाएँ होतीं। मनरेगा में बहुत से ऐसे लोगों के जॉब–कार्ड बनाये गये थे जिनमें से पंचायतों के परिवारों में लोग ही नहीं होते थे या एक–एक परिवार के सभी सदस्यों के। मस्टर रोलों में झूठे नाम भरे जाते और मज़दूरी के

पैसे सदस्यों की जेब में जाते रहते। गाँव के कुछ लोग ऐसे थे जो मज़दूरी कहीं दूसरी जगह करते और हाज़िरी मनरेगा में लगती रहती। महीने में उनके खाते में पैसे तो पूरे जाते परन्तु मिलीभगत से वे उसी दिन निकल भी जाते। उन पैसों का कुछ प्रतिशत ही उनके खातों में रहता।

इस मुफ़्त के पैसे के चक्कर में सभी के मुँह बन्द रहते। दूसरे कामों में गुणवत्ता के हिसाब से जो सीमेंट, सरिया, रोड़ी और दूसरी सामग्री आती उसका आधा हिस्सा भी उन कार्यों में नहीं लगता और उसका पैसा वे लोग हड़प जाते। किसी का टैंक कागज़ों में ही बन जाता, किसी के यहाँ सौर ऊर्जा की लाइटें कागज़ों में ही चमकती रहती और किसी की ज़मीन की मरम्मत कागज़ों में ही हो जाती। हक़ीकत में कुछ नहीं होता, बस पैसे का लेन देन सदस्यों और लोगों के बीच होता रहता। इन कामों से ज़रूरतमन्द लोग बहुत परेशान रहते। वे सुनमा को शिकायतें करतें तो सुनमा इन कामों की भागीदारी के लिए अपने सचिव को डाँट देती परन्तु उसे कोई न चिन्ता होती न वह परवाह करता। वह जानता था कि जब तक ऊपर का आशीर्वाद उसके सर पर है उसका कोई भी बाल भी बाँका नहीं कर सकता। सुनमा जैसे निपट अकेली होती जा रही थी। चाहकर भी वह कुछ नहीं कर पाती थी क्योंकि अब पंचायत से लेकर लोगों तक का बहूमत और साँठ–गाँठ इसके आड़े आने लगी थी। उसे हैरानी होती कि पिछले पाँच सालों के कार्यकाल में जो उसकी पंचायत का परिदृश्य था वह एकाएक कैसे बदल गया है...उसकी पंचायत में बेईमानी और भ्रष्टाचार के बीज कैसे पड़ने लगे...? दूसरी पंचायतों के क़िस्से–कहानियाँ तो उसे ख़ूब पता थी और बहुत से लोग जो उसके रिश्तेदार थे, जानकार थे, उससे उन बातों की चर्चा भी किया करते थे। बावजूद इसके सुनमा की इन लोगों और उनके कामों पर कड़ी और पैनी नज़रें रहती और जितना सम्भव होता वह गल़त कार्यों के ख़िलाफ़ आवाज़ उठाती रहती। इसी वजह से पंचायत के उप–प्रधान और दो सदस्यों पर सतर्कता विभाग में मामले भी दर्ज़ हो चुके थे जिसकी छानबीन शुरू हो गयी थी।

सुनमा की पंचायत के साथ जो दूसरी पंचायत लगती थी उसमें प्रशान्त वर्मा के साथ का एक युवा रत्नदास उप–प्रधान था जो कई बार सुनमा के घर आ जाता और पंचायत के कामों की ख़ूब चर्चा होती रहती थी। इस बार वह प्रधान के पद के लिए खड़ा हुआ था और उसे विश्वास था कि उप–प्रधान रहते उसने जिस ईमानदारी, निष्पक्षता और सेवाभाव से अपनी पंचायत और वहाँ के लोगों की सेवा की है उसका जीतना तय है। परन्तु जब परिणाम आये तो वह यह देखकर हैरान रह गया कि उसकी ज़मानत भी नहीं बची थी। वह कई दिनों तक सदमें में तो रहा परन्तु साथ ही इस बात का गहराई से विश्लेषण भी करता रहा कि लोगों ने उसके साथ ऐसा क्यों किया जबकि उसने पाँच सालों में कभी भी, कहीं भी किसी तरह का न तो भ्रष्टाचार किया, न पैसों का दुरुपयोग और न ही किसी के कार्य के लिए कभी मनाही की। कुल मिलाकर वह इस निष्कर्ष पर पहुँचा था कि उसकी ईमानदारी और सेवाभाव ही उसके हारने के प्रमुख कारण रहे हैं। आम जन भी अब जिस तरह से भ्रष्टाचार के पक्ष में खड़ा दिखायी देता था या देखकर चुप्पी लगा जाता था उसके लिए वह सब आश्चर्य से कम नहीं था।

सुनमा उसकी बातों को सुनकर स्तब्ध थी कि सरकारी पैसों का इस तरह भी दुरुपयोग हो सकता है। इसी तरह का स्वरूप अब वह अपनी ही पंचायत में देखने लगी थी। उसे समझ भी आ गया था कि एक मामूली से पंचायत सदस्य के लिए क्यों लोगों की चुनाव लड़ने के लिए इतनी मारधाड़ मची रहती है? वह अब इन चुनाव को चुनाव नहीं व्यापार मानने लगी थी जो गाँव से लेकर सचिवालय और विधानसभा तक हो रहा था। नीचे से ऊपर तक के दफ़्तरों में जिसने अपने पैर ज़मा लिए थे। योजनाओं और ग़रीबों के नाम से एक तरफ़ से पैसा पंचायतों में आता और दूसरे हाथों वह पंचायत सचिवों से होता हुआ ब्लॉक और सम्बन्धित सभी विभागों के माध्यम से आपस में बँटता रहता।

सुनमा का अब मन बहुत आहत हो चुका था। उसे लगता कि वह पंचायत में नहीं किसी कीचड़घर में फँस गयी है जहाँ से निकलना मुश्किल है। या एक ऐसी खाई में गिरी है जिसके चारों ओर ख़ूँखार भेड़िए उसे निगलने के लिए आतुर हैं। बावजूद इसके वह अपने भीतर को ही मज़बूत करती रहती जिसमें उसके स्वतन्त्रता सेनानी पिता, ससुर और उसका पति बालकराम जैसे उसकी मदद करते रहते। उसे कभी न हारने की प्रेरणा और उत्साह देते रहते।

18

नदी पर बाँध बनने की ख़बर जब पंचायत में पहुँची तो सभी सकते में आ गये थे। सुनमा को प्रधान की हैसियत से एक पत्र मिला था जिसमें उनकी तहसील मुख़्यालय में मुख्यमन्त्री की अध्यक्षता में एक बैठक होने का हवाला दिया गया था। उस क्षेत्र के विधायक सहित सभी प्रभावित पंचायत प्रधानों को इसमें शामिल होने का आमन्त्रण भी था। विधायक महोदय के इस पंचायत की अधिकतर जनता ने देखा तक नहीं था क्योंकि सड़क से पंचायत तक का ऊबड़–खाबड़ रास्ता तक़रीबन दस–बारह मील पैदल था। सुनमा और पंचायत के प्रतिनिधियों ने कई बार उसे अपने क्षेत्र आने का न्यौता दिया परन्तु पैदल चलने में असमर्थता जताते हुए वह टाल दिया करता था। पंचायत के कामों के लिए उससे या तो किसी दूसरी पंचायत के दौरे के दौरान मिलना होता या फिर शहर में उसके निवास स्थान पर। उसकी उम्र भी सतहत्तर पार हो चुकी थी और वह लगातार पिछले पन्द्रह सालों से जीत रहा था। एक–दो बार वह ज़रूर उनकी पंचायत में आया था जब सुनमा प्रधान नहीं बनी थी, परन्तु वह ठाकुर बसन्तराम प्रधान के घर से कहीं इधर–उधर नहीं गया था।

उस पत्र के साथ एक पृष्ठ का नोट संलग्न था जिसमें उनकी पंचायत के तक़रीबन सात गाँव के अधिग्रहण की सूचना दी गयी थी।

इसी तरह के नोट अन्य पंचायत प्रधानों के पत्रों के साथ भी थे। इस पत्र को पंचायत सचिव ने पढ़कर जब सभी को सुनाया तो पंचायतघर में एक घड़ी के लिए सन्नाटा छा गया था। सुनमा के मुँह से एकाएक निकला था कि सरकार ने इतना बड़ा निर्णय बिना हमसे पूछे कैसे ले लिया है? सभी ने उसकी हाँ में हाँ मिलायी थी।

पंचायत में लोगों के गाँव और ज़मीनें नदी के किनारे–किनारे थीं। वास्तव में इस पंचायत का अधिकतर क्षेत्र नदी के साथ लगता था। इसके अतिरिक्त जिन पंचायतों की सीमाएँ उनकी पंचायत के आर–पार लगती थी उनकी भी यही स्थिति थी। परन्तु इस समय बड़ा प्रश्न उनकी अपनी पंचायत का था। बहुत देर तक इस पत्र पर चर्चा होती रही थी। धीरे–धीरे यह समाचार आग की तरह प्रत्येक घर और व्यक्ति के पास पहुँच गया था और लोग सच्चाई जानने सुनमा के घर तक पहुँच रहे थे। सुनमा कुछ भी सही–सही बताने में असमर्थ थी। वह लोगों को हरसम्भव आश्वस्त करती थी कि उसके रहते उनके साथ कोई अहित और अन्याय नहीं होगा। सुनमा अब मोबाइल फ़ोन भी रखने लगी थी जिससे वह अपने क्षेत्र के अधिकारियों से बातचीत कर लिया करती थी। इस सन्दर्भ में उसने पहले अपने इलाक़े के पटवारी से बात की थी जिसने इतना ही बताया था कि अभी इन गाँव की जमाबन्दियाँ निकाली गयी है। ततीमें लोगों के सामने ही कटेंगे और जहाँ तक डैम का पानी आयेगा वहाँ–वहाँ निशानदेही भी होगी। इससे ज़्यादा उसने कुछ भी नहीं बताया था। मीडिया को इस बात की भनक लग गयी थी और वे इस पर पंचायत प्रधानों के साथ बातचीत करके ख़बर करना चाहते थे। इसके लिए उनकी नज़रों में केवल सुनमा ही उपयुक्त थी परन्तु इस बार उसने बैठक से पूर्व कुछ भी कहने से साफ़ मना कर लिया था।

बैठक से पूर्व वह एक दो–बार अपने मायके गयी थी और वहाँ उसने पिता की अलमारियों में रखी बहुत–सी किताबें उल्टी–पुलटी थी और कुछ साथ भी लेकर आयी थी। किताबों की स्थिति अच्छी नहीं थी क्योंकि अब वहाँ उनकी देखभाल करने वाला कोई नहीं था।

वह बैठक में पूरी तैयारी के साथ जाना चाहती थी। सुनमा पंचायत के उप–प्रधान और वार्ड सदस्यों से ज़रूर चर्चा करती थी पर उनसे अपने मन की बात ज़्यादा साझा नहीं करती। उसने गुपचुप तरीक़े से अपने पूर्व उप–प्रधान प्रशान्त वर्मा को घर बुलाकर ज़रूर विस्तार से चर्चा की थी जिसकी केवल उन दोनों को ही जानकारी थी। तीसरा कोई इस बातचीत में शामिल नहीं था।

तहसील मुख़यालय में जिस दिन बैठक थी, मुख्यमन्त्री और स्थानीय विधायक का ज़ोरदार स्वागत हुआ था। लोग कतारों में खड़े थे। सड़क के दोनों ओर। हाथों में फूल–मालाएँ पकड़े हुए। वैसे भी अब जैसे ज़माना क़तारों में खड़े होने का ही था। उनमें सबसे आगे की पंक्ति में स्थानीय छुटभैये नेता, पंचायतों के प्रधान और कुछ अफ़सर थे। सुनमा भी इसी भीड़ में चुपचाप खड़ी थी पर उसके हाथ ख़ाली थे। जो लोग उसे जानते, उसकी तरफ़ ज़रूर देख लेते और हाथ में फूल–माला न देखकर कुछ चकित भी होते। उसके मन में बहुत से विचार आ–जा रहे थे। परन्तु कोई स्थिर नहीं रह पा रहा था। बस एक ऐसा द्वन्द्व भीतर खलबली मचा रहा था जिसका कहीं कोई समाधान नज़र नहीं आ रहा था। उसे रह–रहकर अपनी पंचायत के गाँव और लोगों का धीरे–धीरे उजड़ना दिखायी दे रहा था। वह सोच रही थी कि कितना अच्छा होता उनके क्षेत्र के विधायक कभी उनकी पंचायतों के विकास के लिए भी इसी तरह से मुख्यमन्त्री से बैठक करते, बातचीत होती। उनके सामने लोग समस्याएँ रखते। उसे अब इन बातों का बहुत अनुभव हो गया था कि किसी भी राजनीतिक पार्टी के एजेंडे में विकास नहीं रह गया है, बस रह गया है स्वार्थ, भ्रष्टाचार, धर्म और जाति के नाम पर लड़ाइयाँ। विकास केवल काग़ज़ों, फ़ाइलों और भाषणों तक सीमित है। उसका एक चौथाई भी नीचे के आदमी तक नहीं पहुँच पाता...न किसान के पास, न मज़दूरों के पास और न ही बेघरों और दलितों तथा आर्थिक दृष्टि से कमज़ोर तबक़े के पास। शायद सत्ता के लिए यह सब ज़रूरी हो गया है कि विकास के नाम पर जनता को उलझाये रखो।

जिस जोश से मुख्यमन्त्री का स्वागत हो रहा था उससे लगता था कि कोई बड़ा उत्सव हो रहा है। लोग यह भूल गये थे कि उनके ऊपर एक बड़ी आफ़त आने वाली है जिसकी ज़िम्मेदार सरकार ही है।

उसकी बग़ल से मुख्यमन्त्री और अन्य लोग कब निकल गये उसे अपने विचारों की मग्नता में यह भी ध्यान नहीं रहा। लोग उनके ज़िन्दाबाद के नारे लगा रहे थे और सुनमा मन ही मन लोगों की इस अतिरिक्त उत्सुकता को देखकर परेशान हो रही थी और सोच रही थी कि चमचागिरी की भी हद होती है।

बैठक शुरू हुई। सबसे पहले स्थानीय विधायक ने क्षेत्र के विकास के लिए लम्बा–चौड़ा भाषण दिया और नदी पर बाँध बनने के अनगिनत फ़ायदे गिनवा दिये। जिनकी ज़मीनें इस डूब में आनी थी या आयेगी उन्हें विधायक महोदय ने देशभक्त तक करार दे दिया था। उनके भाषण में यह बिल्कुल भी नहीं था कि जिन लोगों की ज़मीनें, घर और जंगल अधिग्रहण किये जायेंगे उनके लिए सरकार या बाँध–कम्पनी की ओर से क्या–क्या सुविधाएँ दी जायेंगी...? बस विधायक महोदय ने केवल मुआवज़ा देने का हल्का–सा ज़िक्र किया था। भाषण ख़त्म करते हुए उन्होंने इतना ज़रूर कहा था कि यदि कोई प्रधान अपने विचार रख सके तो उसका स्वागत है।

हॉल में कुछ देर सन्नाटा छाया रहा। सुनमा सोच रही थी कि इतने प्रधानों में से कोई तो खड़ा होकर कुछ कहेगा या विरोध करेगा परन्तु काफ़ी देर तक चुप्पी छायी रही और मंच पर बैठे मुख्यमन्त्री, विधायक और बाँध–कम्पनी के अधिकारी आपस में खुसर–फुसर करते रहे। मंच का संचालन एक सरकारी अधिकारी कर रहा था। उसे कार्यवाही जारी रखने के लिए जब विधायक ने इशारा किया तो उसके कानों में भी कुछ कहा था। वह उठा और यह कहते हुए मुख्यमन्त्री को आमन्त्रित कर दिया कि यहाँ उपस्थित सभी प्रधान इस बड़ी विकासीय योजना से प्रसन्न दिखते हैं। इसलिए अब हमारे लोकप्रिय मुख्यमन्त्री अपने विचार रखेंगे और साथ ही नदी किनारे जाकर इस बाँध के पहले चरण का शिलान्यास भी करेंगे।

मुख्यमन्त्री के चेहरे पर पहले से अधिक मुस्कान तैर रही थी। जैसे ही वह उठने लगे बहुत पीछे बैठी सुनमा खड़ी हो गयी और उसके मुँह से बस इतना ही निकला कि...मुझे कुछ कहना है। इसी के साथ वह धीरे–धीरे मंच की तरफ़ बढ़ने लगी थी। बहुत लोग, यहाँ तक कि कई प्रधान उसे नहीं जानते थे कि वह भी किसी अति–पिछड़ी पंचायत की प्रधान रही है। वह जब चल रही थी तो सभी को उसकी शारीरिक भाषा बहुत ढीली और लचर–सी लगी थी। उसे देखकर बहुतों के होंठों पर एक उपहासीय हँसी तैरती नज़र आ रही थी। कई पंचायतों के धुरन्धर प्रधानों की शायद यही सोच रही होगी कि जब हम जैसे मर्द चुप रहे तो इस औरत को क्या ज़रूरत आन पड़ी कि मंच पर खड़ी होकर अपनी बेईज्जती करवाये या इस विकासीय योजना के बारे में कुछ कहे...वैसे भी क्या कहेगी वह...?

सुनमा जब मंच के किनारे रखे माइक के सामने पहुँची तो उसके हाथ में एक डायरी थी। बहुत साधारण परिधान में वह आज निपट गँवई औरत लग रही थी जिसके चेहरे पर पहले जैसा उत्साह व ऊर्जा न होकर मायूसी और चिन्ताओं की अप्रत्याशित रेखाएँ थीं जिसे उसके सिर पर ओढ़े हल्के नीले दुपट्टे ने ओर–छोर से ढ़ाँप रखा था। उसने एक सरसरी नज़र हॉल में बैठे लोगों की तरफ़ दी। फिर कुछ पल के लिए आँखें बन्द कर ली। उसने उसी चुप्पी में से अपना आत्मविश्वास एकत्र किया था। फिर दोबारा पूरे हॉल और मंच पर बैठे लोगों को देखा। आँखें एक तरफ़ मायूस बैठे गाँव के उन लोगों पर टिक गयी जो इस परियोजना से प्रभावित होने थे, बेघर होने थे। उनके चेहरे गहरी चिन्ताओं में डूबे थे और वे एकटक सुनमा की ओर बहुत उम्मीद–भरी नज़रों से देख रहे थे। उसने पल–भर में जैसे उनकी चिन्ताओं को अपने भीतर आत्मसात कर लिया और हाथ जोड़कर पहला सम्बोधन उन्हें ही किया। सुनमा का संबोधन था...

"मैं सबसे पहले उन पंचायतों के ग़रीब ग्रामीणों का अभिवादन करती हूँ जिनकी ज़मीनें, घर और जंगल इस बाँध के निर्माण के आधार बन रहे हैं। दूसरा अभिवादन यहाँ बैठे उन सभी प्रधानों का

करती हूँ जिनकी पंचायतों में ये बाँध बनेगा और आँखें मूँद कर जिन्होंने अपनी चुप्पी से ही इसे मंजूरी दे दी। तीसरा अभिवादन मंच का और माननीय मुख्यमन्त्री महोदय का कि वे बिना आम जन और पंचायत की सहमति के आज इस बाँध का शिलान्यास कर रहे हैं।"

इस थोड़ी–सी भूमिका ने जैसे मंचासीनों के साथ पंचायत प्रधानों के होश उड़ा दिये थे लेकिन जो कुछ आम जन वहाँ बैठे थे उनके चेहरों पर कुछ विश्वास की रेखाएँ उभरने लगीं थीं। विधायक का चेहरा लाल हो गया था। इस वक़्त यह जानना मुश्किल था कि उसका कारण उसका भीतर का आक्रोश था या मुख्यमन्त्री के सामने अपमान? उसने उठकर कुछ कहना चाहा लेकिन सुनमा से पहले उसकी बाँह पकड़कर मुख्यमन्त्री ने उसे नीचे बिठा दिया था।

सुनमा अब धीरे–धीरे खुलने लगी थी...

"मुझे मुख्यमन्त्री जी शायद बहुत अच्छी तरह नहीं जानते। जानेंगे भी कैसे। मैं उस पंचायत की प्रधान हूँ जहाँ विकास के नाम पर अभी ज़्यादा कुछ नहीं है। हमारी पंचायत के लोग अभी भी पैदल बस के लिए पन्द्रह–बीस किलोमीटर चलते हैं। कई बुज़ुर्ग तो अपनी उम्र में पहली बार देख रहे हैं कि उनका मुख्यमन्त्री कैसा होता है। विधायक जी यहाँ बैठे है लेकिन उनका पाँच साल में एक– दो बार आना बस पूर्व प्रधान जी के घर तक ही हुआ करता था। मैं उसी पंचायत की प्रधान सुनमा देई हूँ जिसके कई गाँव इस बाँध में डूब जायेंगे। उनके पूर्वजों की बहुत मेहनत से बनायी पुश्तैनी सम्पत्तियाँ पानी में समा जायेगी। उनके घर, उनके खेत, उनके खलिहान, उनके देवी–देवता और उनके घराट, साथ न जाने कितने सपने भी साथ डूबेंगे। साथ डूब जायेगी उनकी आस्था, उनके पसीने–पसीने से निर्मित एक संस्कृति। उसके बदले क्या मिलेगा उन्हें, बस कुछ रुपया...एक बैंक अकाउंट...एक काग़ज़ की पास–बुक। आप जानते हैं मुख्यमन्त्री जी कि एक ग़रीब किसान कितने बरसों तक कमाते हुए एक मिट्टी और खपरैल का घर बना पाता है, कितनी मेहनत–मज़ूरी से अपने बच्चों का पेट पालते एक बैल की जोड़ी और एक गाय

जुटाता है...अपने शरीर का कितना पसीना बहाकर अपने खेत व क्यार तैयार करता है...कितनी उम्मीदें और कितने जीवन जुड़े रहते हैं उस घर से...अब आप कहते हैं कि बाँध बनेगा, प्रदेश का विकास होगा, बिजली मिलेगी, बाहर भी जायेगी, पर आपने नहीं सोचा कितने लोग, कितने परिवार उजड़ जायेंगे...जो पैसा कम्पनी देगी उसके बैंक खातों और कागज़ की पास–बुकों में तो वे न सो पायेंगे, न उनका परिवार उसमें समायेगा, न उनमें पशु रहेंगे...बस पैसा ही पैसा होगा...घूमते रहो पास–बुक लेकर... ।''

विधायक का मुँह गुस्से से तिलमिला रहा था। वह फिर कुछ बड़बड़ाता हुआ उठने की कोशिश में कुछ कहने लगा था पर उसे फिर मुख्यमन्त्री ने रोक लिया था। सुनमा ने कहना जारी रखा था...

''और यह नदी बेचारी जो हमारा जीवन है। नदी किनारे बसे हमारे गाँव सींचती है, पहाड़ों पर उगे पेड़ों को नमी देती है, उन्हें पानी देती है। घराट चलाती है, जिसे देख–देखकर हम जीते रहते हैं वह बाँध में समाकर मर जायेगी। आप तो जानते है यह नदी नहीं है, एक प्राचीन इतिहास है, संस्कृति है और न जाने कितनी सभ्यताओं ने इसके ओर–छोर जन्म लिए हैं। यह नदी हम सभी की माँ है। इस नदी पर पहले ही कितनी बिजली परियोजनाएँ बन चुकी है, बन रही है और यह बेचारी टुकड़े–टुकड़े टूटकर न जाने कितनी सुरंगों में जाकर अपना मूल नष्ट कर रही है। लोग सुबह उठते हैं तो उनके गाँव व ज़मीन के साथ बहती नदी ग़ायब हो जाती है। आज इस नदी ने कभी भी स्वप्न में भी नहीं सोचा होगा कि एक दिन बिजली पैदा करने के नाम पर अपना असली स्वरूप खोकर तड़पते–तड़पते मर जाना पड़ेगा। मुख्यमन्त्री जी, आप जानते हैं कि बिजली परियोजनाओं के नाम पर अन्धाधुन्ध चीरफाड़ करके हम अपने प्रदेश व हज़ारों लाखों आम जनों के जीवन को ख़तरे में डाल रहे हैं। जंगल कटाई से जो हरित पट्टी है, जल स्रोत हैं, वे ही नष्ट नहीं हो रहे हैं बल्कि तापमान निरन्तर बढ़ रहा है, ग्लेशियर पिघल रहे हैं और बर्फ़बारी बिल्कुल भी नहीं हो रही। हमारे गाँव और शहर अभी

से पानी के लिए तरसने लगे हैं।'' कहते–कहते सुनमा देई रुकी थी। उसने सिर पर से नीचे खिसकता दुपट्टा सँभाला और सिर पर ओढ़ लिया। बोलना जारी रखा था,

''हमारे प्रदेश या देश में कितने बाँध बन गये। कितने परिवार गाँव उजड़े, पर उनका पूरा हक़ कभी किसी को नहीं मिला। दूर क्यों जायें हम? एक उदाहरण देती हूँ। वर्ष 1974 में ब्यास नदी पर पौंग बाँध बना। वह शुरू हुआ था 1961 में। उन बारह–तेरह सालों में लोगों ने जो यातनाएँ सही या अभी तक भी सह रहे हैं उसे कैसे भूला जा सकता है? सरकार भूल सकती है लेकिन आम लोग नहीं जिन्हें चन्द रुपये और आश्वासन की गठरियाँ थमाकर अपने–अपने घरों से निकाल दिया गया। उनका पशुधन आवारा घूमने के लिए छोड़ दिया गया। कितने परिवार हैं जिनके पास आज भी न घर हैं न खेत। इसमें लगभग दो सौ बीस गाँवों के नामोनिशाँ मिट गये हैं और सौ से ज़्यादा गाँव इससे प्रभावित हुए थे। एक हरी–भरी, बसी बसायी घाटी ख़त्म हो गयी। आप याद कीजिए माननीय मुख्यमन्त्री जी आपकी पूर्व सरकार ने जब निहत्थे ग्रामीणों पर गोलियाँ चलायी थीं तो कितने लोग मर गये और कितने घायल हो गये। किसी का बेटा गया, किसी का भाई तो किसी का पति व पिता। विकास के नाम पर ऐसा करना और वह भी इस शान्त व कुदरत के प्रदेश में क्या सही था...? वे बेचारे अपने जंगल, अपनी ज़मीन और अपने घर बचाने के लिए ही तो छोटे–छोटे आन्दोलन कर रहे थे।''

हाल में पसरा सन्नाटा जैसे और भी गहराता जा रहा था। सभी एकटक सुनमा की ओर देख रहे थे जो अब पूरी ऊर्जा और उत्साह से बोल रही थी। ऐसा लग रहा था जैसे शान्त बहती किसी नदी में अचानक बाढ़ आ गयी हो। उसने हाथ में पकड़ी एक डायरी के पन्ने पर नज़र डाली और बोलना शुरू किया,

''पचहत्तर हज़ार दो सौ अठसठ एकड़ ज़मीन थोड़ी नहीं होती मुख्यमन्त्री जी। और न तीस हज़ार परिवार ही कम होते हैं। उन्हें बाँध और विकास के नाम पर अपने ही घरों से बेदख़ल किया गया।

वे बेचारे अपनी आँखों के सामने अपने घरों की दीवारों, उनके भीतर जिये अनगिनत सुखों–दुखों के पलों, क़स्बों, गलियों, खेत–खलिहानों और पगडण्डियों को उजड़ते देखते रहे। उनका हिसाब किसी के पास नहीं है। बाँध के पानी पर आज भी उन बेघरों की सिसकियाँ और बच्चों की किलकारियाँ गूँजती रहती हैं लेकिन वे सब नेताओं और सरकारी अफ़सरों की दबंगता के पाँव तले कुचलकर रह जाती हैं। ज़रा सोचिए...।'' सुनमा थोड़ी रुकी थी और अपने क्षेत्र के विधायक की ओर घूम कर करारा तंज़ कर दिया,

''हमारे विधायक महोदय जिन्होंने अभी–अभी इस नये बाँध की न जाने कितनी ख़ूबियाँ गिनायी, शायद उन्हें यह तक पता भी न होगा कि मैं किस बाँध या परियोजना की बात कर रही हूँ।''

यह सुनकर विधायक ने सिर और नीचे की तरफ़ झुका लिया था जिसका सीधा अर्थ था कि उन्हें सचमुच पता ही नहीं था।

सुनमा ने फिर हाथ में पकड़ी डायरी के पन्ने पलटे और अपनी बात कहनी जारी रखी,

''ज़रा सोचिए मुख्यमन्त्री जी, वैसे तो पौंग डैम बाइस हज़ार पाँच सौ इकसठ वर्ग किलोमीटर में फैली झील है और लगभग आठ हज़ार पाँच सौ सतहत्तर मिलियन क्यूबिक पानी वैसे तो पंजाब, हरियाणा व राजस्थान तक की पच्चास लाख एकड़ के लगभग ज़मीन को सींचती है पर विडम्बना देखिए हमारे प्रदेश के लोग उसके पानी की एक–बूँद को तरसते रहते है। और अब जो बाँध बन रहा है, जिसके लिए आप यहाँ है, वहाँ भी यही होने वाला है। हमारी पंचायतों को क्या मिलेगा? आम लोगों को क्या लाभ होगा...? वे तो सीधे उजड़ेंगे...सबकुछ तवाह हो जायेगा उनका। पास रह जायेंगे वही चन्द रुपये और आप लोगों के दिये आश्वासन।''

तभी बीच में बैठे कुछ युवा खड़े हुए और ज़ोर से एक नारा लगा दिया,

''प्रधान सुनमा देई...ज़िन्दाबाद।''

दो–तीन बार वही युवा नारे लगाते रहे और उसका उत्तर भी वही देते रहे लेकिन जब चौथी बार नारा लगा तो पूरे हॉल से एक

ही आवाज़ गूँजी थी...सुनमा प्रधान...ज़िन्दाबाद। कुछ देर हॉल नारों से गूँजता रहा था। मंच पर आसीन महानुभावों के जैसे होश उड़ गये। कुर्सियाँ जैसे उन्हीं में चिपक गयी। दूर से देखने पर लगता था जैसे उन पर कोई आदमी नहीं बेजान आकृतियाँ रखी गयी हैं, पुतले बिठा दिये गये हैं।

कुछ देर बाद भीतर फिर सन्नाटा छा गया। सभी की नज़रें सुनमा पर लगी थी कि अब वह क्या बोलेगी?

"हमारा प्रदेश नदियों का प्रदेश है। ये नदियाँ हमारा जीवन है। जंगलों का भविष्य है। लेकिन आज सभी नदियाँ विकास की अन्धी दौड़ में न केवल पिछड़ रही है बल्कि उनका अस्तित्व ही समाप्त हो रहा है। हम प्रकृति को सीधी चुनौती दे रहे हैं। मैं नहीं कहती कि विकास नहीं होना चाहिए। वह आज की ज़रूरत है परन्तु उस विकास की आड़ में प्रकृति और आम ज़ीवन की बर्बादी कहाँ तक उचित है...? मुझे आज गाँधी बापू याद आ रहे हैं। हमेशा आते हैं। आप तो उन्हें अब वर्ष में केवल दो ही बार याद करते हैं। केवल रस्में निभाते रहने के लिए हमारा कोई मुक़ाबला नहीं है। उन्हें कोसेंगे भी और कुर्सी के लिए उनकी स्तुतियाँ भी करेंगे। कभी यह भी याद किया होता कि प्रकृति के लिए, नदियों और पहाड़ों के लिए वे कितना लड़ते और बोलते थे...देश की आज़ादी के लिए तो वे लड़े ही, अपने जल, जंगल और ज़मीन की आज़ादी के लिए भी उनकी लड़ाई थी। उन्होंने अहिंसा का जो नारा दिया उसमें हमारे भीतर की हिंसा भी शामिल थी कि उसे हम केवल अहिंसा से ही मार सकते है। हमारे अन्दर बैठी हिंसक प्रवृत्तियाँ जब मरेगी तो हम मनुष्य के साथ अपनी प्रकृति के लिए भी अहिंसक होंगे, विनम्र होंगे और हम असली मायनों में प्यार करना सीखेंगे। परन्तु हमने कुछ नहीं सीखा। आज जो वातावरण को दूषित करने की समस्याएँ हमारे सामने खड़ी है, प्रकृति को जिस तरह से हम बर्बाद करने पर तुले हुए हैं, गाँधी बापू जी ने हमें आज़ादी से बहुत पहले चेता दिया था। उनकी किताब 'हिंद स्वराज' तो आपने पढ़ी होगी, नहीं पढ़ी हो तो ज़रूर पढ़िए और

जब उनकी बरसी पर आप फूल–मालाएँ चढ़ाते हैं, उनके आगे सिर झुकाते हैं तो उनके कहे को ज़रूर याद कीजिए। मनुष्य का लालच आज जिस तरह बढ़ रहा है उसका शिकार हमारी पृथ्वी ही ज़्यादा हुई है। गाँधी जी बोलते थे,

"पृथ्वी सभी व्यक्तियों की आवश्यकताओं की पूर्ति के लिए पर्याप्त है किन्तु उनके लालच की पूर्ति के लिए नहीं। ये हमारे पूर्वजों से प्राप्त सम्पत्तियाँ नहीं है। वे हमारे बच्चों की धरोहरें हैं। वे जैसी हमें मिली हैं वैसी ही भावी पीढ़ियों को सौंपना होगा।"

परिणाम हमारे सामने हैं। हमने अपने सुन्दर प्रदेश को बर्बाद कर दिया है। उसी लालच ने नदियों पर इतने अत्याचार किये हैं कि उनका काम बस बिजली पैदा करना रह गया है। पहाड़ों और घाटियों का काम है–सीमेंट उगलना। हमारी सरकारों का काम उन कम्पनियों को पालना–पोसना और अपने–अपने बैंक बैलेंस बढ़ाते रहना। आम जन की आम ज़रूरतें समाप्त कर दी गयी हैं। पता नहीं हम भावी पीढ़ी को क्या देने वाले हैं? अपने बच्चों को क्या हम नंगे पहाड़, सूखी, नदियाँ, उजाड़ खेत, गन्दा प्रदूषित पानी और हवा देंगे... अब तो यही लगता है। सच में, कितनी विडम्बना है कि हम लोगों को पर्यावरण बचाने के लिए अपनी सरकारों से ही लड़ना पड़ता है। बावजूद उसके कोई नहीं सुनता। आज विरोध या अपनी बात कहना सरकार के साथ देश के विरोध में खड़े होना बताया जाता है। सच्ची बातें कड़वी होती हैं और मुख्यमन्त्री जी, आपकी बग़ल में बैठे हमारे विधायक जी के चेहरे पर उस कड़वेपन को आप देख सकते हैं। आपको भी कहाँ भली लग रही होंगी मेरी बातें। लेकिन मैं जो कह रही हूँ ये सब उनके लिए हैं जो आपको कुर्सी देते हैं। आप पाँच साल में एक बार तो उनके आगे नममस्तक होते ही हैं। ...और सभी जानते हैं कि वह सरझुकाई केवल दिखावटी होती है। उसमें किसी का कोई सम्मान नहीं होता। होता है तो बस दिल में छिपा स्वार्थ, कुर्सी और गन्दी राजनीति। काश! आप राजनेता उस अपनी सरझुकाई का मोल समझते...जनता तो समझती ही नहीं है।

बेचारी जाये भी कहाँ...लेकिन बापू गाँधी ने जिस भावी पीढ़ी का ज़िक्र किया है, आप लोग देखना, वह आपको कभी माफ़ नहीं करेगी...बिल्कुल भी नहीं। क्योंकि आपने उनके भीतर लगातार हिंसक प्रवृत्तियाँ भरनी शुरू कर दी है। वे जब किताबों में निर्मल जल से भरी नदियों के बारे में पढ़ेंगे, हरे–भरे जंगलों के बारे में पढ़ेंगे और ठण्डी हवाओं का ज़िक्र पढ़ेंगे तो वे आपसे उन नदियों को माँगेंगे, पहाड़ को माँगेंगे, हरियाली और शुद्ध हवा को माँगेंगे...परन्तु आपके पास देने को कुछ होगा ही नहीं।''

इतना कहते ही हॉल में बैठे बहुत से युवा फिर एक स्वर में नारे लगाने लगे थे,

''सुनमा देई, ज़िन्दाबाद!...सुनमा देई...ज़िन्दाबाद।''

हॉल में बैठे लोग भी उनका साथ दे रहे थे।

थोड़ी देर बाद नारे बन्द हो गये। मंच पर अब अथाह चुप्पी पसर गयी थी। लोगों का जिस तरह से सुनमा को समर्थन मिल रहा था उसे देखते हुए किसी को कुछ सूझ नहीं रहा था। इसलिए सभी ने चुपचाप रहने में ही भलायी मानी थी। सुनमा ने आगे बोलना जारी रखा।

''मैं ज़्यादा कुछ नहीं कहूँगी। जानती हूँ मैंने जो कहा उसे लोगों ने सराहा, ज़िन्दाबाद के नारे भी लगे लेकिन परिणाम होगा वही ढाक के तीन पात। न जनता जागेगी और सरकार एक कान से सुनेगी और दूसरे से निकाल देगी। कुछ और भी सोच सकती है...क्योंकि अब बोलने वालों के ख़िलाफ़ बन्द वातानुकूलित कमरों में सोचने की परम्परा चल पड़ी है। लेकिन मुझे कोई भय नहीं। मैं ही नहीं, सभी जानते हैं अब यह बाँध तो बनेगा ही। सरकार साथ है तो रुकेगा भी कैसे...और जब स्थानीय विधायक का साथ हो तो सोने पर सुहागा। कुछ देर बाद शिलान्यास भी हो जायेगा। इसमें सन्देह नहीं कि अब तक अच्छा–ख़ासा पुलिस बल पहुँच गया होगा...पर घबराने की कोई बात नहीं। हम शान्तिप्रिय लोग हैं...हमारे लोगों ने अभी केवल अपनी ग़रीबी देखी है, उन्हें आन्दोलन करना नहीं आता,

वोट देना जानते हैं पर किसे देना है उन्हें उसकी पहचान अभी नहीं है। आप शिलान्यास कीजिए, बाँध बनाइये, विकास कीजिए...लेकिन बस इतना याद ज़रूर रखें कि जिन ग़रीबों की ज़मीन जा रही है, घर जा रहे हैं उन्हें मुआवज़े के साथ बदले में घरों के लिए ज़मीन भी चाहिए होगी और कम्पनी पैसों के साथ उनके लिए ज़मीन ख़रीदे या सरकार दे, साथ ही उनके लिए रहने के लिए एक घर भी अवश्य बनायें और उसके साथ एक गौशाला भी। पैसा हाथ की मैल है मुख्यमन्त्री जी। बेचारे ग़रीब जिनके पास दो–चार खेत हैं, दो–तीन कमरों के घर और पशु, उनको कम्पनी कितना दे देगी? इसलिए उनके दोबारा बसाव के लिए इतना तो ज़रूर कीजिए...यह हम सभी की माँग है, अन्यथा यह बाँध नहीं बनेगा भले ही हमारी जान क्यों न चली जाये...। आपको मेरी बातें बुरी लगी हों तो क्षमा कर दें...।'' और सुनमा ने पहले लोगों की तरफ़ और फिर मंच की तरफ़ झुककर प्रणाम किया था।

वह धीरे–धीरे मंच से नीचे उतरी। लेकिन उसके हाव–भाव पूर्ववत नहीं थे। चेहरे पर ग़ज़ब का तेज़ था। आँखों में भोर होने जैसी रोशनी। चाल में नदी के बहाव जैसी निरन्तरता...। हॉल में तक़रीबन हर व्यक्ति खड़ा होकर उसका अभिवादन कर रहा था। यहाँ तक कि मजबूरन ही सही, मंच पर आसीन मुख्यमन्त्री के साथ–साथ विधायक और कम्पनी के लोगों के साथ स्थानीय अधिकारी भी खड़े होकर हथेलियाँ पीट रहे थे। कई बार भीतर के आक्रोश को अपनी हथेलियों के बीच पीटना भी मज़बूरी हो जाता है। इसी बीच मुख्यमन्त्री ने मंच संचालन कर रहे अधिकारी के कानों में कुछ कहा। वह जैसे ही बोलने लगा, भीतर फिर चुप्पी छा गयी थी लेकिन हल्की–धीमी फुसफुसाहट की आवाज़ें अभी भी आ रही थी। सुनमा और लोग सोच रहे थे अब मुख्यमन्त्री सम्बोधित करेंगे लेकिन ऐसा नहीं हुआ। एलान कर दिया गया कि अब समय अधिक हो गया है, मुख्यमन्त्री की कोई ज़रूरी मीटिंग है इसलिए अब शिलान्यास ही होगा।

किसी को यह उम्मीद नहीं थी। मंच ख़ाली हो गया। मुख्यमन्त्री, विधायक और कम्पनी के अधिकारी सभी कड़ी सुरक्षा में बाहर निकल लिए। लोग जब बाहर आये तो देखकर दंग रह गये कि हर तरफ़ पुलिस ही पुलिस थी। हॉल में सभी सुनमा देई को बधाई देना चाहते थे। शायद ही कोई ऐसा रहा होगा जिसने सुनमा के पास आकर उनकी तारीफ़ न की हो। वहाँ उनकी प्रशंसा हो रही थी और उधर भारी पुलिस बल के बीच मुख्यमन्त्री जी बाँध का शिलान्यास कर रहे थे।

19

बाँध का शिलान्यास भारी पुलिस बल की मौजूदगी में हो गया था परन्तु प्रभावित पंचायतों के आम जन वहाँ नहीं गये। कुछ पंचायत प्रधान भी चुपचाप खिसक लिए थे। मुख्यमन्त्री और विधायक का स्वागत जिस जोश से हुआ था विदाई उतनी ही उपेक्षापूर्ण रही थी। पार्टी के कार्यकर्ताओं, छुटभैये नेताओं, कम्पनी के अधिकारियों और कुछ सरकारी अफ़सरों में पहले जैसा उत्साह नहीं रहा था। कोई उनके चेहरे देखता तो लगता कि वे किसी समारोह से नहीं बल्कि श्मशान घाट से लौट रहे हैं। चारों तरफ़ एक डरावनी–सी चुप्पी पसर गयी थी।

सुनमा, उसके दो–चार युवा साथी और पंचायत के बहुत से लोग उसके साथ थे जिनके चेहरे खिले हुए थे परन्तु सुनमा के भीतर का सन्ताप और भविष्य की चिन्ताएँ उसके चेहरे पर साफ़ दिखायी दे रही थी। उसने अपनी पंचायत के लोगों के लिए एक ढाबे में खाने और चाय का पहले ही प्रबँध कर रखा था। सभी को वहाँ बिठा कर वह वहाँ से कुछ देर के लिए निकल गयी थी और शिलान्यास पट्टिका के काफ़ी नीचे बहती नदी के किनारे एक पत्थर पर बैठ गयी।

रास्ते में टूटे बिखरे बहुत से फूलों के हार पड़े थे जिन्हें सत्ता के लोगों और पुलिस बल के जवानों के सामन्ती क़िस्म के बूटों ने बुरी

तरह रौंद दिया था। वही हाल रेत और उसके बीच पड़े नदी–पत्थरों का था। सुनमा सोच रही थी कि एक दिन यही बूट इस नदी को भी इसी तरह रौंद देंगे। वह चीख़ती और चिल्लाती रहेगी पर उसकी चीख़ें, चिंघाड़ें और ढाड़ें किसी को सुनायी नहीं देगी। उसे बेदर्दी से मार दिया जायेगा। उसका सत्ता और लोगों की उपस्थिति में विकास के नाम पर बलात्कार होगा...शायद औरत और नदी की यही नियति विधाता ने लिखी होगी...उसने रास्ते में गिरे–कुचले दो चार गेदें के फूलों को उठा लिया था। नदी किनारे वह जिस पत्थर पर बैठी थी वहाँ पल–पल में हवा के झोंकों के साथ नदी की लहरें चली आती थीं। जैसे वे उसका आभार करना चाहती हो...कुछ देर पहले जो कुछ उसने कहा, विरोध किया उसके लिए ही...। सुनमा जानती थी उसके भाषण या विरोध की चर्चा कई दिनों तक तो ज़रूर रहेंगी परन्तु सभी भूल जायेंगे...शायद नदी को याद रहे...। वह देख रही थी कि नदी चुपचाप बह रही थी। डरी सहमी हुई–सी जैसे किसी ने उसके कान में भविष्य के अन्धकार भर दिये हो। कोई बहुत मन और ध्यान से देखता तो जान पाता कि पूर्वव आवेग और चपलता उसकी लहरों में नहीं थी। यह बस केवल सुनमा ही समझ और जान सकती थी। नदी के गर्भ में छिपे उसके अथाह दर्द और वेदनाओं को सुनमा ही पढ़ सकती थी।...और वह बहुत देर तक पढ़ती भी रही थी। वह जितनी देर वहाँ बैठी रही उन कुचले हुए फूलों से एक–एक पखुड़ी निकालकर नदी–जल को अर्पित करती रही।

"माँ! तुम यहाँ बैठी हो। लोग आपका खाने पर इन्तज़ार कर रहे हैं।"

नदी के शोर में माँ का सम्बोधन सुनमा के कानों में शहद की तरह पड़ा था। इस बैठक के लिए उसकी एक बेटी भी साथ आयी थी क्योंकि उसका घर रास्ते में पड़ता था। जब बेटी ने सुनमा के कन्धों पर हाथ रखा तो थोड़ा चौंककर उसने पीछे देखा था।

"चलो माँ, सभी आपकी बाट देख रहे हैं।"

सुनमा मुश्किल से उठी थी जैसे कई दिनों की थकी हो। एक नज़र नदी की ओर दी...मन में कहा होगा कि अपने घराट के पास फिर मिलेंगे।

''आपकी बहुत तारीफ़ हो रही है माँ। सच! मैंने आपका यह रूप कभी नहीं देखा था। कहाँ से सीखा आपने यह सब...? कहाँ से जुटायी इतनी हिम्मत....? मुख्यमन्त्री के साथ सब की बोलती बन्द कर दी आपने।''

सुनमा हल्की–सी मुस्कुरायी थी।

जब ढाबे में पहुँची तो यह देखकर हैरान रह गयी कि किसी ने भी खाना नहीं खाया था। जबकि सुनमा सोच रही थी सभी ने खा लिया होगा।

''सभी आपका ही इन्तज़ार कर रहे थे माँ।''

अपने लोगों के इस स्नेह और अपनेपन ने सुनमा के भीतर की वेदनाओं को ज़रूर हल्का किया था। आसपास की दुकानों के लोग भी उधर चले आये थे। वे सुनमा को बहुत क़रीब से देखना चाहते थे।

यह एक छोटा–सा पहाड़ी बाज़ार था। उनके क्षेत्र की तहसील का मुख़यालय भी वहीं था और तहसील कार्यालय भी। साथ सभी ज़रूरी सरकारी कार्यालय जो एक तहसील के साथ होते हैं। इस बाज़ार व क्षेत्र का एक और महत्व भी था। इसके साथ बहती नदी के किनारे–किनारे निकले गर्म पानी के चश्मों की वजह से इस स्थान को एक तीर्थ का दर्जा हासिल था जहाँ बैसाखी और माघ की संक्रान्त को बड़े मेले लगते थे। उन गर्म पानी के चश्मों की ख़ासियत यह थी कि नदी में पानी जितना भरता वे चश्मे उतने ही ऊपर की ओर खिसक जाते। लोग रेत में उन्हें तलाशकर फिर छोटे–छोटे चश्मे ईज़ाद कर लेते। इनमें नहाने का लोग बड़ा महत्व समझते थे। पुण्य समझते थे।

सुनमा जानती थी बाँध बनेगा तो यह पहाड़ी बाज़ार और तीर्थ भी उजड़ जायेगा।

खाना खाने के बाद जब सुनमा लोगों के साथ उस बाज़ार से घर की ओर निकली तो जगह–जगह लोगों ने उसका स्वागत किया था। थोड़ी दूरी पर सड़क के किनारे एक पीपल का पेड़ था जिसके नीचे बाँस की टोकरियों में गलदावरी और गेंदे के फूल रखे हुए थे। पर उनके पास कोई नहीं था। जैसे ही सुनमा वहाँ पहुँची एक बुज़ुर्ग महिला जिसकी पीठ में कूबड़ निकल गया था और वह ज़मीन पर बहुत झुककर ही चलती थी, हाथ में एक सुन्दर हार लिए खड़ी थी। सुनमा जैसे ही उसके पास पहुँची बुज़ुर्ग महिला ने हाथों और गर्दन को ऊपर करने की कोशिश की। सुनमा समझ गयी कि वह उसे हार पहनाना चाहती है। सुनमा झट से नीचे बैठ गयी थी। महिला ने बहुत स्नेह से हाथों में पकड़ा हार उसके गले में डाल दिया था और उसी के साथ उसे गले भी लगा लिया था। पता नहीं क्यों हार पहनाते उसकी आँखें भर आयी थीं। सुनमा ने बहुत आदर से उसके पाँव स्पर्श किये थे।

''जुग...जुग जीयो बेटी...जुग...जुग जीयो...नदी की उम्र लग जाये तुम्हारे को...।''

''उसकी उम्र तो बहुत छोटी हो गयी माँ। पता नहीं अब कितने बरस जियेगी!''

''नदी और माँ नहीं मरती कभी पुत्री।''

सुनमा सोच रही थी काश! ऐसा व्यवहार में भी हो पाता।

सुनमा ने उसे उठाकर फूलों के पास बिठा दिया था। किसी ने बताया कि बुज़ुर्ग महिला बरसों से यहीं बैठकर फूल बेचती रहती है। सुनमा के मन में आया कि पूछे उससे...कि इन फूलों को उन्हें क्यों देती, बेचती हो जिनके गलों में ये अपमानित हो जाते हैं। वे जो इनकी क़द्र नहीं जानते...ज़मीन पर रौंदने के लिए फेंक देते हैं...फिर सोचा, इस बेचारी का तो यह धन्धा है, रोज़ी–रोटी है।

''मैं जानती हूँ बेटा तुम क्या सोच रही हो...पर क्या करें, कहाँ जायें, दूसरा कोई काम भी तो नहीं कर सकती! पेट तो पालना ही है।''

''बुढ़ापा–पेंशन नहीं लगी आपको माता?''

''कौन लगाता बेटा? कितनी बार प्रधान को बोला। कोई कह रहा था मेरे नाम की किसी और को ही जाती है।''

''घर में और कोई नहीं है आपके?''

''नहीं बेटा, कोई नहीं है।''

यह कहते हुए उसने अपना मुँह सिर के चादरू में छिपाने का प्रयास किया था परन्तु बूढ़े गालों पर आँसू फिर भी चिलक रहे थे।

सुनमा ने उसी चादरू से उन आँसुओं को पोंछ लिया था।

''अपना नाम बताओ माता। मैं लगाऊँगी आपको पेंशन। पता करूँगी, क्यों नहीं लगी?''

महिला ने यह सुनकर झटपट अपनी पुरानी सी गठरी के बीच से कुछ कागज़ निकाले जिनके बीच आधार–कार्ड और वोटर–कार्ड भी था। उन्हें दिखाते कहने लगी,

''धार कारड और बोटों का कारड भी है मेरे पास।''

सुनमा ने उन्हें अपने पास लेकर उसका मोबाइल से फोटो खींच लिया था।

सुनमा को महिला ने नाम बता दिया था। वह बहुत कुछ पूछना चाहती थी उससे पर दिल में भरे ज़ख़्मों को कुरेदना उसे भला नहीं लगा। उठने लगी तो बाँह खींचकर से फिर बिठा दिया उसने,

''ज़रूर मिलना एक बार। इस बाज़ार के उजड़ने से पहले–पहले। फिर पता नहीं कहाँ जाना होगा। लोग ऐसा ही कहते हैं, ये सब नदी में डूब जायेगा। देखो, तुम जब कोई जुलूस–उलूस निकालो न तो मेरे को ज़रूर बोलना, मैं भी आऊँगी नारे लगाने...अरे! क्या नाम था तुम्हारा...? हाँ, याद आया...सुमना...।''

''सुमना नहीं माँ जी, सुनमा, सुनमा देई।''

पास खड़े एक आदमी ने कहा था।

''अच्छा...अच्छा...सुनमा...और उसने टोकरी से कुछ फूल लिए और सुनमा के ऊपर ऐसे चढ़ाये जैसे मन्दिर में कोई देवता की मूर्ति पर चढ़ाता हो...फिर ज़ोर से नारा लगा दिया...सुनमा...देई...ज़िन्दाबाद।''

और इसी के साथ एक ज़ोर की आवाज़ गूँजी थी।

सुनमा वहाँ की पंचायत के प्रधान को जानती थी। उसने उसी समय मोबाइल से उसे फ़ोन किया और नाम बताकर पूछ लिया कि इस माता को पेंशन क्यों नहीं लगी? सुनमा ने जब नाम बताया तो प्रधान जी की आधी ज़ुबान ही हो गयी। अब बैठक में जो कुछ हुआ, जिस तरह सुनमा ने बोला उसका प्रभाव भला इतनी जल्दी तो जाने वाला नहीं था।

प्रधान जानता था उस ग़रीब महिला की पेंशन बरसों से कहाँ जाती थी। थोड़ा घबराकर कहने लगा था,

"सुनमा जी बस अगले महीने से लग जायेगी।"

"पेंशन नहीं प्रधान जी, बरसों का बक़ाया भी होगा इस बेचारी का। विधवा है बेचारी और ऊपर से सतहत्तर बरस के पार। देखो प्रधान जी, अगर अगले महीने इस ग़रीब की पेंशन और बक़ाया नहीं मिला तो हम आपकी पंचायत में आकर धरना दे देंगे।"

"इसकी नौबत नहीं आयेगी सुनमा जी। आपका नम्बर सेव कर लिया है मैंने। आपको सारी सूचना दे दूँगा जी।"

सुनमा ने मोबाइल जेब में रखते हुए एक लम्बी आह भरी थी।

"माता! तुम्हारी पेंशन लग गयी समझो।"

सुनमा के लिए अब ये बातें या घटनाएँ नयी नहीं थी। वह अपनी पंचायत में ही इसके कई उदाहरण देख चुकी थी।

20

मुख्यमन्त्री ने अपनी कोठी पहुँचने तक किसी से भी बात नहीं की। ऐसा लग रहा था उन्होंने मौन व्रत धारण कर लिया हो। मन–मस्तिष्क में वह पहाड़ी औरत ही घूम रही थी। जिस आत्मविश्वास और तथ्यों के साथ उसने बातें कही थी उसने मुख्यमन्त्री को प्रभावित भी किया था और भीतर तक झकझोर भी दिया था। उन्हें उस औरत प्रधान का इस तरह बोलना बहुत अखरा भी था...कि इस तरह की सच्ची और कड़वी मगर तथ्यपरक बातें कोई एक मुख्यमन्त्री के सामने कैसे कर सकता है...? अपने जीवन में उन्हें कोई इस तरह का दबंग नहीं मिला–न ही वास्ता पड़ा। मिले तो सभी पैरछू प्राणी ...हाँ में हाँ मिलाने वाले...अन्ध भक्त...जिनकी बदौलत सत्ताएँ चलती और जीती रहती हैं। सुनमा देई न उनकी आँखों से जा रही थी, न मन से...वह भीतर जाकर बार–बार कुर्सी पर बैठते...फिर खड़े हो जाते...फिर बैठते...।

उसी समय उनके निजी सचिव ने फ़ोन पर सूचना दी कि पुलिस महा निदेशक मिलने आये है। उन्हें तत्काल भीतर आने के आदेश दिये गये। एक छोटी–सी फ़ाइल पकड़ाते उन्होंने सूचना दी कि सुनमा प्रधान की तमाम जानकारियाँ इसमें उपलब्ध है। वे जाने लगे तो मुख्यमन्त्री ने पूछ लिया,

"कुछ ख़ास मिला आपको...?"

जैसा हम चाहते थे वैसा कुछ नहीं मिला सर। सुनमा का पूरा नाम सुनमा देई है। वह अब घर में अकेली रहती है। बेटियों की शादियाँ हो गयीं। कोई बेटा नहीं है। पति की काफ़ी अर्से पहले एक हादसे में मौत हो गयी है। उसकी अपनी खेती–बाड़ी है और रोज़ी–रोटी के लिए घराट है।

पुलिस महा निदेशक थोड़ा चुप रहे। मुख्यमन्त्री ने फिर टोका,

"कुछ और विशेष बात? जो उसके बारे में हो।"

"सर, वह पहली बार निर्विरोध प्रधान चुनी गयी। दूसरी बार भी लोगों ने उसे ही चुना। उसकी पंचायत अभी भी काग़ज़ों में पिछड़ी पंचायत है परन्तु विकास के लिए आदर्श पंचायत भी जानी जाती है जिसके लिए पंचायत को पुरस्कार भी मिले हैं। वह ग़रीब लोगों विशेषकर कामगरों, किसानों और दलितों के साथ तमाम कमज़ोर तबक़े के लोगों के लिए बहुत काम करती है। निहायत ईमानदार है सर।"

"आप जा सकते हैं।"

मुख्यमन्त्री ने चिढ़कर कहा था।

"जी सर।"

दो चार क़दम दरवाज़े की तरफ़ देकर वे थोड़ा रुके और मुड़ कर कहने लगे,

"आप कहें तो उसके घर में चरस–भांग या शराब रखवा दें सर।"

इस पर पता नहीं क्यों मुख्यमन्त्री आग–बबूला हो गये।

"कहा कि आप जा सकते हैं।"

"जी सर।"

पुलिस महानिदेशक ने बाहर जाते हुए बहुत एहतियात से दरवाज़ा बन्द किया था परन्तु उसकी चरमराहट बरक़रार रही थी। वह कानों में मुख्यमन्त्री के ऐसे पड़ी मानो उनके हृदय को किसी ने चीर दिया हो। वे पहले चीख़े और फिर पास पड़ी घण्टी का बटन

तब तक बजाते रहे जब तक उनका चपरासी भीतर नहीं आ गया। वह बेचारा भय से काँप रहा था।

"इस दरवाज़े को दो–चार बार बन्द करो और खोलो। जल्दी।"

पहले तो उसकी समझ में कुछ नहीं आया कि मुख्यमन्त्री क्या बोल रहे हैं। फिर वह डरा–सहमा दरवाज़े की तरफ़ गया और आदेशों का पालन किया। दरवाज़ा खुलते और बन्द होते हल्का–हल्का चरमरा रहा था पर उतना नहीं जितना मुख्यमन्त्री के दिल में चुभा था।

"सुना कुछ? देखते नहीं हो कुछ भी? इतना स्टाफ़ है...? इतने अफ़सरों और मन्त्रियों की फ़ौज...एक मुख्यमन्त्री आवास का दरवाज़ा है जिसका चीख़ना बन्द नहीं होता। किस लिए हो तुम सब यहाँ? इसको उखाड़ कर ले जाओ अभी।"

"उखाड़ कर....?"

चपरासी ने धीरे से उखाड़ शब्द के उ...खा...ड़ ऐसे बोले जैसे इन शब्दों के बीच कई मीटर की दूरी हो।

मुख्यमन्त्री थोड़े सँभले थे।

"मेरा मतलब इसको ठीक करवाओ...बहुत चीख़ता है ये। वैसे भी अब तो तुच्छ से तुच्छ लोग भी चीख़ने लगे हैं। जाओ।"

तक़रीबन बीस–पच्चीस मिनट में जैसे पूरा लोक–निर्माण विभाग वहाँ हाज़िर हो गया था। मुख्य अभियन्ता और कनिष्ठ अभियन्ता तक के सभी अफ़सर। दो–तीन मिस्त्री जो कई तरह के दरवाज़ों के पल्ले साथ लिए थे।

मुख्यमन्त्री हाथ में पकड़ी फ़ाइल को देखते रहे तब तक दरवाज़ा बदल लिया गया था। सभी अधिकारियों ने बारी–बारी खोला और बन्द किया। उतनी देर तक मुख्य सचिव, प्रधान सचिव और लोक–निर्माण मन्त्री भी पहुँच गये थे। उन्होंने भी बारी–बारी कई बार दरवाज़ा खोला और बन्द किया था। मन्त्री ने ही थोड़ी हिम्मत दिखा कर बताया था कि सर! अब नहीं चरमराता।

मुख्यमन्त्री ने किसी का न तो संज्ञान लिया और न ही किसी की बात का उत्तर दिया। मिस्त्रियों से लेकर मन्त्री तक चुपचाप निकल लिए।

मुख्यमन्त्री उठे। दरवाज़े के पास गये। उसे दो–तीन बार खोला और बन्द किया। फिर इतनी ज़ोर से हँसे कि निचली मंज़िल तक उनके ठहाकों की आवाज़ ने सभी को चौंका दिया। पल–भर में एहतियातन निजी सचिव ने उनके फ़ैमिली डॉक्टर को कॉल कर दिया था। उसके साथ स्वास्थ्य मन्त्री और स्वास्थ्य निदेशक भी पधार गये थे। एक आपातकालीन एम्बुलेंस का भी प्रबँध कर लिया गया।

उनके फ़ैमिली डाक्टर और मन्त्री जब भीतर गये तो मुख्यमन्त्री हाथ में पकड़ी सुनमा देई की सूचनाओं की फ़ाइल को एक किनारे बनी अँगीठी में जला रहे थे। सभी ने देखा कि वे बहुत सामान्य थे और चेहरे पर हल्की मुस्कान भी थी।

मन्त्री ने ही पूछा था,

"आप ठीक तो हैं सर?"

"अरे भई, मुझे क्या हुआ है? बिल्कुल ठीक हूँ।"

"आपका ब्लड प्रेशर चैक कर लेते हैं सर।"

"उसकी कोई ज़रूरत नहीं मन्त्री जी। आप लोग बैठिए और चाय–वाय पीजिए।"

सभी ने इस वक़्त जाना ही बेहतर समझा था। सभी इजाज़त लेकर चल दिये। मुख्यमन्त्री की नज़रें कुछ देर जली हुई फ़ाइल की राख पर टिकी रही। मुँह से अचानक निकला,

"शायद यह देश इन्हीं सुनमाओं की वजह से अब तक बचा है।"

सुबह हुई। रोज़ की तरह अख़बारी सुबह। चाय और बिस्कुट की सुबह। ख़ाली पेट कुछ दवाइयों की सुबह। नहा–धोकर पूजा–पाठ की सुबह। दिनभर की मुलाक़ातों, उद्घाटनों और बैठकों के मनन और हिसाब–किताब की सुबह। बहुत कुछ इधर से उधर, ऊपर से नीचे और आर–पार करने की सुबह। उनके पास हिन्दी–अंग्रेज़ी के तक़रीबन ग्यारह अख़बार आते थे। पहले अख़बार के मुख–पृष्ठ पर

नज़र पड़ी तो चौंकना स्वाभाविक था। सुनमा देई के भाषण देते हुए कई मुद्राओं में चित्र प्रकाशित थे। उन्होंने शिलान्यास करते हुए अपना चित्र ढूँढना चाहा जो नीचे एक कोने में छपा था। आज बहुत दिनों बाद प्रेस वालों पर बहुत गुस्सा आया। मन ही मन ढेरों गालियाँ बक दीं...प्रेस के नाम से ढेरों दी जा रही सुविधाओं को याद करते हुए बारी–बारी ऐसे चबाते रहे जैसे सूखे चनों को चबा रहे हो...फिर अपना लोक–सम्पर्क विभाग याद आया...इतना बड़ा विभाग...सफ़ेद हाथी बन गया है...मन हुआ फ़ोन पर ही डायरेक्टर के ट्रांसफ़र आदेश जारी कर दें...नज़र सुनमा के चित्रों पर ठहर गयी...बारी–बारी सभी अख़बार पलटते रहे...हिन्दी और अंग्रेज़ी के...सभी की मुख्य ख़बर में सुनमा देई थी। रात को यदि दूरदर्शन या स्थानीय चैनल देखे होते तो उनमें भी सुनमा देई ही मिलती।

आँखों के सामने पिछले कल का पूरा घटनाक्रम घूमने लगा। कानों में सुनमा देई का भाषण और नपा–तुला एक–एक शब्द। अपने जीवन में शायद ही उन्होंने कभी इस तरह किसी प्रधान को बोलते सुना हो, और वह भी किसी महिला प्रधान को। यहाँ तक कि अपनी कैबिनेट में भी कोई मन्त्री नहीं दिखा। विधायकों की तो बात दूर रही। उनके दिमाग में बहुत से ख़याल आते–जाते रहे। ...और आखीर में मन इस बात पर टिक गया कि, ''ईश्वर का शुक्र है ऐसे जीवन्त और व्यवहारिक लोग देश में बिरले ही हैं, अन्यथा हमारी राजनीति कैसे ज़िन्दा रहती...?'' उन्होंने देश के पूरे परिदृश्य पर एक नज़र डाली। बहुत–सी घटनाएँ चलचित्र की तरह आँखों के सामने चली आयीं। एक पल के लिए एक ऐसा विचार मन में कौंधा जो उन्हें डरा गया...''कहीं सुनमा जैसी प्रधान...औरत किसी दूसरे राज्य में होती...उसका क्या हश्र होता...? इतना बोल पाती वह...? हिम्मत कर पाती...? कितनों ने ऐसी हिम्मत की और जान गंवा बैठे...कुछ नहीं हो सकता था...?''

कुछ भी था पहाड़ की विनम्रता उनके हृदय में तो थी ही। उसी विनम्रता ने शायद सुनमा देई के इस तरह के विरोध और व्यवहार

को भीतर ही भीतर बहुत सराहा भी था परन्तु वह भीतर का सच बाहर कैसे आये...? आ भी नहीं सकता था...सरकार को तो 'हर ऐसे विरोध' को कुचलने के सिद्धान्त पर ही चलना था'।

चाय ठण्डी हो गयी थी। अख़बारों की सुर्ख़ियों और सुनमा के ख़यालों के बीच स्मरण नहीं रहा कुछ। घण्टी बजायी। दफ़्तरी भीतर आया। उसे चाय दोबारा लाने का संकेत किया। वह ठण्डी चाय उठाकर ले गया। मुख्यमन्त्री जी पता नहीं क्यों उसकी पीठ पर नज़रें टिकाए रहे, जब तक वह कमरे से ओझल नहीं हो गया। दरवाज़ा बन्द हुआ तो सुनमा के भाषणों की कौंध फिर जैसे भीतर उमड़ने–घुमड़ने लगी थी। उन्होंने सारे अख़बार उठा लिए और काछ में अज़ीब तरीक़े से दबोचकर भीतर कई चक्कर लगाये। दफ़्तरी चाय लेकर आ रहा था। दरवाज़े में आहट हुई तो उन्हें अपने इस कृत्य पर आश्चर्य हुआ। अख़बार मेज़ पर छोड़कर ऐसे बैठ गये मानो चाय का ही इन्तज़ार कर रहे हो। दफ़्तरी ने चाय मेज़ पर रखी और चला गया। मुख्यमन्त्री की नज़रें अब चाय पर टिक गयी। वह उससे उड़ती भाप कई पल देखते रहे। निकलती और शून्य में विलीन हो जाती...पता नहीं क्यों उनका मन उस शून्यता में उस भाप की तलाश में भटक गया। जैसे–तैसे कैसे अपने को सँभाला और चाय की घूँटें लेने लगे। आख़िरी घूँट के साथ लगा कि उन्होंने अख़बार की उन सुर्ख़ियों को उसके साथ पी लिया है।...जैसे मन हल्का हो गया। उन्होंने सभी अख़बारों को उल्टा रख दिया और कुछ देर के लिए आँखें बन्द कर लीं।

21

बाँध का उद्घाटन हो गया था। बाँध कम्पनी ने दूसरे दिन से ही जगह–जगह मशीनें पहुँचानी शुरू कर दी थी। सड़क का काम युद्ध स्तर पर हो रहा था। सुनमा के भाषण और विरोध के चर्चे हर जगह थे। घर–घर में, पंचायतों के भीतर और सचिवालय के गलियारों तक। कम्पनी और मुख्यमन्त्री के लिए अब यह ज़रूरी हो गया था कि किसी तरह का विरोध न बढ़े। उन्हें डर था बाँध से प्रभावित सारी पंचायतें यदि सुनमा देई के साथ हो गयी तो इस बड़ी परियोजना को स्थगित भी करना पड़ सकता है। इसलिए सरकार और कम्पनी को इस विरोध को रोकने के लिए किसी भी स्तर तक जाना पड़ेगा। कम्पनी के साथ उनकी कई बैठकें हुईं...होती रहीं। धीरे–धीरे प्रभावित पंचायतों के प्रधानों और प्रभावशाली लोगों को मुँहमाँगा पैसा बाँटने के गोपनीय आदेश कर दिये गये और हर तरह से उन्हें अपने पक्ष में करने की मुहिम शुरू हो गयी। इसमें बहुत से ऐसे लोग भी थे जिनकी न तो ज़मीनें गयी थीं और न ही किसी तरह की बेघरी का सामना करना था। जिनकी ज़मीन व जंगल इस परियोजना में चिह्नित किये गये थे उन में से ऐसे लोगों को ख़ूब पैसा दे दिया गया जिनसे थोड़ा बहुत विरोध का डर था। ग़रीबों के लिए हर तरफ़ परेशानियाँ ही परेशानियाँ थीं।

सुनमा देई को विधायक और पूर्व प्रधान ने ख़ूब दिलासे दिये थे। वे लगातार उसके सम्पर्क में थे। उसे पहला प्रलोभन अगले चुनाव में सत्तारूढ़ पार्टी की तरफ़ से विधायकी के टिकट का था और साथ उसकी ज़मीन का मुँहमाँगा दाम भी। परन्तु सुनमा जानती थी कि ये सब उसकी चुप्पी के लिए दिया जा रहा है, किसी योग्यता के लिए नहीं। सत्तासीन पार्टी से उसकी विचारधारा भी मेल नहीं खाती थी। जो पार्टियाँ विपक्ष में थीं, उनके भी अपने–अपने स्वार्थ थे। वह सब समझती और जानती थी। सबसे बड़ी बात यह थी कि सुनमा की उम्र भी अब ढलती जा रही थी और उसका स्वास्थ्य भी अच्छा नहीं रहता था। फिर भी उसके पास कम्पनी और सरकार के हर तरह के हथकण्डों की ख़बरें पहुँच रही थीं जो बहुत भयावह और डरावनी थीं। हालाँकि, उसका बहुत मन था कि वह अपने विरोध को बहुत तेज़ धार दे परन्तु जब प्रभावित पंचायतों के साथ अपनी पंचायत के ही जब अधिकतर लोग बिक जायें और घुटने टेक दें तो वह किस के सहारे इस लड़ाई को लड़ेगी....? साथ की पंचायतों के प्रधानों ने अब उससे अपने सम्पर्क तक तोड़ दिये थे। बावजूद उसके उसने हार नहीं मानी। अपने विरोध को उन ग़रीब परिवारों के लिए इस्तेमाल किया जो उसकी अपनी पंचायत के थे जिनके पास बहुत थोड़ी ज़मीन थी, जंगल थे, कच्चे मकान थे। वे बेचारे कम्पनी और सरकार जैसे दुश्मनों से कैसे लड़ सकते थे...? सुनमा की प्राथमिकता उनके पुनर्वास और ज़मीन का अच्छा मूल्य दिलाने की थी जिसके लिए वह कामयाब भी हो रही थी।

मुख्यमन्त्री के सामने जिस तरह का विरोध–प्रदर्शन उसने अकेले किया था उसका लाभ उसे मिल रहा था। वह अपनी पंचायत के ग़रीबों के लिए जब–जब भी उनके पास गयी तो उन्होंने विनम्रतापूर्वक उसकी बात ही नहीं सुनी बल्कि उसके काम भी तत्काल कर दिये। यह उनकी और कम्पनी के बड़े अफ़सरों की आपसी सहमति भी थी कि सुनमा देई की माँगों और जनहित के कार्यों को निपटाने और हल करने में कोई बाधा न आये। दोनों जानते थे कि उसकी पंचायत

के जो गाँव डूब में आये हैं वे बहुत ज़्यादा नहीं है, इसलिए उनके पुनर्वास के लिए जो भी करना पड़े, वो करेंगे...और सुनमा के दबाव में उन्होंने किया भी।

सुनमा अब सियासत के दाँव पेंचों से भली भाँति परिचित हो चुकी थी। वह यह भी जानती थी कि बाँध परियोजना का निर्माण तो होकर ही रहेगा। इसलिए भी क्योंकि सरकार का हाथ कम्पनी पर है और दूसरे जो गाँव इस परियोजना में आ रहे हैं उनके लोग ज़्यादा जागरूक और सम्पन्न भी नहीं हैं। न ही इतने साहसी और दबंग कि दस दिनों की हड़ताल भी कर दें। इसलिए सुनमा ने बहुत ही सूझबूझ और बुद्धिमता से बीच का रास्ता इख़्तियार किया था कि साँप भी मर जाये और लाठी भी न टूटे। हालाँकि, उसके लिए ऐसा करना अपने उसूलों से समझौता करना था परन्तु लोगों की ज़रूरतों, मजबूरियों, ग़रीबी और लाचारी के आगे उसके कोई मायने उसे नज़र नहीं आ रहे थे। वह जानती थी कि यदि वह विरोध में रहेगी तो उसके साथ कुछ भी अनहोनी घट जायेगी और जिन ग़रीबों, वंचितों और कमज़ोर तबक़ों के लोगों व परिवारों की नज़रें उसपर है उनकी एक आवाज़ छिन जायेगी, मिट जायेगी।

उसके पास पंचायत प्रधानी का समय भी बहुत कम बचा रह गया था। वह समझती थी कि अगला चुनाव उसके लिए क़तई आसान नहीं होगा। ख़राब स्वास्थ्य के चलते वह अब पहले जैसी भाग दौड़ भी न कर सकेगी।

सुनमा समझती थी कि कम्पनी और सरकार के कामों में ज़्यादती, अत्याचार, अनीति और नाइन्साफ़ी कूट–कूटकर भरी है पर उसने अपनी पंचायत के उन लोगों के साथ जिनकी जगह, ज़मीन और घर कम्पनी ने ख़रीद लिए थे, कोई भी अन्याय नहीं होने दिया था। उसे जहाँ से भी, जिस किसी की शिकायत मिलती वह उनको लेकर कम्पनी और सरकारी विभागों के अफ़सरों और कर्मचारियों से भिड़ पड़ती, लड़ पड़ती और बेहतरीन ढंग और तर्कों से अपनी बात उनके सामने प्रस्तुत करती जिससे उन्हें मुँह की खानी पड़ती थी।

कम्पनी के अधिकारी अब यह बख़ूबी समझ चुके थे कि सुनमा के साथ भिड़ना आग में हाथ डालना जैसा है। वह यह भी समझते थे कि वह कभी भी न तो ग़लत बात का समर्थन करेगी और न ही करवाने को कहेगी। क़ानून और न्याय की परिधि में जो कुछ आयेगा वह उसी कार्य की तरफ़दारी करेगी। उसका मूल स्वभाव ही न्याय और विनम्रता थी। पक्षपात से ऊपर उठकर सर्वकल्याण व परोपकार की भावना।

एक दिन जब कम्पनी के एक अधिकारी ने सुनमा के घर आकर उसे एक नये और अच्छे घर बनाने का प्रस्ताव दिया तो सुनमा ने यह कहकर मना कर दिया कि वह अब किसके लिए नया घर बनायेगी? उसका तो अब कोई नहीं है। अकेली जान है। जो कुछ समय बचा है उसे वह दोघरी में गुज़ार लेगी। साथ ही उसने इतना अनुरोध ज़रूर किया कि उसकी पंचायत के जिन ग़रीब लोगों के घर और ज़मीनें गयी हैं उन्हें कम्पनी अच्छे घर, रसोई और शौचालय के साथ पशुओं के लिए गौशाला भी बनवा दें। क्योंकि कम्पनी ने पहले केवल लोगों को घर बनवाने ही स्वीकार किये थे परन्तु सुनमा ने बहुत तिरोध करके इनके प्रावधान भी डलवा दिये थे। उस अधिकारी को सुनमा की यह बात बहुत अच्छी लगी थी कि इस महिला में स्वार्थ व लालच नाम की कोई भी चीज़ नहीं है। जब भी बात करेगी या कोई माँग रखेगी तो दूसरों के हित और भले की ही रखेगी। वैसे भी बाँध कम्पनी के अफ़सरों का हमेशा वास्ता धूर्त, स्वार्थी, चालबाज़ और बेईमानों से ही पड़ता रहा था। सुनमा जैसे निहायत ईमानदार व सच्चे इन्सान उन्हें कम ही मिलते थे।

सुनमा के सभी काम भले ही आसानी से हो रहे थे परन्तु वह अपनी नदी के लिए कुछ भी नहीं कर पा रही थी। वह जानती थी उसका सबकुछ बाँध और कम्पनी छीन लेगी। उसका न कोई घर होगा, न कोई ठिकाना ही रहेगा। वह अपने ही घर में बेजान, निर्जीव, निष्प्राण और जीवनहीन हो जायेगी। अपने ही घर में, अपने ही घर से बेदख़ल कर दी जायेगी। उसकी अप्राणता से किसी को कोई

वास्ता नहीं रह जायेगा। सुनमा सोचा करती कि यदि वह विधायक बन कर उसकी कोई मदद कर पाती तो वह अपने उसूलों तक से समझौते कर लेती। उन्हें त्याग देती...नदी के लिए...उसके जीवन के लिए...उसकी निर्मलता के लिए...उसके हमेशा बहते रहने के लिए...। परन्तु यह सम्भव ही न था। सुनमा को नदी भी अब अपनी ही तरह अकेली, असहाय और मृतप्राय लगने लगी थी। कितनी विडम्बना थी कि जिस सुनमा के भीतर वह नदी बहती रहती थी वह उसके बचाव के लिए कुछ नहीं कर पा रही थी। पर उसे लगता था कि जीवन भी एक बहती नदी ही की तरह है...सुनमा से कितनी बेसहारा और बेज़ुबान ज़िन्दगियाँ जुड़ी हैं...उन्हें बचाकर जैसे वह कई नदियों को बचा लेगी...बस इसी सोच के साथ उसका मन ठहर जाता...बहल जाता...कुछ सन्तोष कर लेता।

22

समय गुज़रता चला गया था। समय की चिड़िया सुनमा देई के जीवन को जैसे पल–पल, घड़ी–घड़ी, दिन–दिन, रात–रात चुपके–चुपके चुगती जा रही थी। उसकी उड़ान इतनी तीव्र थी कि सप्ताह, महीने और साल गुज़रते पता भी नहीं चला। उम्र के कितने पल घराट में पीसते हुए, नदी के पानी के साथ बहते चले गये और सुनमा धीरे–धीरे जीवन के आख़िरी पड़ाव पर आ पहुँची। भीतर ही भीतर वह नदी और भी गहरी होती रही, बहती रही। जीती रही। उठती–बैठती रही। सोती–जागती रही जिसके साथ–साथ सुनमा बहुत–सी विषाक्त परिस्थितियों का सामना करती चली गयी।

इतना ज़रूर हुआ कि उनके गाँव के ग्रामीणों को ज़मीन की अच्छी क़ीमत मिल गयी थी। उनके लिए जो कुछ वह कर पायी, करती रही। बाक़ी पंचायतों को कम्पनी की तरफ़ से बहुत–सी सुविधाओं के एलान भी हुए पर कभी पूरे नहीं किये गये। धीरे–धीरे सभी आश्वासन झूठे साबित होते रहे और कम्पनी के लोग सरकार के बिचौलियों और विशेषकर स्थायी नेताओं के साथ मिलकर अपनी–अपनी रोटियाँ सेंकते गये। सभी के पुश्तैनी घर और ज़मीनें सरकारी देखरेख में कम्पनी वालों ने ख़रीद ली। सुनमा देई का घराट, घर और छह क्यार/खेत और घासणी भी चले गये। पैसा मिला पर चैन चला गया।

आँखों की नींद ग़ायब हो गयी। सुनमा के पास दोघरी में थोड़ी ज़मीन थी जिसमें चार कमरों का मिट्टी का पुराना घर था। जो बाँध की डूब में नहीं आये थे। धान के क्यारों में से एक क्यार/खेत जो नदी के बिल्कुल ऊपर था वह भी बचा रह गया। कुछ घासणियाँ बची रह गयीं। अब उसे दोघरी में अपना रहना और ठिकाना करना था। दोबारा अपनी ही ज़मीन में दूसरी जगह बसना था जो बहुत कठिन था। पर विकल्प कोई नहीं था। सुनमा ने पुराने घर की थोड़ी बहुत मरम्मत करवा ली थी और साथ एक गौशाला भी बना ली, परन्तु मन अपने पुश्तैनी घर, घराट और क्यारों में ही बसा रहा। नदी की तरह वे कभी उसकी मन आँखों से नहीं जा पाये थे।

सुनमा देई को पता भी न चला कि वह कब दादी सुनमा हो गयी थी। नदी बाँध बन गयी थी। बाँध में न जाने नदी किनारे बसे कितने गाँव और खेत समा गये। कम्पनी और सरकार के साथ मिलकर जिन लोगों ने बिचौलियों का काम किया, उन्हें अच्छा–ख़ासा पैसा भी मिला। बहुत–सी और सुविधाएँ भी। लेकिन बहुत से ग़रीब परिवारों के साथ ख़ूब बेइन्साफ़ी हुई। उनकी जितनी ज़मीन गयी उतना पैसा भी नहीं मिला। न ही किसी ने उनकी आवाज़ें सुनी। सुनमा की तरह उन गाँव में कोई विरोध करने वाला भी नहीं था। उसे यह सन्तोष ज़रूर हुआ कि अपने रहते अपनी पंचायत के लोगों से अन्याय नहीं होने दिया। परन्तु वह जानती थी अपने बसे बसाये घरों को छोड़ने के दर्द बहुत बड़े होते हैं जिन्हें लोग कभी भुला नहीं पायेंगे। वह भी उन्हीं में से एक थी। अथाह वेदनाओं को झेलती, सहती हुई। अब पशुओं के नाम पर एक गाय ही रह गयी थी और एक कुत्ता था।

दादी सुनमा का कहीं मन नहीं लगता था। अपना साथ खोने के सिवा अपना पुश्तैनी मकान, घराट, गौशाला और क्यार के न रहने का ग़म उसे भीतर ही भीतर सालता रहता था। वह सुबह ही नदी के किनारे अपने एकमात्र बचे उजाड़ क्यार(खेत) में गाय लेकर आ जाया करती। सुनमा की गाय तो कभी की मर गयी थी परन्तु उसके

साथ की बछिया अब उसकी गाय थी। बाघू कुत्ता भी नहीं रहा था इसलिए सुनमा ने गडरियों से जो कुत्ते का बच्चा लिया था वह बड़ा हो गया था और उसके साथ–साथ रहता। क्यार में कई तरह की काँटेदार झाड़ियाँ उग आयी थीं। खेत की हालत देखकर कोई भी अंदाज़ा लगा सकता था कि बहुत अर्से से किसी ने उसे जोता–बाया नहीं होगा। हल नहीं चलाया होगा। पानी की कूहल नहीं फेरी होगी। धान की रोपाई नहीं की होगी।

बावजूद इसके बैलों के खुरों की खुरखुराहट और हल के फाले की सनसनाहट बाक़ायदा उस खेत की बीड़ और सीत में मौजूद रहती थी। धान रोपती गाँव की औरतों के पाँव की छपछपाहट और चूड़ियों की खनखनाहट खेत के ओर–छोर बसी रहती जिसे या तो दादी सुनमा सुन सकती थी या वह लड़की जो काग़ज़ की नाव पर वहाँ चली आती थी। वहाँ औरतों के धान रोपते हुए गाये लोकगीतों की मधुर ध्वनियाँ भी मौजूद थीं जो हवा की सरसराहटों के साथ कानों में हर वक़्त बसी रहती थीं। कुछ चिड़ियाँ आसपास की झाड़ियों के झुरमुटों में अपने–अपने घोंसले बनाया करतीं और जब वे चहचहातीं तो ऐसा लगता मानो वे धान रोपती औरतों से सीखे लोकगीतों को गा रही हों। ये धुनें दादी सुनमा के भीतर ताज़ा ज़ख़्मों की तरह जीवित थीं। बहुत से घोंसले और चिड़ियाँ के डेरे भी जिनका संगीत और रहाव केवल सुनमा दादी ही महसूस कर सकती थी।

उसने इस उजाड़ खेत में कई बसन्त जी लिए थे। पंछियों के घोंसले उन्हें बहुत हिम्मत देते थे। सुनमा देखती थी कि बसन्त आने पर ये पंछी अपने घोंसले पेड़ों और झुरमुटों में बनाते हैं और फिर उन्हें छोड़ अपने–अपने बच्चों के साथ कहीं निकल जाते हैं। दूसरे बरस किसी नयी जगह घोंसले बनाकर कुछ दिनों के लिए पुनः परिवार बसा लेते हैं। शायद इन पंछियों की तरह ही दादी सुनमा या जो विस्थापित ग्रामीण थे उनका जीवन भी हो गया था। फ़र्क़ इतना था पंछी ख़ुशी–ख़ुशी अपने ठौर–ठिकाने बदल लिया करते जबकि आदमी के लिए यह क़तई सम्भव न होता, पर आज घर से बेघर

होने के अथाह दर्द ने उन्हें बहुत तोड़ दिया था। वह टूटना महज़ इन्सानों का नहीं था। पीढ़ियों, परम्पराओं और संस्कृतियों का भी था जिन्हें नयी या दूसरी जगह बसाना सम्भव न था।

वह लड़की कभी जब नदी के बीच नाव में होती तो दादी सुनमा खेत की बीड़–बीड़ और सीत–सीत से वैसे ही चलती जैसे उसका पति बालकराम उर्फ़ बालकू पानी सने क्यार में हल जोतते हुए बैलों के साथ–साथ फाटों की सीध में चला करता। फिर वह अपने फेरीदार पजामे को थोड़ा घुटनों तक छूँगती और कुरते को भी। कई पल किसी लोकगीत की धुन गुनगुनाती धान रोपाई जैसा कुछ करती रहती। जब भी गाय के साथ उस खेत में आती तो ऐसा करना कभी नहीं भूलती। यही कारण था कि दादी सुनमा कभी अकेली वहाँ नहीं होती...उसके साथ कहीं न कहीं उसका पति और दो बैल भी होते...एक हल होता...जुंगड़ा, जोच और दो छिकड़ियाँ भी मौजूद रहतीं...पानी से भरा खेत होता और धान रोपती और गीत गातीं गाँव की औरतें होतीं। खेत की मुँडेर पर पहली फाट से थोड़ी दूरी पर मिट्टी के नीचे एक उपला दबा रहता जिसमें दिन–भर की आग मौजूद होती....उसका धीमा–धीमा धुआँ कभी बालकू तो कभी सुनमा दादी के पीछे–पीछे चलता रहता...। आज जबकि ऐसा कुछ भी वहाँ नहीं था पर दादी सुनमा के साथ–साथ वे सभी चीज़ें जीवन्त थीं जैसे उनकी तमाम स्मृतियाँ उन्होंने अपने चादरू में बाँधकर सिर पर उठा रखी हों। उन्हें यह भी लगता जैसे वह आग का उपला कहीं भीतर उनकी छाती में दबा है और तिल–तिल जलता रहता है जिसकी तपन कभी–कभार बहुत तीखी होने लगती है।

नदी अभी बाँध नहीं हुई थी पर दादी सुनमा अपने बचे हुए उस एकमात्र क्यार में कभी आना नहीं भूलती। अब न तो घराट था न घर का ही कोई बड़ा कामकाज़ था। एक गाय थी और कुत्ता था। उन्हें लेकर वह पूर्ववत यहाँ आकर नदी को निहारती रहती जैसे अब उसका यही काम रह गया हो। बाँध का काम चरम पर था। नदी को जल्दी ही रोका जाना था। हालाँकि, उन्होंने अपना घर, गौशाला

और घराट छोड़ दिया था पर वे खेत में गाय के साथ आने से पूर्व वहाँ जाना नहीं भूलती थीं। घर ख़ाली था। उसमें अब कोई ताला नहीं होता। आँगन पत्तों और धूल से भरा हुआ होता। वे पहला काम उसे साफ़ करने का करतीं, झाड़ू लगातीं और उसके बाद दरवाज़े की साँकल खोलती। दहलीज़ पर पाँव रखते ही एहसास होने लगता कि वे अब अपने घर में नहीं किसी पराये मकान में प्रवेश कर रही हैं। फिर भी लौटने का मन नहीं होता।

दादी सुनमा पहले की तरह अपने बूट दरवाज़े के बाहर खोल लेती और धीरे–धीरे पहले बीही (निचली मंज़िल का हाल) और फिर भीतर के दोनों कमरों में जातीं। ऊपर पौड़े (दूसरी मंज़िल का हाल) पर चढ़कर अपने सोने वाले कमरे की दहलीज़ पर बैठ जाती। सब्र और ख़ामोशी का बाँध टूट जाता और आँखों से पानी का दरिया बहने लगता। सिसकियों से ख़ाली घर का कोना–कोना सराबोर हो उठता और उनके साथ जैसे बाहर–भीतर, आँगन–द्वार, बीही–पौड़ा, दरवाज़े–खिड़कियाँ, मिट्टी की भीतें, छत और घर के कोने–कोने रोने लग जाते। बहुत देर तक यह सिलसिला चलता रहता। फिर जैसे नाव वाली लड़की अचानक उनका हाथ पकड़कर उठा लेती। उसके नन्हे–नन्हे हाथों के स्पर्श दादी सुनमा अथाह स्नेह से लबरेज कर देते। वह उसके साथ चल पड़ती। परन्तु वह रसोई में जाना नहीं भूलती। भीतर अकेला और बेजान चूल्हा आग जलाने का न्यौता देता दिखता। शादी के बाद की तमाम यादें, ससुर, बेटियों और बालकू के साथ बिताये पल स्मरण हो आते और पल में ही जैसे चूल्हे की आग में जलकर राख हो जाते। न आग, न धुआँ, न तपिश और न कोई जीव। वह लड़की फिर उनका हाथ पकड़ लेती और धीरे–धीरे सीढ़ियों से नीचे उतरकर बाहर चली आती। आँगन में आकर सुनमा दादी उस लड़की को ढूँढ़ने लगती जो कहीं नहीं होती। बस उसके मीठे–मीठे और रेशमी स्पर्श ही हथेलियों पर बचे रहते।

घर के पीछे गौशाला में भी सुनमा दादी जाना नहीं भूलतीं। दरवाज़े की साँकल खोलने लगती तो भीतर से गाय–बछियों के

रम्भाने की आवाज़ें आने लगतीं। वे झटपट दायीं तरफ़ पेड़ की ओट में रखे घास में से एक–दो पूलें उठा लेतीं और भीतर चल देतीं। गौशाला ख़ाली होती। महज़ दो–चार खूँटे और उनमें बँधे गलावें और रस्सियाँ जैसे उसे देखकर जीवन्त होने लगते और ढेरों शिकायतें करतें। भीतों में जगह–जगह पाथे उपले मानो उनसे बातें करने को आतुर होते। वह चुपचाप घास के पूलों को लेकर बाहर आने लगती तो अचानक रुक जाती। पता नहीं क्या कुछ सूझता। घास के पूलों से थोड़ा–थोड़ा घास निकालकर सभी खूँटों के पास ऐसे डालती रहती जैसे गाय और बछियों के पास डाल रही हो। बाहर आकर साँकल लगा देती और कुछ पल दहलीज़ के बाहर बैठकर ख़ूब रो लिया करती। भीतर से भी सुबकने की आवाज़ें आने लगतीं मानो खूँटे, गलावें और उपले भी रोने लगे हों।

उसके बाद वे थकी हारी–सी घराट के पास पहुँचतीं। अब न कोई वहाँ आता और न ही घराट चलता। भीतर महज़ पत्थर के दो भारी–भरकम पूड़ ही शेष बचे थे। न उन पर अब घुघतियाँ थीं न अनाज की ख़ारें न बाक़ी का साज़–सामान। पानी की कूहल थकी हारी–सी नीचे से ऐसे बहती रहती मानो वह बरसों से बीमार हो या किसी ने उसे पीट–पीटकर यहाँ छोड़ दिया हो। दादी सुनमा को लगता जैसे घराट भी घर और गौशाला की तरह मर गया है। शायद वे ख़ुद भी उन्हीं की तरह दिखती है। एक बेजान लाश जो चल नहीं रही अपितु समय उसे जबरदस्ती धकेल रहा है। वास्तव में जब घराट का मुआवज़ा दादी सुनमा को मिला तो पास के गाँव के एक रिश्तेदार ने उनसे घराट का सारा सामान माँग लिया। वह अपने गाँव में घराट लगाना चाहता था। उन्होंने ख़ुशी–ख़ुशी उसे दे दिया था। वैसे भी कम्पनी के लिए तो वह मिट्टी–पत्थर ही था। वह आदमी धीरे–धीरे उसका सामान ढोता रहता। क्योंकि घराट के पूड़ बहुत भारी थे इसलिए उनके लिए बहुत लोगों की ज़रूरत थीं। पर कुछ दिनों में उन्हें भी वह ले जायेगा ही। उन्होंने उससे कोई पैसा भी नहीं लिया था।

घराट के आँगन में अब नदी की वे मीठी–मीठी आवाज़ें भी सुनायी नहीं देती थीं। एक भयंकर और डरावनी चीख़ों का शोर चारों तरफ़ फैला महसूस होता जैसे हज़ारों लोगों ने उस नदी को लोहे की ज़ंजीरों में जकड़ लिया हो और वह उन आततायियों से छूटने का प्रयास कर रही हो। उन्हें आँगन में भी अजीब–सी घुटन महसूस होती थी। कई बार लगता जैसे उस बिके हुए घराट के भीतर वह नदी घुट–घुटकर मर रही है। तड़प रही है। चीख़ रही है। दादी को पुकार रही है कि दरवाज़े को खोलकर उसे बाहर ले जाये।

दादी सुनमा को एकाएक वही घटना याद आ जाती जो घराट में बहुत पहले उसके साथ घटी थी। जैसे वैसा ही कुछ नदी के साथ भी हो रहा है। वह उदास, निराश फिर घराट के पास चली जाती जहाँ का सन्नाटा भीतर तक साल देता। घराट के ऊपर छत पर जो पत्थर थे वे भी भीतर की ओर टूटकर गिर गये थे। उसे कभी लगता जैसे घराट के दोनों पूड़ बहुत ज़ोर से घूम रहे हैं और उन पर रखी लकड़ी की बेज़ान घुघतियाँ घड़–घड़ करती किसी अज़नबी का आटा पीस रही हैं। बिना पानी के ही घराट के पूड़ को घुमाने वाला बजीवरा अज़ीब–सी चींचिहाटों की आवाज़ें करता हुआ कराह रहा है। ये चीख़ें, चिल्लाहटें और कराहटें दादी सुनमा के भीतर अनायास ही प्रवेश कर जाती और उसकी छाती और मन बहुत भारी होने लगते। मानो वे पूड़ किसी ने उनकी छाती पर ही रख दिये हो। घुघतियाँ उड़ने को छटपटा रही हों। बाहर भागना चाह रही हो। आँखों की नदी फूट–फूटकर रोती हुई बहने लगी हो। न जाने कितनी वेदनाएँ और अतीत की स्मृतियाँ सुनमा दादी वहाँ से लेकर लौट आया करती थी।

23

एक दिन जब सुबह दादी सुनमा गाय के साथ उस उजाड़ खेत में आयी तो नीचे का दृश्य देखकर हैरान रह गयी। वहाँ नदी नहीं थी बस दूर–दूर तक पानी ही पानी फैल हुआ था। दादी का पुश्तैनी घर, गौशाला और घराट का कहीं अता–पता नहीं था। न ही क्यारों और ज़मीन का। सबकुछ पानी के भीतर डूब गया था। एक बहुत बड़ी झील थी वहाँ। आर–पार जो गाँव बसे थे वे सभी उस झील के भीतर समा गये थे। नदी किनारे बसा वह प्राचीन तीर्थ भी कई मन्दिरों और विशाल पीपल के पेड़ों के साथ नदारद था। न गर्म पानी के भाप उगलते चश्मे, न हाट–बाज़ार और न ही कोई घर। महज़ पानी के भीतर से पेड़ों की कुछ अधमरी शाखाएँ बाहर निकलती दिखायी देती थीं मानो मदद के लिए छटपटा रही हो।

कल तक दादी सुनमा के मन में बाँध बनने के भयावह शोर के बीच कुछ तो बचा हुआ था जिसका आज सुबह होते ही अवसान हो गया था। मन–बहलाव के लिए घर, गौशाला, खेत और घराट के अवशेष तो बचे हुए थे...नदी बह रही थी...हालाँकि, सभी का अन्त तय था...इतिश्री तय थी...मृत्यु निश्चित थी...बहती नदी का जड़त्व, विराम और उसका दीर्घ निद्रा में चले जाना निर्धारित था...आज जैसे सबकुछ समाप्त हो गया था। देह से प्राण निकल गये हैं...मस्तिष्क से

सोच नदारद है...बस एक ठूँठ बचा हुआ है...बेजान...निर्जीव...। उन्होंने क़दम आगे बढ़ाने चाहे परन्तु जैसे टाँगें सुन्न हो गयी थीं...वे जहाँ खड़ी थीं वहीं कुछ देर के लिए अप्राण और गतिहीन हो गयीं...जैसे अचानक आँखों की रोशनी चली गयी हो और अँधेरे के सिवा कहीं कुछ भी शेष न बचा हो। उसी विकट अँधियारे के बीच सुनमा दादी को बचपन से अब तक गुज़ारे जीवन की न जाने कितनी सुन्दर और असुन्दर, रूप और अरूप, मृत और संजीदा, ठहरी और प्रवाहशील, मीठी और कडुवी स्मृतियाँ याद हो आयीं थीं जो चलचित्र की भाँति कहीं भीतर ही भीतर गतिशील थीं।

कुछ देर बाद जैसे दादी सुनमा बहुत गहरी नींद से जागी थी। जागते ही उन्हें उस तीर्थ का ख़याल आया जहाँ उन्होंने कभी जाना ही नहीं छोड़ा था। पहले पिता के सानिध्य में, फिर अपने पति बालकराम के साथ और बाद में अकेले–अकेले...तो क्या आज उस तीर्थ में कमाये सारे पुण्य स्वाह हो गये...दूसरों को पुण्य से नहाता वह तीर्थ भी समय के खूँखार पंजों ने लील लिया...? यह कौंध बहुत भीतर तक चुभती चली गयी थी। दादी सुनमा हर साल या साल में कई बार उस तीर्थ में स्नान के लिए जाया करती थीं। वर्ष–भर वहाँ कई मेले लगे रहते। नदी के साथ–साथ स्वतः ही गर्म पानी निकला होता जिसके लिए लोग जगह–जगह नदी के छोर पर छोटे छोटे चश्मे बना लिया करते जिनमें गर्म पानी जमा होता रहता और उसी में स्नान करते। इसे बहुत पवित्र माना जाता। इनमें नहाते हुए लोग बहती नदी का आनन्द लेते रहते। गर्म पानी के स्नान के बाद वे नदी के छोर पर जाकर उसकी लहरों से शीतल जल की छालें लेना न भूलते। उनका विश्वास था कि गर्म पानी में नहाने के बाद नदी के जल के निर्मल व ठण्डे पानी से नहाने का दुगुना पुण्य होता है। चश्मे को दो भागों में बाँटा होता जिनके मध्य काफ़ी फासला इसलिए रखा जाता ताकि महिलाएँ दूसरी तरफ़ सुविधा से नहा सके। हालाँकि, चश्मों के लिए कोई पर्दा नहीं होता। तीर्थ की भावनाएँ सभी के मन में कूट–कूटकर भरी रहतीं जिससे मन में कोई

बुरे ख़याल नहीं आते। पुरुष स्नान करते हुए महिलाओं के नहाते समूह की ओर देखते तक नहीं। दादी सुनमा नहाते हुए सोचा करतीं कि कितना अच्छा होता मर्दों की यही सोच इस तीर्थ और चश्मों से बाहर निकलते भी बची रहती।

ठीक उन गर्म पानी के चश्मों के ऊपर स्थानीय पण्डे तुलादान के पण्डाल लगाया करते। आस–पड़ोस के गाँव तथा दूरदराज़ से वहाँ पहुँचे छोटे–बड़े दुकानदार और व्यापारी उन्हीं के बीच असंख्य मनियारी, मिठाइयों और दूसरी चीज़ों की दुकानें लगा लेते। लुहार, कुम्हार, जुलाहे और बाँस बुनकर अपने–अपने उत्पाद सज़ाये रखते। लुहार कुल्हाड़ियाँ, दराट, दराटियाँ, गैंतियाँ, हथौड़े और न जाने लोहे का कितना सामान वहाँ लाकर प्रदर्शित करते। कुम्हार तरह–तरह के मिट्टी के बर्तन, जुलाहे कारघ और खड्डी के बने पट्टू, मफ़लर और शॉलें तथा बाँस–बुनकर किल्टे, डालें और टोकरियाँ बेचने को ले आते। हलवाई की जलेबियों की दुकानें और लकड़ी के कई पारम्परिक हिंडोले बच्चों और महिलाओं के ख़ूब आकर्षण रहते।

सुहागिनें बाहें भर–भरकर काँच की लाल और हरी चूड़ियाँ पहना करतीं जिनकी छनछनाहटों का एक बहुत मीठा संगीत मेले की भीड़ में जगह–जगह बिखरा रहता। सुनमा देई भी चूड़ियों से कलाइयों को भर लेतीं और साथ की औरतों के साथ ख़ूब मस्ती करतीं। हिंडोलों में बैठकर गाँव की महिलाओं की जोड़ियाँ झूलते हुए पहाड़ी लोकगीत गंगी और झूरी गाया करतीं जिससे मेले की रौनक़ में चार चाँद लगे रहते। उनकी आर–पार से बारी–बारी गाने की यह प्रतियोगिता लोगों को ख़ूब भाती। इसमें एक जोड़ी जैसे ही लोकगीत की आख़िरी पंक्तियाँ गाकर छोड़तीं दूसरी टोली उसका सिरा पकड़कर गाने लग जातीं और यह गीत की होड़ काफ़ी समय चलती रहती। लोग ख़ूब ख़रीददारी करते। सुनमा और उसके पति बालकराम ने भी न जाने कितनी ऐसी चीज़ों से अपना घर भरा हुआ था। वे दोनों भी जब मेले में जाते तो जीवन पण्डे के पण्डाल पर जाकर तुलादान ज़रूर करवाते। हालाँकि, वे इन बातों में ज़्यादा

विश्वास नहीं करती थीं परन्तु अपने बाबा का मान रखते हुए उन्हीं के सम्मान व स्मृतियों को इस दान को समर्पित कर देतीं। जाती वे अब भी थीं पर ख़ाली हाथ लौट जाया करतीं...अब कुछ ख़रीदती या लाती भी तो किसके लिए...? आज सबकुछ समाप्त हो गया था। उस तीर्थस्थल, पहाड़ी क़सबे और नदी का मरना जैसे सुनमा दादी को भगवान का मरना जैसा लगा था। सोचती रही कि जब नदी किनारे के गर्म पानी के चश्मों और नदी में नहाकर हज़ारों–लाखों लोगों ने अब तक इतना पुण्य कमाया है तो वह पुण्य इस तीर्थ और साथ बहती नदी को क्यों प्राप्त नहीं हुआ होगा...?

नदी का सौदा हो गया था। उसका पानी बूँद–बूँद बिक गया था। उसके बहाव, उसकी निरन्तरता और उसके निर्मल जल से सनी लहरों पर कम्पनी का कब्ज़ा हो गया था। न जाने कितनी पीढ़ियों से अपनी–अपनी ज़मीन पर रचे–बसे लोग, उनके घर–आँगन, बाहर–भीतर स्थापित देवताओं की छोटी–छोटी देहरियाँ, गौशालाएँ, उनकी कच्ची भीतों में पसरी पशुओं की रम्भाहटें देखते ही देखते वहाँ दफ़न हो गयीं थीं। खेत की मुँडेर पर बैठी उदास–निराश दादी सोचती रहती जैसे अब कुछ भी अपना नहीं रह गया है। न नदी, न तीर्थ, न पीढ़ियों से बसे हाट–दुकानें, न मन्दिर और न उनमें बसे देवता। यहाँ तक कि नदी के पत्थर भी नहीं। उनकी आँखों से आँसू नहीं जैसे ख़ून के जल की वर्षा होने लगती। नदी का एकालाप उनको बहुत आहत और परेशान करता था।

उजाड़ खेत भी अब दादी सुनमा की उम्र जैसा लगता था। बिल्कुल अनुर्वर। उसकी ऊसरता, वीरानगी और सहराई उसके भीतर जैसे बस गयी थी। उस खेत की उजड़न उनके चेहरे पर साफ़ बिछी दिखायी दे जाती थी। अब यही ऊसरपन, बंजरता और रूखाई जैसे उनके शरीर के मुख्य प्रसाधन, सँवरण, और श्रृंगारक हो गये थे। परन्तु दादी सुनमा भले ही थकाऊ लगती थी पर भीतर का अदम्य आत्मविश्वास और स्वाभिमान कतई, ऊसर नहीं हुआ था। पता नहीं उम्र ढलने के साथ और कुछ अस्वस्थता के बावजूद ऐसे कौन–से

उत्प्रेरक रहे होंगे जिन्होंने उनके भीतर की ज़िन्दादिली, तमक और उत्साह कभी कम नहीं होने दिया था। आख़िर अब अकेले ही गाँव, परगने के बीच जीना था इसलिए उन्होंने अपने भीतर का उत्साह कभी कम नहीं होने दिया। दिखने में हमेशा चुस्त, जोशीली, पुरजोश और दमदार। भले ही अन्दर न जाने कितनी टूटन भरी पड़ी थी जिसका एहसास कभी उन्होंने अपने आस–पड़ोस को नहीं होने दिया था। कभी जिस सुनमा की जवानी पके हुए धान के खेत जैसी उर्वर थी, नदी जैसी सुन्दर, भरी और निर्मल थी मानो वह किसी भयंकर बाढ़ ने क्षत–विक्षत कर दी हो।

दादी सुनमा ने बेहद दबंगता से जीवन जिया था। लोगों की सेवा की थी। पंचायत की प्रधानी की थी। साथ ही बहुत लम्बा वैधव्य और एकाकीपन काटा था। उनके अनगिनत हुनर लोग आज भी याद किया करते थे। गाँव बेड़ के अतिरिक्त दूर दूर के परगनों में उनकी चर्चा होती रहती थीं। वे बहुत जिरहबाज़ी और तर्क–वितर्क में माहिर भी थीं। उनकी विद्वता और हाज़िरजवाबी कई बार लोगों को चकित कर देती थी जैसे भाषण देते हुए मुख्यमन्त्री को सुनमा दादी ने सकते में डाल दिया था। उनकी दलीलबाज़ी के आगे पढ़े–लिखे निरक्षर लगने लगते। किसी भी मसले पर उनकी दलीलें अकाट्य रहतीं। महक़मे के जिन अफ़सरों से आम जन भय खाते उनके आगे वे छाती तानकर खड़ी हो जाया करती थीं। उनके वाद–प्रतिवाद और निरूपण विस्मित कर देते थे। बावजूद इसके वह अति विनम्र और आजिज़ थी।

अपने गाँव और इलाक़े में शोषण और अन्याय के प्रति उनके विरोध तर्कसंगत होते थे। यही कारण था कि कई गाँवों को डूबाकर वहाँ बाँध के निर्माण को लेकर उनकी असहमति, अस्वीकृति और ख़िलाफ़त जगजाहिर थी। इसको लेकर सरकार, कम्पनी और उनके अपने गाँव के कुछ बिचौलियों से उनका बार–बार टकराव भी होता रहा था। पीढ़ी–दर–पीढ़ी बसे गाँव और तीर्थ के उजाड़ का प्रतिरोध जब अवरुद्ध होता गया तो दादी सुनमा का विरक्त होना स्वाभाविक था।

सबकुछ समाप्त होने की विरक्ति जैसे उनके भीतर स्थायी घर कर गयी थी। अपनी माटी से यह वियोग, अलगाव और बिछुड़न असहनीय थी। बिछोह के दर्द बहुत बड़े और गहरे थे। विरहाकुल वे अब बाँध के विराम और ठहराव को निर्जल और निरीह आँखों से देखती रहती थीं। अपने विस्थापन से अधिक वेदना उनकी नदी के मर जाने की थी। नदी के अस्तित्वहीन होने की थी। वे कुछ करने में पूर्णतया असमर्थ थीं। निःसहाय और अक्षम। नदी का मानव के हाथों समापन उसकी सुनियोजित हत्या जैसा ही दादी सुनमा को लगता था। बावजूद इसके उनकी अपनी पंचायत के लोग उनसे कई बातों पर सलाह–मशवरा लेना और करना नहीं भूलते थे। ग़रीबों और असहायों के लिए जैसे वे इस उम्र में भी प्रधान सुनमा देई ही थी। उनके पास आज भी कोई मदद माँगने आता तो कभी निराश होकर नहीं जाता था। उनसे उसकी जो भी मदद होती, वे किया करती थीं।

24

बाँध में समायी नदी दादी सुनमा को अब अनाथ और बहुत अकेली लगती थी। बिल्कुल अपंग, अशक्त और गतिहीन। अशरण, निरीह और निस्साहाय। नदी का आर्तनाद और अभिक्रन्दन, उसका आर्तस्वर, उसका उद्राव, उसकी दहाड़ें, चीत्कारें और हाहाकार केवल दादी ही सुन सकती थी। जो लड़की उनके पास बैठी रहती वे आवाज़ें कभी–कभी–दादी को उसी के भीतर से आती आभासित हुआ करती थीं। पहले वह नदी कितनी अन्तहीन थी। जैसा प्रकृति का असीम और अपार विस्तार।

उस लड़की की कहानी भी अनन्त थी। नदी की तरह ही। जिसे परिभाषित करना असम्भव था। दादी सुनमा की आँखों से वह दृश्य आज भी नहीं जाता जब एक दिन अचानक बहुत तेज़ हवा के साथ जैसे उस बाँध का पानी आसमान छूने लगा था। वह नदी और झील जैसे उन्मुक्तता से अपने तटबन्ध तोड़ने को आतुर हो रही थी। दादी सुनमा ने उसके भीतर जगह–जगह भयंकर वर्तुल देखे थे जिनमें पानी घराट के पूड़ की तरह घूमते हुए कहीं भीतर समा जाता और पल–भर में ही किसी दूसरी जगह से ऊपर उठ जाता। अचानक हवा का एक बवण्डर पानी से भीगा हुआ–सा उन तक पहुँचा और उन्हें पूरा नहला गया। उनकी एक पल के लिए साँस रुक गयी मानो वे

भी उसके साथ पानी में समा जायेंगी। दूसरे पल ही वह शान्त हो गयी। उन्होंने अपने हाथों से मुँह पोंछा और फिर हाथ सिर पर चले गये। बाल भीगे थे लेकिन दुपट्टा ग़ायब था। नंगा सिर था उनका। उन्हें याद नहीं कभी उनके सिर का चादरू सिर से हटा होगा। वे झटपट उठीं और खेत में चारों तरफ़ नज़रें दौड़ायीं पर वह कहीं नहीं था। तभी उन्हें झील के ऊपर से एक काग़ज़ की नाव आती दिखायी दी। जैसे–जैसे वह समीप आयी वे अवाक रह गयी। अपने जीवन में शायद ही उन्होंने इस तरह का हैरतज़दा और विस्मयकारी मंज़र देखा होगा। अचम्भित–सी वे भयाकुल देखती रहीं। नाव में एक बहुत सुन्दर लड़की बैठी थी। वह जब किनारे पहुँची तो उसने नाव एक हाथ में उठा ली। दूसरे हाथ में दुपट्टा था।

दादी सुनमा को उस दिन का स्मरण हो आया जिस दिन उनकी कूहल टूटी थी और वे पानी तलाशती नदी के पाट तक गयीं थीं। वहाँ चट्टान पर यही लड़की तो काग़ज़ की नाव लेकर बैठी थीं। उन्हें न केवल पल–भर में उसकी कई छवियाँ याद आयीं बल्कि उसके साथ होने और मिलने के कई वाक़ियात भी मस्तिष्क में घूमने लगे थे।

उन्हें पता ही नहीं चला कि लड़की कब आकर बग़ल में बैठ गयी थी। कुछ देर पूर्व जो कुछ भी उन्होंने देखा था वह अब आँखों और मन से अदृश्य था। झील का जल पूर्ववत शान्त था। उनके अपने मन ही की तरह। वे यह भी पूछना भूल गयीं कि इतने दिनों तक वह कहाँ थीं। अचानक लड़की की बहुत मीठी आवाज़ उनके कानों में पसरी,

"दादी! दादी! तुम्हारा दुपट्टा उड़ गया था।"

उन्होंने उसे झटपट पकड़कर अपने सिर पर ओढ़ लिया। बिना किसी प्रतिक्रिया और अचरज के, जैसे उन्होंने ही कुछ देर पूर्व उस लड़की को उसे ढूँढ़ने भेजा हो।

लड़की ने उस काग़ज़ की नाव को अपने और दादी सुनमा के बीच बचे थोड़े से ख़ाली स्थान में रख दिया था। हवा से न उड़े इसलिए उसपर एक छोटा–सा पत्थर भी रख छोड़ा था। वह नदी का पत्थर था।

दादी सुनमा सोचने लगी कि उसकी यह नाव इतनी छोटी कैसे हो गयी...? उन्होंने सहजता से पूछा लिया,

"यह तुम्हारी नाव है......?"

"हाँ दादी यह मेरी नाव है। मैं इसी में आती–जाती हूँ। जब नदी पर बाँध नहीं बना था तो नाव बहते पानी और लहरों पर तैरती थी। मैं बेरोक टोक नदी में घूमा करती थी। कई बार तुमको मिली भी थी। अनेक दफ़ा आपके घराट की बग़ल से भी गुज़री हूँ। मुझे आपकी वे दोनों घुघतियाँ बहुत अच्छी लगती थीं। तुम जब आटा तोलने में मशगूल होतीं तो मैं चुपके–चुपके घराट के पूड़ों पर बैठी उन्हें छू भी लेती थी। मेरे छूने से वह ख़ूब हँस देतीं और पहले की अपेक्षा दुगुनी रफ़्तार से भागने लगतीं। भागते तो पत्थर के वे भारी–भरकम पूड़ ही थे जैसे उन दोनों का चोली–दामन का साथ हो...जैसे तुम्हारा और दादू का हुआ करता था। फिर मैं वहीं से नीचे उतर जाती और नाव को घराट की कूहल से निकालती–चलाती नदी में चली आती। बहती नदी थी न दादी, ज़ोर नहीं लगता था। अब बहुत मशक़्क़त करनी पड़ती है। नदी, नहीं है न, बस गन्धला खारा पानी ही पानी है। खड़ा पानी। तड़पता पानी। मरा हुआ पानी। वह अब नहीं हिलता। अभिशापित जैसा। मानो किसी तपस्वी ने उस नदी को शापित कर दिया हो।

दादी सुनमा अपलक उस बच्ची की तरफ़ देखती रही और सोचती रही कि यदि लड़की कभी वहाँ आयी थी तो मुझे क्यों नहीं दिखी...? इससे पहले कि कुछ और सोचे, लड़की कहने लगी थी,

"दादी, वह दादू का दरीयाँ नहीं है अब, जिससे वे स्कूल के बच्चों को नदी पार करवाया करते थे...?"

दादी को जैसे कोई कँटीली छाड़ी स्पर्श कर गयी हो। मन में प्रश्न उठा कि इतनी छोटी बच्ची यह कैसे जानती है कि मेरे पति के पास दरीयाँ भी होता था। इसी सोच में थीं वे कि लड़की फिर बोल उठी,

"और मैं भी कई बार बच्चों के बीच बैठ जाती और दादू को पता ही न चलता।"

सुनमा दादी विस्मित–सी उसकी आँखों में देखती जाती।

"पता है, दादी इस नदी का क्या नाम था?"

कुत्ता अब लड़की के पास चला आया था और उसने अपना सर उसकी गोद में रख लिया जिसे लड़की धीरे–धीरे सहला रही थी। बिल्कुल वैसे ही जैसे बहुत पहले उसने नदी किनारे चट्टान पर बैठे बाघु को सहलाया था। दादी सुनमा के मन में एक़दम यह विचार आया कि यह बच्ची तो बिल्कुल उन दिनों जैसी ही है, इतने बरस में जवान क्यों नहीं हुई...? जबकि मैं तो बूढ़ी हो गयी हूँ। उन्हें याद आया कि इसने उन्हें उस दिन दादी कह कर भी सम्बोधित किया था। ये कैसे हो सकता है कि वह अभी भी बच्ची ही है, वैसी ही और मैं...? इससे पहले कुछ पूछती उससे, लड़की ने याद दिलाया था,

बाघु की तरह ही लगता है तुम्हारा कुत्ता। पूरा बाघु ही है। पता है दादी जिस गडरिए से तुमने ख़रीदा था इसको वह मुझे तुम्हारे डेरे से लौटते हुए मिला था। मैं समझ गयी थी तुमने उससे इसे ले लिया है।

दादी सुनमा उसकी बातों में फिर उलझ गयी थी। वे उनके सिरे पकड़ने की कोशिश करतीं तो पल में भूल जातीं। या उस लड़की से कुछ जानने–समझने लगतीं तो वह कुछ और पूछ बैठती। इस बार फिर उसने प्रश्न किया था,

"नहीं पता है न नदी का नाम...?"

"बच्चू! हम तो इसको दरिया ही बोलते थे। पर अब तो यह डैम बन गया है। नदी कहाँ रही अब?"

"नहीं! नहीं! दादी नदी अभी भी है। नहीं गयी वह कहीं भी। यहीं तो है। हर जगह। मेरे और तुम्हारे भीतर। ऊपर आसमान में। धरती के नीचे। ये जो आर–पार, ऊँचे–ऊँचे पहाड़ और हरे–भरे जंगल है न इन सभी में। मछलियों के पंखों में। चिड़िया की चोंचों में। और ये जो बाँध है न इसके पानी के भीतर भी तो नदी ही है। हमें लगता है न दादी वह मर गयी है। नदी कभी नहीं मरती, दुश्मनों से छिप जाती है। उनके गन्दे इरादों और कृत्यों से दूर भागती है वह। पाताल में चली जाती है।"

दादी सुनमा फिर अभिभूत–सी उसे देखती रही थी। कितनी बड़ी–बड़ी आँखें थीं उसकी, जैसे वह नदी की आँखें हों। चौड़ा माथा। लम्बे–लम्बे बाल, माथे पर से गालों तक लटके हुए। दो गुतों में गूँथे हुए से जिन्हें उसने आकाश–बेल की हरी जड़ों की डोरियों से बाँधा था और दोनों तरफ़ कूजो के सफ़ेद फूल पिरोये हुए थे। गालों में सूर्य उगने जैसी लालिमा और होंठ तीज के चाँद जैसे बारीक व दोनों तरफ़ फैले हुए से। चेहरे पर पुन्या के चाँद जैसी शीतलता। वह जब बोलती और हँसती तो उसके नन्हे दाँत ऐसे लगते मानो सरग के तारे चमक रहे हो।

दादी ने अचानक पूछा था,

"बच्चू, तुम्हारा नाम क्या है...?"

यह सुनकर वह खिलखिलाकर हँसी थी। उसकी हँसी साधारण नहीं लगी दादी को। पहली प्रतिक्रिया गाय ने दी। वह दौड़ती हुई उन्हीं के पास आ गयी। वह दूर चर रही थी। दूसरी दादी के कुत्ते ने जो उसकी गोदी से उठकर बाँध की तरफ़ ज़ोर–ज़ोर से भौंकने लगा था। तीसरी प्रतिक्रिया बाँध के पानी की दादी ने देखी थी। जैसे वह हँसी उस पानी में घुल–मिलकर हिलोरे लेने लगी हो। फिर वह धीरे–धीरे आर–पार फैली घाटियों से टकरायी और वापिस मानो दादी के भीतर चली गयी थी।

"मैं शतद्रू...छोटा नाम शतु है दादी।"

नाम बताते ही एक भयंकर नाद सुनमा दादी को बाँध के भीतर सुनायी दिया था जो चीख़ों जैसा था, मानो कोई स्त्री बहुत से बँधनों से मुक्त होना चाह रही हो।

उन्होंने इस नाम को अपने पिता से कई बार सुना था। पर याद नहीं रहा। कुछ–कुछ सतलुज जैसा स्मरण हो आया था। उस दरिया को बहुत से लोग सतलुज नदी भी कहते थे। दादी बहुत कुछ और भी पूछना चाहती थी पर जैसे कुछ भी याद न रहा हो।

"मैं चली दादी! तुम भी जाओ घर। रात हो रही है न। मैं अब रोज़ आया करूँगी। ख़ूब बातें करूँगी तुम्हारे साथ।"

वह उठी और कुत्ते के पास चली गयी थी जो थोड़ी दूर बैठकर उसे ही देख रहा था।

"अरे सुन न सुमगो...इधर आ मेरे पास।" लड़की ने जैसे उसे एक अधिकार से पुकारा था। कुत्ता उठकर ऐसे चला आया मानो वही उसकी मालकिन हो। वह उसके पास बैठ गयी और समझाने लगी,

"देख सुमगो...दादी का ख़याल रखना। गाय का भी। दोनों एक जैसी है न।"

दादी सुनमा के लिए यह एक और अचम्भा था कि लड़की इस कुत्ते का नाम भी जानती है...? पूछना चाहती थी उससे पर लड़की पहले ही बोल पड़ी थी,

"और हाँ दादी, कल न मैं नदी की कथा सुनाऊँगी तुम्हें।"

उसने यह कहते हुए कागज़ की नाव के ऊपर से पत्थर उठाकर नीचे झील में फेंक दिया। पत्थर गिरने की भयंकर आवाज़ हुई। मानो दादी के कान फट गये। पूरी झील में एक पल के लिए जलज़ला सा आ गया। पहले डरावना शोर और पल–भर में घोर सन्नाटा। लड़की धीरे–धीरे सँकरी पगडण्डी से नीचे झील में उतर रही थी। चलते हुए दादी ने देखा लड़की ने नदी–रंग की फ्रॉक पहनी थी जिसके बीच-बीच में असंख्य मछलियों की आकृतियाँ बनी थीं। वह नंगे पाँव थी। कितने प्यारे लगे थे दादी को उसके नन्हें–नन्हे पैर जैसे दूध से निकले ताज़ा मक्खन की डलियाँ हो। पलक झपकते ही वह उस नाव में कहीं दूर चली गयी थी।

जो कुछ भी दादी सुनमा ने देखा–सुना था वह कोई सामान्य नहीं था। आम नहीं था। साधारण और मामूली भी नहीं। सबकुछ अति विलक्षण था। विचित्र और कुतूहलजनक। विस्मयकारी और अभूतपूर्व। जिसका कोई न तो छोर था न ठिकाना। न पड़ाव और न मुक़ाम... जैसे गहरी नींद के कोई अति सुन्दर और रहस्यमयी स्वप्न हो।

आज रात दादी सोयी नहीं थी। उसी लड़की के बारे में सोचती रही...कि वह अभी भी वैसी है...छोटी नन्ही–सी परी...? कौन होगी वह... किस गाँव की होगी...? कौन उसके बालों को बनाता–गूँथता होगा...?

बाँधता–सानता होगा...वह काग़ज़ की नाव पर कैसे आती–जाती होगी...? इतनी बड़ी और गूढ़ बातें उसने कहाँ से सीखी होगी...? किस स्कूल में पढ़ती होगी...? किस क्लास में होगी...उसे कैसे पता कि मेरे पति के पास एक दरीयाँ भी था जिससे वह स्कूल के बच्चों को नदी पार करवाया करता था...? मेरे साथ उसका रिश्ता क्या होगा...? कौन भेजता होगा उसे मेरे पास? कितने प्रश्न थे दादी सुनमा के पास, उनके ज़ेहन और मस्तिष्क में घूमते...मन में उठते–बैठते, पर किसी का कोई उत्तर उनके पास न था। न उनका ठौर–ठिकाना। उन्होंने उसे बहुत दिनों बाद देखा था। दादी को अचानक उसकी हँसी याद आ गयी थी। कैसे खिलखिलाकर हँसी थी वह...? मानो पानी में ज्वार–भाटा आ गया हो। फिर उसके नाम पर मन केन्द्रित हो गया।... शतू! पूरा शतद्रू...सोचा कि कल वह जब आयेगी, ज़रूर बहुत–सी बातें करूँगी उससे...बहुत कुछ पूछेगी और नदी की कथा भी सुनेगी। फिर कथा शब्द पर मन अटक गया था। वह नन्ही–सी लड़की कैसे जानती होगी नदी की कथा?

दादी सुनमा बहुत देर उस काग़ज़ की नाव के बारे में सोचती रही थी। उन्हें अपना बचपन याद आ गया जब पशु चुगाते हुए गाँव के कई बच्चे नदी के किनारे आकर बैठ जाया करते थे। सुनमा घर से एक पुरानी कॉपी चुराकर ले आया करती थी जिसके पन्ने सब बच्चों में बाँट देती जिससे काग़ज़ की नाव बनायी जाती। जो बच्चा नाव बनाना नहीं जानता था उसे सुनमा सिखा देती थी। फिर उन नावों को नदी में डाल दिया जाता। शर्त यह होती कि जिस बच्चे की नाव सबसे आगे पानी में निकल जायेगी वह दिनभर किसी पेड़ की छाँव में आराम करेगा और उसके पशु की रखवाली वह बच्चा करेगा जिसकी नाव सबसे पीछे तैरती जायेगी। पानी और हवा के बहाव के साथ सभी बच्चों की नावें एक दूसरे से आगे निकलने की होड़ लगाये रखती और फिर नदी उन्हें कहीं दूर अपने साथ ले जाती। लेकिन वह तो एक खेल था, पर वह लड़की काग़ज़ की नाव में कैसे आती होगी? अब तो नदी का पानी कहीं आता–जाता भी नहीं है।

कभी जब बाँध के किवाड़ खोले जाते हैं तो पानी नदी की तरह नहीं बहता। ऐसा लगता जैसे किसी पिंजरे में बन्द बाघों का झुण्ड बदहवास–सा भागा जा रहा हो। दादी सोचती कि नदी का पानी अब बहना भी भूल चुका होगा।

उस लड़की को लेकर उनकी उत्सुकता बढ़ती ही जा रही थी। मन में अनेक प्रश्न जमा हो रहे थे जिन्हें वे कल सुबह उस लड़की से कथा सुनने से पहले ज़रूर पूछना चाहेगी। नदी और लड़की को याद करते–करते दादी की कब आँख लग गयी थी, पता ही नहीं चला।

25

दादी सुनमा आज जल्दी ही गाय के साथ खेत में चली आयी थी। उनका यहाँ नियमित आने का कारण भी था। खेत की मुँडेर से पहले दूर घाटी में नदी का विस्तार दिखायी पड़ता था और अब नदी एक विशाल झील के रूप में उनके सामने थी। जिस खेत में दादी बैठती थी उसके नीचे के खेत डूब में चले गये थे। सामने से दायीं ओर कुछ दूरी पर उनका पुश्तैनी घर था। काफ़ी नीचे उतरकर नदी किनारे घराट था जो अब पानी के भीतर समा गये थे। अब उनके कहीं नामोनिशाँ तक नज़र नहीं आते थे। जब बाँध का पानी कम होता तो उनके कुछ अवशेष ज़रूर दिखायी पड़ते थे। दादी अब इसी आस में यहाँ आया करती थी कि कभी–कभार उनकी एक झलक दिख जाये। अब यहाँ आने का दूसरा कारण वह लड़की भी थी।

वे लड़की को पानी की तहों पर से काग़ज़ की नाव में आते देखना चाहती थीं पर उनके आश्चर्य की सीमा न रही जब देखा कि वह पहले से ही खेत की मुँडेर पर बैठी गिट्टियाँ उछाल रही है और पास ही उसकी काग़ज़ की नाव रखी हुई है। उसे देखते ही दादी सब कुछ भूल गयी कि आज लड़की से क्या–क्या जानना था? पूछना था? उसके पास जो गिट्टियाँ थीं वे नदी के किनारे के

छोटे–छोटे गोल पत्थर थे। लड़की ध्यानमग्न थी। दादी पास जाकर उसे चौंकाना चाहती थी लेकिन उनसे पहले ही उनकी गाय उसके पास चली गयी थी और लड़की बहुत प्यार से उसके गले में झूलने लगी थी। दादी की समझ में नहीं आया कि गाय कैसे और कब उसके पास पहुँच गयी। जिस प्यार से वे दोनों एक दूसरे में रमी थी लगता था उनका कोई जन्म–जन्मान्तर का रिश्ता होगा।

दादी सुनमा कुछ बोलती, लड़की ने पहले ही पूछ लिया,

''जल्दी आ गयी दादी.....?''

ज़वाब कुछ सूझा नहीं, बस लड़की की आँखों में अपनी बूढ़ी आँखें डालकर एकटक देखती रही। सचमुच नदी जैसी गहरी–बहती निर्मल आँखें। जैसे नदी, उसके आर–पार बसे अनगिनत गाँव, मन्दिर, पेड़ और तीर्थ उन्हीं में कहीं भीतर जीवन्त हो। कितना सम्मोहन था उसकी आँखों में! सोचती रही दादी कल उसने क्या नाम बताया था? याद आया, शतु! नाम याद करके दादी उसकी बग़ल में चुपचाप बैठ गयी। गाय अब खेत की सीत में चरने लगी थी।

लड़की ने गिट्टियाँ इकट्ठी कीं और दादी को दे दी।

''इन्हें तुम ले जाओ दादी। पहले वाले नदी के पत्थर तो सब डूब गये न। इनको अपने आँगन की क्यारी में सज़ावट के लिए लगाना। कितने भले लगेंगे।''

दादी को फिर झटका–सा लगा।

''तो क्या लड़की यह भी जानती है कि मेरे आँगन में बहुत से नदी के पत्थर थे...?''

''बैठो दादी, मेरी कथा सुनो। मेरी मतलब नदी की। कल बोला था ना आपको कि नदी की कथा सुनाऊँगी। तुम देखना दादी यह अन्तिम कथा होगी जो मैं तुमको सुनाऊँगी। उसके बाद नदी की तरह उसे भी भूल जायेंगे लोग। यह भी कि कभी एक विशाल नदी इन घाटियों में बहा करती थी। सरस्वती की तरह नहीं रहेगी वह भी। छिप जायेगी। नदी और औरत एक जैसी होती है न दादी। बिल्कुल माँ ही की तरह। तुम्हारी जैसी भी। तुम भी नदी ही तो हो न दादी।''

निरुत्तर थी दादी। क्या कहती...? क्या बोलती...? कुछ सूझ नहीं रहा था। बस यही सोच–सोच कर परेशान थी कि इस तरह की बातें करने वाली यह लड़की आख़िर कौन होगी...?

लड़की ने एक गहरी साँस ली और छोड़ दी। काग़ज़ की नाव बहुत ज़ोर से थरथरायी। साथ ही उस झील का ठहरा–सोया–मरा हुआ पानी भी। कुछ देर में सब शान्त था।

लड़की ने आँखें बन्द कर ली थी और कथा सुनाने में तल्लीन हो गयी। उसकी निमग्नता, तन्मयता और एकाग्रता ग़ज़ब की थी... झील की तरह शान्त, ख़ामोश, गम्भीर, सौम्य और धीर। कुछ कहने से पूर्व उसने हल्की सी अँगड़ाई ली...दादी को लगा जैसे झील के भीतर निद्रित, सुप्त और अशान्त नदी धीरे–धीरे, उसी लड़की की चाल, उसी के पास आकर उसी में समा गयी हो।

"बहुत पहले की बात है दादी। महाभारत से भी पहले की।" कहते–कहते लड़की रुकी थी और पूछ बैठी। वह दादी को कभी आप तो कभी तुम से सम्बोधित करती रही, पर वे इस पर ध्यान ही नहीं देती थीं।

"आपके घर में महाभारत है दादी? पढ़ा है आपने? कहाँ समय लगा होगा पढ़ने का? पर मायके में अपने बाबा से तो सुना ही होगा? वो तो पण्डित भी नहीं थे, फिर भी वेद, शास्त्र और सभी पुराण थे उनके पास। आपको याद होगा दादी उनके पास तो गीता, कुरान, बाइबल और गुरुग्रन्थ साहब भी तो थे...? वे जब इन्हें पढ़ा करते तो तुमको ज़रूर अपने पास बिठा लिया करते।"

दादी सुनमा निःशब्द हो गयी थी। धीरे–धीरे सब याद आ रहा था उनको।

"किन्नर देश में एक महानगर था कामरू। और दूसरा था शोणितपुर। दोनों का आपसी बैर था। शोणितपुर का राजा बाणासुर था। कामरू का शासन तीन भाई चलाते थे। इन दोनों राज्यों में आपसी बैर था और दोनों में घोर युद्ध हुआ करते थे। बेहद बलशाली बाणासुर के आगे उनकी जब कुछ न चली तो उन्होंने बाणासुर के

राज्य से बहने वाली एक नदी में हज़ारों मन ज़हर डाल दिया ताकि बाणासुर का समस्त राज्य ही समाप्त हो जाये। उन्होंने बदला तो ले लिया लेकिन यह नहीं सोचा कि इस ज़हर से न केवल बाणासुर का क्षेत्र बल्कि जहाँ से यह नदी बहती है वहाँ रह रहे लोग और पशु–पक्षी भी समाप्त हो जायेंगे। ऐसा ही हुआ। हज़ारों लोग मर गये। पशु और पक्षी ख़त्म हो गये। भयंकर अकाल पड़ गया। देवी–देवताओं ने इस पाप और कुकर्म के लिए उन तीनों भाइयों को शाप दिये जिससे उनमें कुष्ठ लग गयी और उनका जीना भी दूभर हो गया। परन्तु बाणासुर का तो समस्त राज्य नष्ट हो चुका था।''

लड़की ने हल्की–सी आँखें खोली। शायद देख रही हो कि दादी सुनमा सुन भी रही है या नहीं। वे एकटक उसी की तरफ़ देख रही थीं। लड़की ने पुनः आँखें बन्द की और कथा जारी रखी। परन्तु आगे सुनाने से पहले ही उन्होंने बीच में ही टोक दिया था,

''किन्नर देश जहाँ किन्नर रहते थे। मतलब हिजड़ों का देश था वह?''

लड़की इस बार हल्की–सी हँसी थी।

''तो ख़ूब टेलीविज़न देखती हो आजकल दादी? जैसी ख़बरें देंगे लोग तो वैसा ही समझेंगे न...मानेंगे भी। अरे दादी! किन्नर कोई हिजड़े नहीं थे। जो लोग ऐसा बोलते हैं, मानते हैं वे अनपढ़ लोग हैं। कुछ नहीं जानते वो। पढ़े–लिखे बेवकूफ़। दुनिया की किसी किताब में नहीं लिखा है दादी कि किन्नर हिजड़े होते हैं। यह तो हमने उनको कहना शुरू कर दिया है। इनको देवयोनि से पैदा हुआ माना जाता है और आदिवासी जाति है। बहुत सुन्दर होते हैं ये लोग। लड़कियाँ तो ऐसी लगती हैं जैसे स्वर्ग की अप्सरा हों। किन्नर देश कभी बहुत बड़ा देश हुआ करता था जहाँ किरात, यक्ष, गन्धर्व, नाग और किन्नर रहा करते थे। जो नदी बाँध बन गयी है न दादी उसके किनारे रहती थीं ये जातियाँ। इनको देव जातियाँ माना जाता है। आज किन्नर देश छोटा–सा देश है पर वहाँ जो लोग रहते हैं उनको कनौरा और किन्नर ही बोला जाता है। वहाँ किन्नर कैलाश भी है

दादी जहाँ भगवान शिव और माँ पार्वती रहते हैं। अब तुम बताओ कि क्या किन्नर कैलाश कोई हिजड़े का कैलाश पर्वत है? अब बेचारे ये जो हिजड़ा लोग हैं न हमारे ही समाज के हैं, पर इनको किसी और जाति का नाम क्यों देते हो भई?"

लड़की ने एक लम्बी आह भरी थी और थोड़ा क्रोध में बोला था,

"जैसे हमने ये नदी मार दी न दादी...ये जो किन्नर जाति है न हम भी इसको ऐसे ही मार देंगे...हमारी आगे की पीढ़ियाँ सचमुच इनको हिजड़ा ही समझेंगी...कहेगी। पता नहीं दादी, हमारे लोगों को क्या हो गया है...? उनको न अपना इतिहास पता न संस्कृति न धर्म... तुम्हारे बाबा जब रामायण, महाभारत और दूसरे पुराण पढ़ते थे तो ज़रूर किन्नरों का नाम आता था, पर तुम तो भूल गयी अब। किताबें हैं तुम्हारे पास, देखना पढ़ना उनको।"

दादी सुनमा की समझ में ज़्यादा कुछ नहीं आया था। वह बिल्कुल ख़ामोश रही। लड़की ने बात बदलते कहा था,

"तुम आगे की कथा सुनो दादी।"

"बाणासुर अपनी प्रजा को बेमौत मरते देख बहुत आहत हुआ। वह शिवभक्त था। उसे कुछ सूझ नहीं रहा था कि क्या करे, कहाँ जाये? मन के विचलन को शान्त करने के लिए वह हिमालय की ओर निकल पड़ा। लम्बी थकानदेय और कठिन यात्रा के बाद हिमालय पर स्थित एक विशाल झील के किनारे पहुँच गया। वह मानसरोवर थी। समुद्र की तरह विशाल। वहाँ के दृश्य देखकर बाणासुर भावविभोर और अचम्भित हो गया। वे परिदृश्य असाधारण थे। कौतुकपूर्ण और मायावी। मोहक और विराट। विलक्षण और हैरतअंगेज़। यह साकार उसके लिए अचम्भित करने वाला था। कैलाश पर्वत मानो उस झील के निर्मल पानी के नीचे तपस्या कर रहा हो।"

लड़की थोड़ा चुप हुई। उसने अपनी तीसरी जेब में चुपके–चुपके हाथ डाला और झुक गयी। दादी सुनमा को लगा जैसे उसने गहरी झील में डुबकी लगायी हो और पल–भर में आकर वहीं बैठ गयी हो। उन्होंने उसे बहुत ध्यान से देखा कि लड़की कहीं भीगी तो नहीं। पर वह पूर्ववत थी।

दादी सुनमा अचम्भित–सी उस लड़की को देखती जा रही थी। उनको टीवी पर रामायण और महाभारत के बहुत से दृश्य याद आने लगे। उन्हें एकबारगी लगा कि जैसे विशाल रथ पर बैठे भगवान श्रीकृष्ण अर्जुन को गीता उपदेश दे रहे हैं।

दादी ने इतनी बढ़िया मन को छूने वाली वाणी और भाषा केवल उन्हीं सीरियलों में सुनी थी। उन्हें समझने में भी कोई दिक़्क़त नहीं हो रही थी। आख़िर दादी सुनमा भी तो एक मास्टर के घर की बेटी थी।

"तब किन्नर देश बहुत बड़ा था। अब तो छोटा–सा रह गया है। अर्जुन भी इस देश में आये थे जिन्होंने उस देश को जीता था और उसके बाद मानसरोवर चले गये थे।"

"एक बात पूछूँ दादी?"

"पूछ न बच्चुआ।"

"तुम्हारी जेब में जो बैंक की पास–बुक है न। कितने पैसे होंगे इसमें?"

दादी को काटो तो खून नहीं। उनका हाथ झटपट जेब में घुस गया। पास–बुक सुरक्षित थी। विस्मित होकर लड़की को देखती वह सोचती रही कि यह लड़की कोई जादू तो नहीं जानती। दादी कुछ कहती, लड़की बोलने लगी थी,

"सँभालकर रखना दादी इन पैसों को। लाखों में हैं न। बहुत भली जगह लगेंगे तुम्हारे ये पैसे। बहुत पुण्य कमाओगी तुम। बस जैसी हो न खुले दिल की वैसे ही रहना। कभी कंजूसी न करना। कुछ नहीं जाता साथ। पाप–पुण्य ही जाता है और अच्छायी पीछे रह जाती है। हो सकता है तुम्हारे ये पैसे किसी की मुसीबतों के वारिस बन जायें।"

दादी को कुछ सूझ नहीं रहा था कि इन बातों का क्या उत्तर दें? लड़की की बातों पर बार–बार हैरान होने के सिवा कुछ और करना या कहना सम्भव भी कहाँ था!

26

लड़की ने नदी की कथा कहनी जारी रखी थी।

"फिर न दादी कुछ देर के बाद उस झील में भयंकर उथल–पुथल होने लगी। बाणासुर ने देखा कि भगवान शिव ताण्डव कर रहे हैं। एक हाथ में त्रिशूल है और दूसरे में डमरू। बाल खुले हुए हैं। जैसे वह विशाल झील उनकी काली जटाओं ने पूरी तरह से ढँक ली हो। देखकर अवाक् रह गया था बाणासुर। शिव भक्त होने के नाते वह दण्डवत हो गया। अनेक नामों से उनकी अराधना करने लगा. ..अर्धनारीश्वर, आशुतोष, कामेश्वर, काशीनाथ, कैलाशनाथ, गंगाधर, जटामाली, डमरूवादक, त्रिनेत्र, त्रिपुरारि,. पशुपति, भूतनाथ, विश्वेश्वर, भैरव, भोलानाथ, विषपायी, सोमनाथ, नीलकण्ठ, गौरीनाथ–अब जैसे वे बाणासुर की संगीतमय स्तुतियों के साथ महानृत्य करने लगे थे।"

इसी बीच दादी का कुत्ता सुगमो आया और लड़की की गोद में सिर रख कर आँखें बन्द कर ली मानो वह भी कथा सुनने लगा हो।"

"और दादी...।"

लड़की ने विचित्र ढंग से आँखें झपझपायी थी मानो आँखों में हवा के झोंकों के साथ रेत के कण घुस गये हों। पर उसने एक ऐसी आह भरी मानो सामने कोई बहुत ही आश्चर्य से भरा ओजपूर्ण दृष्य प्रकट हो गया हो।

"अचानक झील के रंग बदलने लगे दादी। जैसे आसमान से कई इन्द्रधनुष एक साथ उसके ऊपर फैल गये हों। इन रंगों का अद्‌भुत नज़ारा था। देखते ही देखते उस झील के किनारे से कई जल–धाराएँ निकलने लगीं थीं और चारों दिशाओं में बहने लगीं। उन्होंने नदियों के रूप धारण कर लिए। बाणासुर ने देखा कि अचानक शिव भगवान ने अपने पाँव की ठोकर से कैलाश पर्वत को पृथ्वी पर गिरा दिया और वह मानसरोवर के एक किनारे प्रकट हो गया। झील में भयंकर भूचाल आ रहा था। उसने ऐसा विप्लव कभी नहीं देखा था। उसके देखते ही एक नदी सांगपों का बहाव पूर्व–पश्चिम से बदल गया और पश्चिम–पूर्व की तरफ़ बहने के कारण मानसरोवर उसका स्रोत बन गया। इस तरह ब्रह्मपुत्र नदी का इसने रूप धारण कर लिया। लाल रंग के जल का बहाव दूसरी तरफ़ हुआ जो राकसताल में जा गिरा और उसने सिन्धु नदी को जन्म दिया।"

"सो तो नहीं गयी दादी...?" इस बार उसने आँखें बन्द करके ही पूछा था। लड़की बीच–बीच में उन्हें ऐसे ही छेड़ दिया करती थी।

"नहीं नहीं बच्चू....सुन रही हूँ न।"

"तब एक नीली धार बाणासुर की ओर बहने लगी और उसने नदी की शक्ल इख़्तियार कर ली। यानी नदी का रूप ले लिया। भगवान शिव ने आशीर्वाद रूप में बाणासुर को आदेश दिया कि वह उसे अपने देश ले जाये। वह नतमस्तक हो गया। अश्रुविगलित हो गया। मन का अवसाद शान्त और स्थिर हो गया। उसने देखा कि वह नदी जैसे अनगिनत आभूषणों से आभूषित अप्सरा जैसी है। देवदूतीय, नैसर्गिक और सुरम्य स्वरूप सूर्य के तेज़ से कहीं प्रखर और चाँद की शीतलता से कहीं सहज है। उसकी अलौकिकता, इन्दुवदन, अभिरूप, और अनेक अलंकार असमान्य है। इस वक्त उसके मन में एक पिता का स्नेह भर गया। मानो वह नदी को नहीं अपनी बहुत सालों से बिछुड़ी बेटी को अपने घर ले जा रहा हो।"

"मानसरोवर झील तो बहुत दूर होगी न बच्चू?"

दादी सुनमा की आँखें भरी हुई थीं। अपने चादरू से आँखें पोंछते उन्होंने लड़की से पूछा था।

लड़की दादी की भीगी आँखों की तरफ़ एक नज़र देते हुए हल्की–सी मुस्करा दी। सुगमो उसकी गोद से उठकर दादी की पालथी पर मुँह टिकाये सो गया। दादी को लगा लड़की के होंठों के बीच से कूजो के अनगिनत फूल झड़ रहे हैं।

"हाँ दादी, बहुत दूर है। कैलाश पर्वत भी है वहाँ जिस पर भगवान शिव का घर है। वे माँ पार्वती और गणेश जी के साथ वहाँ पर्वत पर रहते हैं।"

दादी ने दोनों हाथ ऊपर की ओर जोड़ दिये थे।

"और दादी, बाणासुर और नदी पता नहीं कितने ग्लेशियरों, बीहड़ों, ख़ूँखार झँखाड़ों, घने जंगलों और घाटियों के बीच से रास्ता तलाशते–बनाते आगे बढ़ते चले गये। वह जब अपनी राजधानी शोणितपुर पहुँचा तो उसने नदी को अकेले ही आगे बढ़ने का आदेश दिया। वह एक पल के लिए ठहर–सी गयी। उसे शायद पिता समान बाणासुर से विलगाव अच्छा नहीं लगा था। पर उसे तो बढ़ना था। बहना था। अविरल। निरन्तर। वह वियोगिनी चुपचाप आगे बढ़ती गयी। आहिस्ता–आहिस्ता। पहले गतिहीन–सी चींटी की तरह, टहलते–टहलते, मन्दता के साथ। मन्द–मन्द और मज़े–मज़े में। तदोपरान्त किसी अज़गर सी ख़ूँखार, बर्फ़ानी बाघ की तरह तीव्र चाल में और शेर की तरह दहाड़ती हुई। बाणासुर उसे भीगी आँखों से बहुत दूर तक देखता रहा...आहत मन से। लेकिन अब अकेले बहना नदी की नियति थी और अकेले अपना पुनः साम्राज्य स्थापित करना बाणासुर की।"

लड़की के चेहरे पर कई रंग उभरे थे। आँखें कभी लाल, कभी पीली, कभी सुनहरी तो कभी भयंकर काली होने लगीं। दादी सुनमा के मन में किसी अनजान भय ने सिहरन–सी पैदा कर दी थी। पल–भर में लड़की की आँखों का रंग गहरा नीला हो गया...। लड़की ने अपनी गोदी में रखी कई गिट्टियाँ उठाकर बाँध की झील में फेंक दी। वे पानी में किसी विशाल भू–खण्ड की तरह गिरीं। पानी में एक भूचाल–सा आ गया। उफनती लहरों ने फिर लड़की,

गाय, खेत समेत दादी को भिगो दिया। दादी को पहले लगा वह नदी किनारे स्थित उस तीर्थ में स्नान कर रही है। छींटे पहले गर्म महसूस हुए फिर एकदम ठण्डे। दादी झटके से उठी थी।

"क्या हुआ दादी?"

दादी सुनमा जैसे नींद से जाग गयी। अपने हाथ से सिर, दुपट्टा और पूरा शरीर छुआ और देखा, कुछ नहीं था। तो फिर वह भीगना क्या सपना था? दादी ने अपने आप से ही सवाल पूछा था।

"वह नदी फिर अकेली–अकेली बहुत दूर समन्दर में चली गयी।"

लड़की ने एक गहरी साँस ली थी।

"मैं भी तो रोज़ तुम्हारे पास वहीं से आती हूँ...मानसरोवर से।"

दादी ने सुना तो आह निकल गयी,

"इतनी दूर से...अकेली...?"

"अरे दादी! अकेली कहाँ...? मेरी नाव जो मेरे साथ होती है। पर दादी वहाँ भी अब नदी नहीं है। कहीं...कहीं बची है। लोग रोज़–रोज़ मशीनों में भर–भरकर कूटते हैं, पीसते हैं। वह बहुत ज़ोर से चीख़ती और चिल्लाती रहती है और आग में लिपटकर निर्जीव हो जाती है।"

दादी सुनमा की समझ में ज़्यादा कुछ नहीं आ रहा था। बस वे उसकी हाँ में हाँ मिलाती जा रही थी। पर इस कथा में न जाने कैसी वेदना थी जो उनको बहुत दर्द दे रही थी। फिर भी उनमें आगे की कथा सुनने के लिए तीव्र उत्सुकता बनी रहती।

"उस नदी ने किन्नर देश और बाणासुर की राजधानी शोणितपुर को पुनः नया जीवन दिया। हरियाली लौट आयी। लोगों ने फिर अपने–अपने गाँव बसा लिये। नदी की तरह बाणासुर का प्रताप भी बढ़ता गया। उसने बहुत से महानगर और देश अपने अधीन कर लिये।"

"तुम तो बहुत ध्यान से सुन रही हो दादी जैसे कुछ जानती ही नहीं हो। याद है न अपना भाषण...? लोग तो लोग मुख्यमन्त्री भी दंग रह गये थे। कितनी वाहवाही हुई थी तुम्हारी। सुनमा देई ही हर

तरफ़ छायी थी उस दिन। बहुत अच्छा बोला था तुमने दादी...हमारी सरकारें और कम्पनियाँ कितनी–कितनी बार मारती रहती है एक नदी को...कभी आरम्भ से...कभी मध्य से तो कभी उसके अन्तिम छोर से... जिस बाँध को तुम यहाँ देख रही हो न दादी उससे बड़ा बाँध इसके आगे ही तो है जिस पर तुमने इतना बोला था...वहाँ भी इस बेचारी को बहुत पहले अधमरा–सा कर दिया गया है...वहाँ भी अब नदी है ही नहीं...खारा...गन्दला पानी है बस...मैं यहाँ से दूर...दूर तक अपनी नाव में जाती थी...अब तो मानो कोई जगह ही नहीं रही।"

दादी सुनमा के लिए अचरज पर अचरज हो रहे थे...तो क्या यह लड़की यह भी जानती है कि मैंने कोई भाषण दिया था...?

उनके मन में जितने में कोई प्रश्न उठता, लड़की पूछने से पहले ही उसका उत्तर दे देती थी। इस बार भी ऐसा ही हुआ,

"मैं वहीं तो बैठी थी पीछे....जहाँ वो जवान लड़के नारे लगा रहे थे...सुनमा देई...ज़िन्दाबाद! और जब तुम नदी के किनारे बैठी थी तो मैं चुपचाप अपनी नाव में वहाँ से निकल गयी थी। बहुत उदास थी न तुम...मेरा मन भी नहीं हुआ तुमको तंग करने का।"

लड़की ने बात बदलते हुए बोलना जारी रखा था,

"श्रीकृष्ण जी भी तो आये थे शोणितपुर। कितने दिन उन्होंने अपनी सेना के साथ इस नदी के कई घाटों पर पड़ाव डाले थे। उसका निर्मल जल ग्रहण किया था। उससे भोजन बनाया था।"

"श्रीकृष्ण...भगवान...? दादी की आँखें अपार श्रद्धा से भर गयीं।"

"हाँ दादी। बाणासुर असुर था न पर था महाशक्तिशाली। भगवान शिव ने उसे उसकी घोर तपस्या के लिए बहुत से वरदान दिये थे। बताते हैं उसकी सहस्र भुजाएँ थीं जिनसे वह युद्ध करता था। उसने किन्नर देश की एक असुर देवी हिरमा से ब्याह किया था और उनके अठारह पुत्र–पुत्रियाँ हुए। उनमें एक बहुत सुन्दर कन्या उषा थी। उसे श्रीकृष्ण के पुत्र अनिरूद्ध से स्नेह हो गया और अपनी बहन चित्रलेखा के सहयोग से उन्होंने उसे उसी के महल से बन्दी बनाकर शोणितपुर में अपने महल में क़ैद कर लिया।

इसलिए श्रीकृष्ण को उसे छुड़वाने वहाँ आना पड़ा था। बाणासुर और उनका घोर युद्ध हुआ। बाणासुर की पराजय हुई लेकिन शिवभक्त होने के नाते भगवान श्रीकृष्ण ने उसकी सारी भुजायें काट कर केवल दो ही शेष रहने दी और जीवित छोड़ दिया।''

''और जानती हो दादी सूर्यपुत्र कर्ण ने जब कुरुओं के लिए दिग्विजय की थी तो उन्होंने इस नदी के किनारे बसे कई राज्य जीत कर अपने अधीन कर लिए थे। पाण्डव भी अपने वनवास के दौरान इसी नदी के किनारे होते हुए हिमालय की ओर गये थे।''

दादी सुनमा को सुनने के सिवा कुछ पूछना सूझ नहीं रहा था। वह चुपचाप वैसे ही बैठी रही जैसे घर में सत्यनारायण की कथा करवाते बैठी रहती थीं। लड़की अनवरत बोलती जा रही थी,

''भगवान परशुराम का अत्याचारी संसरबाहु से यहीं युद्ध हुआ था। इसी तीर्थ के किनारे जो डूब गया। जहाँ तुम्हारा घराट था न उसी के ठीक सामने था ऋषि जमदग्नि और रेणुका माँ का आश्रम। उनके पास कामधेनु गाय भी थी।''

दादी को पता ही नहीं चला कि उनकी गाय कब उस लड़की के पीछे खड़ी होकर उसके बालों को चाटने लगी थी।

''संसरबाहु उस गाय को अपनी राजधानी ले जाना चाहता था पर उन्होंने नहीं दी। जब उसने ज़बरदस्ती की तो वह आसमान में उड़ गयी। क्रोध में उसने वहाँ उत्पात मचाना शुरू कर दिया और तभी माता रेणुका ने अपने पुत्र परशुराम को पुकारा था जिन्होंने आकर उसे मार दिया।''

''नदी के आर–पार परशुराम जी ने कई गाँव और मन्दिर बसाये थे जो आज भी मौजूद हैं। और जानती हो जो छोटा–सा किन्नर देश है न जहाँ किन्नर रहते हैं वहीं से तो बहती थी यह नदी। कई छोटी–बड़ी नदियाँ भी अपने साथ लेकर आती थीं। पर आज वहाँ भी कहाँ मिलती है वह? बस उसके उजाड़, सूखे हुए रास्ते हैं। कितनी महान थी यह नदी दादी जिसे लोगों ने अपने स्वार्थ के लिए तबाह कर दिया। उसे मार दिया। जगह–जगह उसपर बाँध बनाते रहे।

उसके रास्ते रोकते और बदलते रहे। सुरंगों से उसे निकालकर उसकी दिशाएँ बदल दीं। उसे न जाने कितनी मशीनों में पीसा गया। काटा गया। तड़पा–तड़पाकर मार दिया गया। उसके हाल एक बेसहारा लड़की की तरह कर दिये गये। उससे बार–बार सामूहिक बलात्कार हुए। उसके अंग छिन्न–भिन्न कर दिये गये और नोच–नोच कर फेंक दिये गये। वह जहाँ से आती थी, बहती थी वे रास्ते अब निर्जन हो गये हैं। एकाकी हो गये हैं। उनमें सूखी रेत और विशाल चट्टानों के अम्बार दिखते हैं। सूखे कटे पेड़ों के ठूँठ नदी के ओर–छोर ऐसे बिखरे पड़े हैं मानो कोई भयंकर युद्ध हुआ हो। लोगों ने ख़ाली रास्तों को हथिया लिया है। यहाँ तक कि नदी किनारे पशुओं, भेड़–बकरियों के जो चरान्द थे उनमें अपने क़ब्ज़े जमा लिए हैं।''

लड़की कुछ देर चुप रही। फिर अपनी नदी–रंग की फ़्रॉक बड़े अज़ीब ढंग से उछाली और दहाड़ते हुए बोली थी,

''पर मैं सर्वनाश कर दूँगी दादी सर्वनाश...सबकुछ ध्वस्त... तहस–नहस, नेस्तानाबूद, विध्वंस और विनाश।''

उसके ऐसा कहते ही उसकी फ़्रॉक से काले बादलों का एक अम्बार आसमान में फैल गया और वह झील जैसे पल भर में उसमें समा गयी। दादी सुनमा की नज़र अचानक नीचे पड़ी तो थरथरा गयीं। पानी ग़ायब था और वहाँ भारी–भरकम चट्टानें, पत्थर, झाड़–झंखाड़, टूटे पेड़, जली–टूटी मशीनें, मरे हुए आदमी और जानवर थे।

कुछ देर वह लड़की ख़ामोश रही। यह ख़ामोशी दादी सुनमा को बहुत डरावनी लगी थी। इस अप्रत्याशित भय से दादी का पूरा शरीर फिर काँपने लगा और कुछ पल पहले देखा डरावना मंज़र सामने आ गया। गाय उस उजाड़ खेत में बदहवास–सी रम्भाने लगी थी। मानो पल–भर में कोई प्रलय हो जायेगा। एक सरसरी नज़र लड़की के चेहरे पर दादी ने जब डाली तो स्तब्ध रह गयी। लड़की का चेहरा ख़ून से सना हुआ था। न जाने कितनी खरोंचे थीं उस सुन्दर मासूम चेहरे पर मानो किसी भेड़िए ने अपने खूँखर नाख़ूनों से

उसे नोच–खसोट दिया हो। बाल बेरतीबी से बिखर गये थे। भय से आच्छादित सहमे हुए दादी ने आँखें बन्द कर लीं। लड़की ने अपनी फ्रॉक समेटी थी। उसकी सरसराहट दादी सुनमा के भीतर विश्रान्त बहती नदी की तरह उतरीं। उन्होंने आँखें मलीं और जब दोबारा देखा तो सबकुछ सामान्य था।

उन्होंने धीरे–धीरे अपने मन को शान्त किया। भीतर के भय को बहुत उत्साह के साथ समेटा। बग़ल में झाँका। लड़की वहाँ नहीं थी। उसके बैठने की जगह पर ढेर सारे कई आकृतियों वाले सफ़ेद रंग के नदी के पत्थर थे। काग़ज़ की नाव भी वहाँ नहीं थी। दादी की गाय लड़की की जगह ऐसे सहमी खड़ी थी जैसे उसने अभी–अभी किसी बाघ को देखा हो। दादी ने सिर उठाकर बाँध की ओर देखा। एक सफ़ेद नाव में बैठी बच्ची कहीं दूर उल्टी दिशा में चली जा रही थी। दादी को उसका बिछोह भला नहीं लगा। मानो वह उनका कलेजा काटकर ले जा रही हो। एक आवाज़ उनके कानों में बहुत ज़ोर से आयी,

"मैं फिर आऊँगी दादी। चिन्ता मत करना। वैसे मैं हमेशा तुम्हारे पास ही तो हूँ। तुम्हारे मन में। तुम्हारे घर–आँगन में। घर के भीतर। कोने–कोने में। आसमान में उमड़ते–घुमड़ते बादलों में। वर्षा की बूँदों में और बर्फ़ के सफ़ेद फाहों में भी। कहाँ नहीं हूँ मैं?"

दादी को लगा जैसे उस नाव में खड़ी होकर वह अपने नन्हे–नन्हे हाथों को हिलाती जा रही है। टाटा बाये–बाये करती हुई।

दादी सुनमा निस्तब्ध–सी बैठी रही थी बहुत देर। किसी बुत की तरह। पुनः वही अनगिनत प्रश्न उनके मन में उत्पन्न होने लगे। कौन थी वह लड़की? या कौन है वह शतु? कहाँ से आती होगी? कहाँ चली जाती होगी? उसके अम्मा–बापू कौन होंगे? वह अकेली ही है, डरती नहीं होगी? ज़माना कितना ख़राब है। जिन आततताइयों ने नदी को नहीं छोड़ा उस कमसिन को, क्या वे छोड़ देंगे? इन प्रश्नों से डर जाती है दादी। उन्हें बाणासुर याद आ जाता है। साथ–महाभारत काल के बहुत से असुर भी जिन्होंने लोगों पर अत्याचार किये।

जल, जंगल और ज़मीन को तहस–नहस कर दिया।...तो क्या कम्पनी और सरकार में बैठे ये लोग भी उन्हीं के वंशज तो नहीं...? दादी सुनमा यह सोचते हुए सिहर–सी जाती है।...सभी असुर ही तो है...? और भारी गर्दनों वाली उनकी मशीनें उनकी सेनाएँ जो दिन–रात इस धरती को काटती और निगलती जा रही है। नदी को सोखती जा रही है। पीती और निगलती जा रही है। पीसती और कूटती जा रही है।...तभी उन्हें लगा कोई उनके बालों को सहला रहा है। पीछे मुड़कर देखती है। उनकी गाय है जो उनके बालों को चाट रही है। बहुत दिनों बाद दादी अपनी ही गाय के गले बच्चों की तरह लिपट जाती है।

27

दादी सुनमा ने नदी के न जाने कितने रूप–रंग अपने जीवन में देखे थे। उसी लड़की की तरह। वह जानती थी कि नदी वर्ष–भर में दो एक बार ही भयंकर रूप लेती थी। एक उस समय जब हिमालय में बर्फ़ पिघलती और दूसरा तब जब बरसातें होती और असंख्य सहायक छोटी–छोटी नदियाँ और नाले पहाड़ों और घाटियों के शिखरों से उसमें आकर मिल जाते। दादी के घराट के आँगन तक वह कूदती, उपद्रव करती आती। जब वह अप्रसन्न, आक्रोशित, उद्दण्ड और क्षुब्ध होती तो उसकी क्रोधान्विति भयंकर उत्पात मचाती। उसकी आमर्ष सातवें आसमान पर होती। उसके इस क्रोधोन्माद के लिए कोई और नहीं आज का मानव दोषी था जो उसे तरह–तरह से अपने स्वार्थ के लिए यातनाएँ दिया करता। उसके तटबँधों को तोड़ता जाता।

दादी सुनमा सोचती रहती कि लोगों को क्या हो गया है कि वे प्रकृति को ही लीलने के लिए हमेशा आतुर है। जल, जंगल और ज़मीन को नष्ट करने के लिए आमादा है। लोगों की धर्मशीलता, ख़ुदाई, इन्सानियत और साधुशीलता कहाँ ग़ायब हो गयी। उनकी आँखें शायद अपने–अपने स्वार्थों और जातिगत असमानताओं ने अदीप्त, निस्तेज़, अस्वच्छ और धुमैली कर दी है जिस वजह से वे

लोग अपने भीतर तिल–तिल मरते आदमी का अग्निवाह भी नहीं देख पाते। मनुष्य क्यों अपना आत्मनियन्त्रण, पक्कापन और अविकार खोता चला जा रहा है। उसकी दिनोंदिन बढ़ती अकुलाहट, अशान्ति और खलबली न जाने किस विनाश की ओर ले जा रही है। न जाने क्यों वह अपने नंगेपन को नहीं देख पा रहा है। अनाभूषित, अश्लील, निर्लज्ज और कंगाल–सा वह ज़िन्दा रह भी कहाँ गया है, एक मृत ठूँठ जैसा पल–पल झरझरा रहा है। फिर भी उसे ये सब कहाँ दिखता है?

दादी सुनमा मनन करती है कि वह नदी अकेली नहीं है जिसका वर्चस्व, स्वतन्त्रता और अलहड़पन छीना गया है। अनगिनत हैं उसकी बहनें, जो इस पुरुषत्ववादिता की शिकार हुई हैं। कोई सुरक्षित नहीं है...न यमुना, कावेरी, कृष्णा न गंगा, गोदावरी, गोमती और राप्ती। न करतोया, कोसी, चन्द्रभागा, स्पिति और न चम्बल, चिनाव, झेलम और ब्रह्मपुत्री। महानदी, शिप्रा, नर्मदा और दामोदरा भी कहाँ जीवित रही है। वध कर दिये गये हैं सभी के। सरयु, सिन्धु और सोन सभी घुट–घुट कर मर रही है। लड़फ रही है। ग़ायब कर दी गयी है। प्रदूषित हुए वे साँसें कहाँ ले पा रही है। अब शायद कोई बाणासुर जैसा योद्धा बलशाली नहीं आयेगा जो सतलुज जैसी किसी नदी को ईश्वर से माँग कर ले आयेगा।

यह सोचते हुए दादी सुनमा अपने आप से ही बड़बड़ाने लगती है। सुनती है तो घर की दीवारें। या वह निर्जीव सा धान का खेत। भीतर का अकेलापन। सन्नाटा जैसे यह दुनिया अन्तकों की है। विध्वंसकों की है। नाशकर्ताओं की है। संहारकों की है। अन्तकरों की है जिनके ख़तरनाक, घातक, तबाहकुन और राक्षसी मनसूबे न किसी शतद्रु, यमुना और गंगा को बख्शेंगे और न बेटियों को। वे न किसी ईश्वर से डरते हैं और न किसी क़ानून से। उनके पास स्वार्थ, असंवेदनहीनता और अमानवता के इतने नृशंस और क्रूर औजार हैं, जो प्रकृति और सृष्टि के मान–सम्मान व उसके अस्तित्व को निरन्तर तवाह करने में अग्रसर हैं। वे नदियों के प्रवाह रोक सकते हैं।

उनकी गति को अवरुद्ध कर सकते हैं। जंगलों को उजाड़ सकते है। विरोध में उठती ज़ुबानों को काट सकते हैं। यह अपध्वंस और नेस्तनाबूदी ख़तरनाक है।

बाँध के भीतर जैसे नदी मृतप्राय–सी थी। वेगहीन। सुनमा दादी को वह अत्यन्त भयभीत लगती थी। डरी–सहमी हुई–सी। आतंकित और आकुल लगती। उसकी उद्विग्नता और कँपकँपाहट दादी को भीतर तक अशान्त कर देती। नदी ख़ुद भी अशान्त ही तो थी। हवा के वेग जब पानी की सतहों पर दौड़ते तो नदी की थरथराहट कलेजा चीर देती थी। जड़ीभूत वह स्वतन्त्र होना चाहती थी। बँधनमुक्त होना चाहती थी। दादी सुनमा से उसका सन्त्रास देखा नहीं जाता था।

दादी सुनमा जानती है नदी की तरह उसकी मौत अभिनिश्चित है। अटल है। अनुबन्धित और सुनिर्धारित है। वैसे भी वह और नदी या तमाम दुनिया अकरुण, अमोही, कसाई, जल्लाद, निष्ठुर, निर्मम, पत्थरदिल और पाशविक लोगों से घिरी है। कितने निर्धन है, कमज़ोर है, ज़रूरतमन्द है, असम्पन्न है जिनकी पुकार कहीं नहीं पहुँचती। बाँध के दरवाज़े खुलने के बाद का जो भयंकर शोर उठता है, मशीनों के बीच नदी के जल के पिसने की जो अथाह वेदानापूर्ण चीत्कारें उठती हैं, उनकी फ़रियादें, अनुनय, भूखी पुकारें उसी में समाहित होकर मर जाती है।

पहाड़ों और नदियों के साथ जो नृशंसता, लूटपाट, छीनाझपटी, ज़ोराज़ोरी, नोच–खसोट और अराजकता हो रही है, दादी सुनमा और अन्य आम जन का विस्थापन इसी का फल है। हर तरफ़ कम्पनियों के लोग यमदूतों की तरह जल, जंगल और ज़मीन के मालिकों के डेथ वारंट लिए घूमते नज़र आते हैं। उनके लिए आदमी, आदमी नहीं है। जीवन, जीवन नहीं है। साँसें, साँसें नहीं है। जीना, जीना नहीं है। रहना–बसना कुछ भी नहीं है। अपने मुनाफ़े के लिए वे कोई भी, कैसा भी नरसंहार कर सकते हैं। सरकार ने ज़मीन, जंगल और नदियाँ उन्हें उपहार में क्या दे दी हैं जैसे लोगों की साँसें भी उन्हें ही बेच दी हैं। गिनो, जब तक गिन सको। बचो, जब तक बचा जा सकता है।

जियो, जब तक जी सकते हो। विस्थापन तो निश्चित है। मृत्यु की तरह ही।

दादी सुनमा को हमेशा लगता कि नदी उनसे अनुनय कर रही है कि उसे दानवीय और आततायी अमानुषों की क़ैद से आज़ाद करवा दे। पर नदी की अभियाचना उन बूढ़ी आँखों में आँसुओं की बूँदें बनकर रह जाती। भीतर की अकुलाहट और बेचैनी उन्हें यह सोचने पर विवश कर देती कि क्यों न बाँध में कूदकर अपनी जान दे दे। तभी दादी को लगता कि वह लड़की उनकी गोदी में अपना दो गुतों वाला सिर रखकर सोयी हुई है। वह उसके रेशमी काले बालों को अपनी उँगलियों के पोरों से सहला रही है। अचानक दादी सुनमा के भीतर का अवसाद और तड़प कम हो जाती। अपनी पूर्व सोच पर पश्चाताप होने लगता है कि क्या उनके इतने बुरे दिन आ गये हैं कि वह उसी बाँध में डूबकर अन्यायपूर्ण मौत मरे जिसने उस नदी को छीन लिया है...? उनका साहस लौटने लगता है। गोदी में सोयी लड़की उनकी कमर में अपने हाथों के अनुबन्धों को जैसे ज़ोर से कस लेती है...दादी सुनमा सरकार और कम्पनी के लिए उस वक़्त जितने भी अपशब्द, दुर्वचन, कटुभाषा का प्रयोग कर सकती थी, करती रहती है। इस दुरालाप को बच्ची धीरे–धीरे अपने नन्हे हृदय में जैसे आत्मसात करती हुई उन्हें सामान्यता की ओर ले जाती है। फिर वह नदी दादी के भीतर आहिस्ता–आहिस्ता और बेहद अतिशयता के साथ पुनः बहने लगती है।

28

एक दिन दादी सुनमा ने गौशाला से जैसे ही अपनी गाय खोली उन्हें घर के पिछवाड़े से किसी महिला के ख़ाँसने की आवाज़ सुनायी दी। कौन हो सकता है...? उन्होंने अपने से इसलिए भी प्रश्न किया कि वह आम रास्ता नहीं था। केवल उन्हीं की दोघरी के लिए आता था। उन्होंने गाय को आँगन के एक कोने में हाँक दिया और पीछे की तरफ़ देखनी लगी। उन्हीं की उम्र की एक औरत लाठी के सहारे चली आ रही थी। वह बहुत कगज़ोर लग रही थी जैसे कोई इन्सान नहीं बल्कि हड्डियों का ढाँचा सरकता हुआ चला आ रहा हो या बेतरतीबी से किसी अनजान मिस्त्री की बनायी आकृति को कोई ज़बरदस्ती धकेल रहा हो। वह बुरी तरह हाँफ रही थी। आँगन में पहुँचते ही वह नीचे बैठ गयी। दादी ने भीतर जाकर फ़टाफ़ट पानी का लोटा लाकर उसे थमा दिया। उसने लोटा काँपते हाथों से पकड़ा परन्तु मुँह तक न ले जा सकी। दादी सुनमा फटाफट गिलास ले आयी और उसमें पानी उँड़ेलकर औरत को ख़ुद पिलाने लगी। दहलीज़ के दांई तरफ़ भीत के साथ खजूर का पटड़ा रखा हुआ था। औरत को वहाँ ले जाकर आराम से बिठा दिया। वह घूँट–घूँट पानी पीती रही। उन्होंने जब देखा कि वह सामान्य हो गयी तो पूछ लिया,

"कहाँ से आयी हो...कुछ काम था इधर...?"

उसने बड़ी अधीर व आतुर आँखों से दादी सुनमा को देखा। जैसे उसकी आँखें ही नहीं थी बस कहीं भीतर धँसे हुए दो खोह थे जिनमें बरसों से अँधेरा पसरा हुआ था। बाल कानों और चेहरे पर बिखरे हुए थे जिनके बीच जगह–जगह घास के तिनके फँसे हुए थे। माथे और चेहरे की झुर्रियाँ दादी सुनमा को अपने उजाड़ खेत की याद दिला गयी। बावजूद इसके कानों में चाँदी के बरागर थे जिन पर मांस की परतें चढ़ चुकी थीं। कपड़े भी कई जगह से फटे हुए थे।

दादी सुनमा को लग रहा था कि जैसे उसने उस औरत को पहले भी देखा है पर स्मरण नहीं हो पा रहा था। वे उसी के पास आँगन में बैठ गयी थी।

''बोलो, क्या काम था तुम्हारे को?''

यह सुनते ही वह सुबक–सुबककर रो पड़ी। दादी को एहसास हुआ कि शायद उसने कुछ खाया भी न होगा। वे झटपट उठी और भीतर जाकर चाय बनायी। दूध–घी अब बाज़ार का ही होता था। चाय के गिलास के साथ घी सने दो फुलके भी ले आयी। उन्हें देखकर औरत की आँखों के खोहों में रोशनी लौट आयी। चेहरे पर ऐसी रौनक़ जैसे सूखे खेत में अभी–अभी बारिश हुई हो। उसने जल्दी–जल्दी चाय और रोटी गटक ली। पास ही रखे लोटे के पानी से गिलास धोने लगी तो दादी सुनमा ने छुड़ा लिया,

''इसकी ज़रूरत नहीं। तुम अब काम बोलो, मैं क्या कर सकती हूँ तुम्हारे लिए?''

अब उस औरत में जैसे कुछ कहने–बोलने की हिम्मत लौट आयी थी।

''मसाबी नाम है मेरा। गुज्जर है हम। मैं और मेरा पति भैंसों के दूध का कारोबार किया करते थे।''

''अरे तुम महीदीन की बीबी हो न।'' दादी सुनमा ने याद आते ही बोला।''

''हाँजी, हाँजी उन्हीं की बीबी।''

मसाबी ने बोलना जारी रखा था।

"हमारी ज़मीन कम्पनी ने छुड़ा ली। अब डूब गयी बाँध में। कुछ पैसा नहीं दिया। जब लेने आये थे तो बोले कि तुम इसे ख़ाली कर दो तुम्हें इसके पैसे मिल जायेंगे। हम वहाँ से चले गये। बहुत दूर ख़ाली जगह पर डेरा जमा लिया पर लोगों ने रहने नहीं दिया। भैंसें बेचनी पड़ी। जब तक बाज़ुओं में ज़ोर था मैं और मेरा पति दूर–पार के लोगों के घरों में घास–पत्ती काटने का काम करते रहे। या जो भी काम मिला किया। और साथ–साथ पैसों का पता भी करते रहे कि मिल जायें।"

"फिर मिले नहीं...?"

यह सुनते ही वह फिर रो दी थी। बहुत सांत्वना देकर दादी सुनमा ने उसे शान्त करवाया था।

"पूरी बात बताओ मुझे...?"

"नहीं मिले पैसे...अफ़सरों के पास गये। तहसीलदार के पास गये। पटवारी के पास गये...सब बोले तुम्हारे नाम की तो कोई जगह–ज़मीन है ही नहीं। तुम तो वैसे भी मुसलमान हो, बाहर से आकर ज़मीन क़ब्ज़ायी, ऐश करते रहे। किसी ने बोला नहीं कुछ। अब हक़ जताते हो कि पैसे दो...तुम जहाँ रहते थे सरकारी ज़मीन थी वह...तुम्हारे बाप–दादाओं की नहीं।"

दादी सुनमा के भीतर की सुनमा देई जैसे जाग गयी थी। गुस्से में दाँत पीसती रही। याद आते ही बोल पड़ी,

"तुम्हारे को तो मैंने ही नयातोड़ दिलाया था। पाँच बीघे था वह। फिर घर बनाने को भी पैसा दिया था पंचायत से।"

"हमने सारे कागज़ दिये थे कम्पनी को। पहले कहते रहे, मिल जायेंगे पैसे और बाद में मुकर गये कि तुम्हारे नाम से कोई ज़मीन नहीं। अब वो कागज़ भी गुम कर दिये। म्हारे पास तो कुछ भी नहीं।"

"तुम्हारे तो तीन बेटे भी थे...?"

"थे जी, पर क्या करनी ऐसी औलाद। बीबियाँ ऐसी मिली की कहीं शहर ले गयी उनको। अब वहीं कहीं काम–धन्धा करते हैं। लौट कर नहीं आये कभी घर। न हमारी खैर–ख़बर ही ली।"

"रुको एक मिनट।" दादी सुनमा को जैसे कुछ याद आया था।

उन्होंने बूट उतारे और भीतर चली गयी। सोने वाले कमरे में चारपाई के नीचे पुराने ट्रंक को खोला जिसमें बहुत सारे काग़ज़ रखे हुए थे। उन्हें उलटती–पलटती रही। एक प्लास्टिक का लिफ़ाफ़ा हाथ लगा जिसमें महीदीन के नौतोड़ की जमाबन्दी रखी थी। बहुत से पुराने काग़ज़ थे उसमें। उनकी एक अच्छी आदत यह थी कि वह जिस किसी का भी काम करवाती उनके काग़ज़ों की एक कॉपी अपने पास सुरक्षित रख लेती थी। हालाँकि, आज तक किसी को उनकी ज़रूरत नहीं पड़ी थी पर यह पहला मामला था जो उनके सामने आया था।

दादी सुनमा ने अपनी गाय को भीतर बाँधा और घर में ताला लगाते हुए अपना दराट पहले की तरह हाथ में उठा लिया। उस औरत को बाँह से उठाया और अपने साथ सड़क पर ले आयी। अब दोघरी के बिल्कुल नीचे से सड़क बन गयी थी जिस पर दिन–भर बसें और गाड़ियाँ चलती रहतीं।

सड़क पर पहुँचते ही एक प्राइवेट बस मिल गयी। दोनों उसमें बैठकर कम्पनी के दफ़्तर चल दीं। उनका दफ़्तर तहसील कार्यालय की बग़ल में था। अब वह पहाड़ी क़सबा, जहाँ कभी आठ–दस दुकानें होती थीं, छोटा–मोटा पहाड़ी शहर बन गया था। वहाँ पहुँची तो ज़मीन के मामलों वाले अधिकारी के कमरे में बैठक चल रही थी। शहर से आज ज़िलाधीश भी बैठक में आये थे और उनके साथ तहसील के अफ़सर भी...तहसीलदार...पटवारी आदि। दादी सुनमा ने पूछा तो बाहर खड़े सुरक्षाकर्मी ने मिलने से मना कर दिया कि आज नहीं मिल सकते। साहब ने मना किया है। मीटिंग है। उन्होंने बहुत मिन्नतें की परन्तु सुनने के बजाय उसने उन दोनों से अभ्रदता ही कर दी। दादी विनम्रता से अनुरोध करती हुई जैसे ही आगे बढ़ी उसने कुछ बड़बड़ाते हुए अपने डण्डे से उन्हें रोक दिया। फिर क्या था दादी सुनमा के भीतर का गुस्सा सातवें आसमान पर। सुरक्षाकर्मी को पता ही नहीं चला कि वह डण्डे समेत कब लगभग दस फ़ीट दूर

जाकर औंधे मुँह गिर पड़ा। उसे ऐसा महसूस हुआ कि यह किसी बूढ़ी औरत का हाथ नहीं बल्कि शेरनी का झपाटा है। जितने में वह उठा दादी सुनमा मसाबी की बाँह पकड़कर सीधी दरवाज़े से भीतर पहुँच गयी। उनके इस तरह भीतर आने से सभी अधिकारी सकते में आ गये। कम्पनी का अफ़सर ज़ोर से सुरक्षाकर्मी पर चिल्लाया था। वह भीतर अधमरा–सा मुँह पकड़कर तो आया पर बोल कुछ नहीं सका। उसकी हालत देखकर अधिकारी को समझ ही नहीं आया कि उसे हुआ क्या है। दादी सुनमा ने ही जवाब दिया था,

"ये अफ़सर! तुम्हारे इस आदमी को यह तमीज़ भी नहीं कि सीनियर सिटीजनों से कैसे व्यवहार किया जाता है? कैसे बात की जाती है? मैं इसकी और तुम्हारी दादी माँ की उम्र की हूँ। बोलता है... मिल नहीं सकते...मीटिंग चल रही है...फिर बड़बड़ाता है...गाली देता है... अभद्रता करता है...कोई युद्ध की मीटिंग है अफ़सर साहब जो अभी कम्पनी और देश पर हमला हो जायेगा और तुम यहाँ भीतर बैठे उसे रोक दोगे...? तुम लोग हमारे लिए हो यहाँ पर। हमारा दुख–तकलीफ़ सुनने।"

दादी सुनमा की इस गुस्सैल भाषा को सुनकर सभी दंग रह गये थे। उनमें से कुछ उनको नाम से तो जानते थे परन्तु देखा नहीं था कभी। वहाँ जो तहसीलदार बैठे थे वह पहले पटवारी था जिसने डूब में आ रही ज़मीन की उस दौरान नाप–नपायी की थी।

"देखो, हम दूर से आये हैं। ये मेरे साथ जो औरत है इसका पति महीदीन है। समझ गये होंगे मुसलमान है। गुज्जर है।"

अचानक उन्हें जैसे कुछ याद आया। वहाँ बैठे एक अधिकारी की तरफ़ मुख़ातिब हुए उन्होंने पूछ लिया,

"तुम्हारा नाम शामदास ठाकुर है न। पटवारी थे तुम जब मैं पंचायत प्रधान थी। याद होगा। नहीं तो तुम्हारे पिता ज़िन्दा हो तो पूछना महीदीन की भैंसों का कितना घी–दूध खाया पिया है...? बेचारों की ज़मीन चली गयी तो काग़ज़ों में भी बेघर हो गये।"

उसे अब सबकुछ स्मरण हो रहा था परन्तु अजान बनने का नाटक कर गया।

ज़िलाधीश महोदय ने पहले कम्पनी के अफ़सर पर नज़र डाली फिर सीधी तहसीलदार पर केन्द्रित कर ली। वह सकपका गया था।

"सर, सर, इनके नाम कोई ज़मीन नहीं थी। यह बुढ़िया झूठ बोलती है। पता नहीं कहाँ से आ जाते हैं उठकर।"

जैसे ही उन्होंने दादी सुनमा पर 'बुढ़िया' शब्द का वार किया उसने आग में घी डालने का काम कर दिया। उन्होंने अचानक हाथ में उठाया दराट इतनी ज़ोर से बीच में पड़े मेज़ पर मारा कि उसपर रखे चाय के ख़ाली गिलास और प्लेटें टूट कर पूरे कमरे में बिखर गये। उनकी इस हरकत को देखकर युवा ज़िलाधीश स्तब्ध रह गये। किसी की कुछ समझ नहीं आ रहा था कि यह सब क्या हो रहा है...?

ज़िलाधीश को उस बुज़ुर्ग महिला से इस तरह के व्यवहार की ज़रा भी उम्मीद नहीं थी परन्तु जिस अपमान भरे लहजे में तहसीलदार ने उसे बुढ़िया कहा था वह उन्हें भी बुरा लगा था। उन्होंने अपने ऊपर पड़े चाय और पानी की छींटे झाड़ते हुए बजाय दादी सुनमा को कुछ कहने के सीधा सवाल शामदास से ही किया था,

"तहसीलदार साहब...आपको कैसे पता कि इस औरत के नाम कोई ज़मीन ही नहीं...? इसका मतलब तुम जानते हो इसको?"

वह बुरी तरह घबरा गया। कुछ बोलने लगा पर ज़ुबान से एक भी शब्द नहीं निकला।

दादी सुनमा अब विनम्र हो गयी थी। उन्होंने जेब से पुरानी जमाबन्दी निकाली और ज़िलाधीश को थमा दी। उन्होंने ध्यान से उसे पढ़ा।

"क्या नाम है इस औरत का...?" उन्होंने पढ़ते हुए ही पूछा था।

"जी, मसाबी। पर ज़मीन यानी वह नयातोड़ तो इसके पति महीदीन के नाम से होगा। मैंने ही दिलायी थी सरकार से इन्हें वह ज़मीन।"

ज़िलाधीश ने कागज़ तहसीलदार को थमाते हुए आदेश दिये कि तहसील से अभी रजिस्टर और लट्ठा लेकर आओ। वह हड़बड़ाहट में जैसे ही उठा, ज़िलाधीश ने फिर कहा,

"इस ज़मबन्दी का फ़ोटो ले जाओ...तुम्हारा क्या पता फिर गुम कर दोगे।"

उसने झटपट काँपते हाथों से उसका फोटो खींचा और बाहर निकल आया।

कुछ देर भीतर चुप्पी छायी रही। दादी सुनमा ने ही हाथ जोड़कर कहना शुरू किया था,

"मैं अपने इस कृत्य के लिए बहुत शर्मिन्दा हूँ। मुझे ऐसा नहीं करना चाहिए था। माफ़ी चाहती हूँ मैं। क्या करूँ, अन्याय सहा नहीं जाता और ग़रीबों का दुःख देखा नहीं जाता। जिनकी ज़मीनें, घर बाँध के पानी में डूबे सभी को बहुत पहले कम्पनी ने पैसे दे दिये...फिर इन बेचारों को क्यों नहीं मिले...?"

"आप शान्ति से बैठ जाओ और चिन्ता न करो। इसको भी इसका हक़ मिलेगा।"

उन्होंने उन दोनों को अपने साथ वाली कुर्सियों पर बिठा दिया और कम्पनी अफ़सर को चाय–पानी लाने के लिए कहा। दादी सुनमा ने बैठते हुए भी अपनी बात कहनी जारी रखी थी।

"आप तो इस ग़रीब के साथ न्याय करेंगे न। देख लो इसकी शक्ल। औरत है पर ज़िन्दा लाश हो गयी है। कब से घूम रही होगी अपने बूढ़े पति के साथ इन कमीनों के दरवाज़े...नहीं सुनता कोई। भगवान का शुक्र है कि मेरे पास पुराने कागज़ थे जिसमें इनके उस नये तोड़ का कागज़ भी मिल गया। वरना इनका तो सब ख़त्म हो जाता।"

कुछ देर में तहसीलदार कमरे में पहुँच गया। वह अपने चेहरे का पसीना बार–बार पोंछ रहा था। उसे इतना भी याद नहीं रहा कि वह अपने पटवारी को भी इस काम के लिए भेज सकता था जो उसी मीटिंग में था।

ज़िलाधीश ने जब सारा रिकार्ड देखा तो हैरान रह गये। रजिस्टर और लट्ठे में बाक़ायदा महीदीन का नाम अंकित था। उन्होंने सरसरी निगाह तहसीलदार के चेहरे पर डालकर यह अनुमान लगा लिया था कि दाल में कुछ काला है। फिर कम्पनी अफ़सर से मुआवज़ा रजिस्टर मँगवाकर देखा तो महीदीन के पाँच बीघा नये

तोड़ और घर के पैसों का भुगतान हो चुका था। उसके रजिस्टर में जाली दस्तख़त थे जिसकी तसदीक दादी सुनमा ने ही मौक़े पर कर दी थी। महीदीन की घरवाली ने भी यही बात कही थी कि वह अपने पति के हस्ताक्षर पहचानती है। वे उर्दू में करते हैं और ये तो अँगूठे के निशान हैं।

यह सुन–देखकर ज़िलाधीश और कम्पनी के अधिकारी के मुँह पर पसीना आ गया। अपने दफ़्तर की जालसाज़ी से वे भौचक्के रह गये थे। उन्हें अब सारी स्थिति और मामला समझ आ गया था। उन्होंने मीटिंग को कैंसिल कर कम्पनी के अधिकारी और तहसीलदार को आदेश दिये थे कि यह मामला दो दिनों में सुलझ जाना चाहिए और इस औरत और उसके पति को इनकी ज़मीन का मुआवज़ा मेरे दफ़्तर में ही दिया जाये। तहसीलदार साहब इन्हें अपनी गाड़ी में मेरे दफ़्तर लायेंगे। उन्होंने बहुत विनम्रता से दादी सुनमा से इसके लिए माफ़ी भी माँगी थी।

29

दादी सुनमा मसाबी को लेकर बाहर चली आयी। सड़क तक उन्होंने कोई बात नहीं की। मसाबी को कुछ पैसे दिये और कहा कि वह अपने ठिकाने जाकर अपने पति को मेरे घर ले आये। मसाबी उनके पाँव छूने लगी तो उसके दोनों हाथ पकड़ लिए। उसे गले लगाते हुए बहुत स्नेह से बस में चढ़ा दिया।

मसाबी तो चली गयी पर दादी सुनमा आज की घटना से स्वयं ही परेशान और विचलित हो गयी थी। कारण दो थे। पहला अपने गुस्से और व्यवहार का और दूसरा इस जालसाज़ी का। वह सोच रही थी कि उन्हें इस तरह का गुस्सा और जोश आख़िर आया तो आया कैसे...? क्या उसने जो कुछ भीतर किया वह ठीक था? तर्कसंगत था या उसकी बेवकूफ़ी थी...? या अशिष्टता कि इतने बड़े अफ़सरों की मीटिंग में जाकर इतना कुछ कर दिया...? क्या उसे सीधी बात ही नहीं करनी चाहिए थी...? इस तरह दराट को मेज़ पर मारने की क्या आवश्यकता थी...? ज़िलाधीश उसे गिरफ़्तार भी कर सकते थे...जेल भी भेज सकते थे...क्या उन्होंने उसकी उम्र का लिहाज़ किया होगा या कि अपने अधिकारियों के इस भ्रष्टाचारी कृत्य को देख–समझकर चुप रहे होंगे...? ऐसे बहुत से सवाल थे जिन से दादी सुनमा खुद ही उलझ रही थी। वे सोचती रही कि एक ज़माना बीत गया था, किसी से इस तरह

का पाला नहीं पड़ा था अन्यथा पंचायत में रहते हुए तो उनके दो–दो हाथ रोज़ ही किसी न किसी सरकारी और कम्पनी के अफ़सरों से हुआ करते थे। यही सोचती कब बस में बैठ गयी, पता ही नहीं चला। दोघरी के नीचे उतरकर घर नहीं गयी बल्कि अकेली ही अपने खेत में चली आयी जो उसके रोज़ बैठने का ठिकाना था। आज वह पुरानी जगह पर नहीं बैठी। कुछ नीचे उतरकर झील के पानी के क़रीब चली आयी। पहले भी जब वह इस तरह अशान्त और क्षुब्ध होती थी तो नदी के किनारे चली आती थी और अपने मन की व्यथा उसे सुनाया करती थी। परन्तु आज इस स्थिर पानी और मृतप्रायः नदी को क्या सुनाये...?

दादी सुनमा अपनी ठोडी घुटनों पर सटाकर चुपचाप बैठ गयी थी। आज पता नहीं कितने दिनों बाद आँखें भर आयी थीं। तभी एक मीठी आवाज़ कानों में आयीं,

"बहुत अशान्त हो न दादी...?"

सिर उठाकर दायीं तरफ़ देखा तो साथ पत्थर पर शतु बैठी थी और पास ही उसकी काग़ज़ की नाव। उन्हें ऐसा लगा जैसे किसी ने उनके मन से लाखों मन बोझ हल्का कर दिया हो...या जैसे वह नदी ही पास बैठी उनसे बातें कर रही हो।

"बच्चू तुम कब आयी यहाँ? आज आते हुए नहीं दिखी तुम।"

"मैं गयी ही कहाँ थी दादी? हमेशा तो तुम्हारे पास, तुम्हारे साथ रहती हूँ। भूला मत करो न।"

क्या बोलती दादी सुनमा? उसकी बातें सुनकर हमेशा निरुत्तर हो जाया करती थीं। वैसे आज कितनी ज़रूरत थी उन्हें शतु की...? आयी तो मन शान्त और हल्का हो गया था।

"जो किया न आपने दादी, अच्छा किया। ये जो लोग है न ऐसे ही मानते हैं। यह तुम ही कर सकती थी। तुमने ही इतने दिनों उन ग़रीबों के काग़ज़ रखे अपने पास। कौन रखता है...? कौन करता है ऐसा...? तुमने सोचा भी न होगा कभी इन काग़ज़ों की ज़रूरत भी पड़ेगी। तुम तो भूल गयी थी न। पर इसलिए ही तो तुम दादी सुनमा हो। मेरी प्यारी दादी।"

यह कहते हुए शतु आज उनकी पीठ पर बिल्कुल ऐसे ही झूलती महसूस हुई जैसे दादी की बेटियाँ झूला करतीं थीं।

उन्हें लगा जैसे उनके गले में नन्हीं बाँहें नहीं बल्कि दूर पहाड़ों से लाए फूलों की गूँथी रेशम जैसी मुलायम माला किसी ने डाल दी हो। वे बहुत देर तक उस लड़की को झुलाती रही थीं। कुछ देर बाद उन्हें लगा कि कई रंग–बिरंगे फूल उनकी गोदी से नीचे झर रहे हैं। दादी जैसे नींद से जागी थीं। हाथ से गर्दन स्पर्श की। इधर–उधर देखा तो शतु नहीं थी। बस एक विचित्र फूलों की माला उनके गले में पड़ी थी जिससे फूल नीचे बिखर रहे थे। उन्होंने उसे उतारकर हाथ में ले लिया और बहुत देर तक देखती रही...? इस तरह के फूल दादी सुनमा ने आज तक कहीं नहीं देखे थे। नज़र झील के बीच चली गयी। शतु अपनी कागज़ की नाव चली जा रही थी। उन्होंने कुछ फूल ऐसे उसकी तरफ़ फैंके जैसे किसी देवी की प्रतिमा के सामने अर्पित कर रही हो। मन बिल्कुल सहज था मानो कुछ घटा ही न हो।

दो दिनों बाद तहसीलदार ने अपने पटवारी को दादी सुनमा के घर भेजा था। उसने बताया था कि कल सुबह उस औरत और उसके पति को लेकर ज़िलाधीश के कार्यालय जाना है। गाड़ी सुबह दस बजे सड़क पर आ जायेगी।

मसाबी और महीदीन पहले ही उनके घर चले आये थे। महीदीन की शक्ल मसाबी से भी बदतर थी...हड्डियों का एक चलता–फिरता ढाँचा। परन्तु मुआवज़े की आस ने चेहरों पर रौनक़ ला दी थी। दादी को स्मरण हो आया कि वे दोनों कितने सेहतमन्द और ख़ूबसूरत हुआ करते थे।

दूसरे दिन जब दादी सुनमा उन दोनों को ज़िलाधीश कार्यालय लेकर गयी तो वहाँ मीडिया की भीढ़ देखकर सकते में आ गयी। पहले वाला ज़माना याद हो आया। मीडिया को कैसे इस मामले की भनक लगी, उन्हें नहीं पता। उन्होंने ज़िलाधीश से मिलने से पहले कुछ भी बताने से मना कर दिया था। उनका कहना था कि वह तभी कुछ कह पायेंगी जब इन दोनों को उनकी ज़मीन का मुआवज़ा मिल जायेगा।

भीतर ज़िलाधीश और दूसरे अफ़सर उनका इन्तज़ार कर रहे थे। बड़ी विनम्रता से उन्होंने दादी सुनमा का स्वागत किया था। पहले चाय–पानी पिलाया और फिर घर और ज़मीन के मुआवज़े का कुल ग्यारह लाख का चेक महीदीन और उसकी घरवाली को पकड़ा दिया। साथ एक आदेश की प्रति भी जिसमें कम्पनी की तरफ़ से उनको रहने के लिए तीन कमरों का घर दिया जाना था। मीडिया के लोग भीतर ही आ गये थे। चेक लेते हुए उन्होंने सभी की तस्वीरें खींच ली थीं। दादी सुनमा से उन्होंने बहुत कुछ पूछना चाहा था लेकिन उन्होंने बहुत ही सधी हुई प्रतिक्रिया दी थी और ज़िलाधीश का आभार व्यक्त किया था।

दूसरे दिन की अख़बारों की सुर्ख़ियाँ दादी सुनमा के नाम की थीं। उस दिन शाम को भी कई प्राइवेट चैनलों ने उस ख़बर को बढ़ा–चढ़ाकर दिखाया था जिसमें यह भी बताया गया कि तहसीलदार और पटवारी से सारा मुआवज़ा वसूलकर उन्हें नौकरी से निकाल दिया गया है। बरसों बाद दादी सुनमा फिर चर्चा में आ गयीं थीं और कई अख़बारों ने उनके बाँध के विरोध में दिये गये भाषण और अपनी पंचायत के लिए किये गये कामों को सिलसिलेवार भी छापा था। कुछ समाचार–पत्रों ने तो उनकी ज़वानी तक के चित्र भी छाप दिये थे।

30

दादी सुनमा के पास अब कुछ करने के लिए कोई काम नहीं है। कुछ भी शेष नहीं है। न पशु हैं न भेड़–बकरियाँ हैं। न पुश्तैनी घर है और न घराट है। नदी भी नहीं है और न ही अपना साथ है। थोड़ा–सा जीवन है जिसमें चन्द साँसें बची हैं। छोटा–सा घर और गौशाला है। उजाड़ खेत और धान का एक क्यार है जिनमें न कोई फ़सल बीजता है और न धान रोपता है। धान रोपने के लिए न कूहल है न पानी। एक बूढ़ी गाय है और कुत्ता। धीरे–धीरे वे दोनों भी उनकी तरह अन्तिम यात्रा पर हैं। उन्हें चिन्ता ज़मीन की है। अपनी दोघरी की है कि उनके अवसान के बाद इनका क्या होगा? गुण्डे–बदमाश क़ब्ज़ाकर लेंगे। बेचकर खा जायेंगे। इसलिए वे कई दिनों से सोच रही है कि इसे या तो किसी ग़रीब ज़रूरतमन्द को दे दिया जाये या किसी धार्मिक संस्थान को ताकि उनके न रहने के बाद यह आबाद रहे।...वे अपनी दिनचर्या से भी ऊबने लगी हैं। निर्जीव और मृतप्राय नदी को बार–बार देखते रहना भी उन्हें अब भाता नहीं है। जब वे बाँध के ठहरे पानी को देखती है तो कलेजा जैसे मुँह को आने लगता है।

उन्होंने कुछ रोज़ पहले अपने सोने के कमरे में रंगीन टीवी लगा लिया है और साथ केबल का कनेक्शन भी लिया है।

वही उनका अब जैसे सहारा है। मन बहलाव का साधन है। वे देर रात तक चैनल बदल–बदल कर समाचार देखती रहती हैं। नाटक या फ़िल्में देखने का उनका चाव ज़्यादा नहीं है। इन दिनों केवल रामायण और महाभारत वे देखतीं हैं जो दोबारा शुरू हो गये है। इनका शुरू होना मात्र संयोग नहीं है। सरकार की बहुत सोची–समझी योजना का हिस्सा है। दादी को समाचारों से ही पता लग रहा है कि देश में किसी ख़तरनाक महामारी ने दस्तक दे दी है जिसकी वजह से पूरे देश को बन्द कर दिया गया है। पहले ख़बरें थीं कि विदेशों में इस बीमारी ने हज़ारों–लाखों लोग बीमार कर दिये हैं और बहुत सी मौते हो रही हैं। अब अपने देश में भी ऐसा ही होना शुरू हो गया है। वे बहुत ध्यान से इन समाचारों को सुनती और देखती रहती हैं। अब सारा देश बन्द हो गया है। हर तरफ़ लॉकडाउन है। दफ़्तर, स्कूल, बसें, गाड़ियाँ, शहर, बाज़ार, मन्दिर और घर बन्द है। कहीं कोई आवाज़ाही नहीं है। पहले उन्हें ये केवल समाचार लगते थे। ख़बरें लगती थीं पर अब इन्होंने विचलित करना शुरू कर दिया है। कई बार मन इतना अशान्त हो जाता है कि दादी शाम का खाना भी नहीं खाती। कुत्ते को भी दिन का बचा हुआ ही दे देती है।

उनके अब तक के जीवन में यह पहली बार है जब इस तरह की भयावह परिस्थितियों से गुज़रना पड़ रहा है। हालाँकि, उनकी दोघरी शान्त और अकेली जगह पर है जहाँ किसी तरह का ख़तरा नहीं है परन्तु समाचारों ने हर तरफ़ एक भय का माहौल बना दिया है। महामारी के सिवा अब दूसरी ख़बरें गुम हो गयी हैं। मानो दुनिया से सारी चीज़ें ग़ायब हो गयी हैं। बीमारी के सिवा कुछ भी शेष नहीं है। जैसे ही दादी सुनमा टीवी लगाती है वही डरावना मंज़र देखने–सुनने को मिलता। दो–चार दिनों में ही समाचारों का डर जैसे उनके अपने भीतर भी बैठने लगा है। चारों तरफ़ एक अज़ीब सा सन्नाटा पसरा है। लगता है जैसे इन दिनों सुबह ही नहीं हो रही है। सूरज भी मानो रोशनी लेकर नहीं आता। अँधेरा लेकर आता है। भय, सन्त्रास, ख़ौफ़, दहशत से आतंकित वह भी किन्हीं घोर विपत्ति और अनिष्ट की आशंकाएँ लेकर उगता है और डूब जाता है।

दादी सुनमा देख रही है कि कहीं कोई प्राकृतिक आपदा नहीं है। बाढ़ या बादल फटने की घटना नहीं है। सुनामी या भूकम्प भी नहीं है। प्रकृति बिल्कुल सहज और शान्त है। मौन और स्थिर है। ये सबकुछ जैसे उनके अपने भीतर है। मस्तिष्क में है। मन में है। दादी बहुत प्रयास करती है कि अपने मधुर और संघर्षशील अतीत के साथ सहज और विनोदपूर्ण रहे परन्तु बाहर–भीतर जो एक नकारात्मक ऊर्जा क्रियाशील है वह उनकी सकारात्मकता को पल–पल विलग्न करती जा रही है। उन्हें लगता है जैसे कोई अदृश्य दुश्मन आहिस्ता–आहिस्ता उनकी ओर बढ़ता चला आ रहा है जिसे दादी पहचानती नहीं है। जानती नहीं है। उसे कभी देखा भी नहीं है। केवल समाचारों में सुना है। उसने मानो पूरे विश्व पर चुपके–चुपके अपना वर्चस्व स्थापित कर लिया है। सभी न्यूज चैनलों पर भी उसका क़ब्ज़ा हो गया है। समाचार उसी के हैं। चर्चें उसी के हैं। बहसें उसी पर है। तमाम आँकड़े उसी के है जो पल–पल बदलते–बढ़ते चले जा रहे है। वह हर पल एक साथ न जाने कितनी ज़िन्दगियाँ ग़ायब करता जा रहा है।...ख़ौफ़ पल–पल बढ़ता जाता है।

दादी सुनमा महसूस करती है कि कैसा समय आया है कि उन्हें अपने घर की चीज़ों से ही भय लगने लगा है। अपने ही हाथों से डर लगने लगा है। दरवाज़ों के हैंडल और कुण्डियाँ भयभीत करती हैं। टीवी पर अस्पतालों की अजीबोगरीब तस्वीरें हैं। डॉक्टरों और मरीज़ों ने अजीब तरह के कपड़े पहने है जैसे वे धरती पर नहीं है कहीं दूर आसमान में उड़ रहे हैं। रास्तों, पगडण्डियों और नीचे से गुज़रती सड़क पर पहले जैसी चहल–पहल नहीं है। उन पर कोई जीवन नहीं है। दादी सुनमा की दोघरी से दूर–पार जो हाईस्कूल है उसमें प्रार्थना और छुट्टियों की घण्टियाँ अब नहीं सुनायी देतीं। प्रार्थनाएँ नहीं सुनायी देतीं। पहाड़े याद करते बच्चे नहीं सुनायी देते। जैसे इस विकट समय ने बच्चे और बस्ते कहीं ग़ायब कर दिये हैं। मास्टर ग़ायब कर दिये हैं। मन्दिरों की घण्टियाँ ख़ामोश। किवाड़ बन्द हैं। सबके पालनहार भगवान और देवता स्वयं क़ैद में हैं।

बाहर सबकुछ दिखता पहले जैसा है परन्तु लगता डरावना है। मौसम भी पहले जैसा खुशगवार नहीं है। मनभावन नहीं है। मनचाहा नहीं है। दादी सुनमा को चिड़ियों की चहचाहटें शोर की तरह कानों में घुसती लगती हैं। वे पहले की तरह मीठी नहीं है। कर्कश है जो दिल को चुभती है। आँखें हर चीज़ पर शक करने लगी हैं। कभी–कभार सड़क से जो कोई आदमी गुज़रता है उसका मुँह कपड़े से ढँका हुआ होता है। लगता है वह चल नहीं रहा है जैसे मारे भय के भाग रहा है। कोई दूसरा आदमी सामने से आता है तो दोनों एक दूसरे से ही डरने लगते है मानो वे आदमी नहीं है उस ख़तरनाक बीमारी को पहने–ओढ़े कोई भूत है। दुकानों से जो कुछ सामान दादी के घर आता है उनमें दाल, सब्जियाँ, दूध नहीं जैसे कोई अज़ीब–सा डर पसरा हुआ है।

टीवी दादी सुनमा के सामने पूरी दुनिया की तस्वीरें लाकर रख देता है। हर जगह जो हालात पैदा हो गये है उनकी भयानक तस्वीरें आँखों के सामने गिद्धों की तरह नाचने लगती हैं। आँखों में मौत की परछाइयाँ नाचने लगती हैं, समाचारों में पल–पल दी जा रही मौत की ख़बरों ने दादी का मन बहुत उदास और निराश कर दिया है।

एक दिन जब गाँव का प्रधान कुछ पंचायत के सदस्यों के साथ उनके गाँव आया तो दादी सुनमा को ज़रूर यह एहसास हुआ था कि इस ख़तरनाक महामारी ने गाँव भी प्रभावित कर लिए हैं। उनके साथ स्वास्थ्य विभाग के कुछ कर्मचारी भी थे जो बहुत–सी बातों की छानबीन कर रहे थे। इनमें इस बात पर ज़्यादा ज़ोर था कि गाँव में कोई बाहर से तो नहीं आया है या किसी को बुखार, खाँसी या सर्दी–ज़ुकाम तो नहीं है। उनको यह भी समझाया गया कि अब वे कहीं इधर–उधर न जायें। वे इस बात को विशेष रूप से समझा रहे थे कि साठ पार बुजुर्गों के लिए घर से निकलना ख़तरे से ख़ाली नहीं है। प्रधान ने दादी को कपड़े के दो मास्क अर्थात मुँहबन्द भी दिये थे जिनको पहनकर दादी घर से बाहर छोटे–मोटे कामकाज़ के लिए निकल सकती थी। दादी ने जब उन्हें ध्यान से देखा तो टीवी

पर देखे समाचार व लोग याद आ गये जो अब ऐसे ही मुँहबन्द पहने हुए रहते थे।

कुछ दिनों से मुसाबी और महीदीन भी उन्हीं के साथ रह रहे थे परन्तु कम्पनी की तरफ़ से उनको नया घर मिल गया था जो गाँव से काफ़ी दूर था। वे इस महामारी से पहले ही उनके यहाँ से चले गये थे। इसके लिए वे दोनों दादी सुनमा के बहुत कृतज्ञ थे कि उन्हीं की बदौलत उनकी ज़मीन का पैसा और साथ रहने के लिए घर भी मिल गया। जबकि वे उसे उनका हक़ मानती थी। वैसे भी आज तक उन्होंने कभी भी किसी अच्छे काम का श्रेय अपने लिए नहीं लिया। उनकी सोच थी कि ईश्वर के घर में देर है अँधेर नहीं। इसलिए देर–सवेर सभी को उनका हक़ अवश्य मिल जाता है, माध्यम भले ही कोई क्यों न बने।

बाँध–निर्माण के बाद दादी सुनमा ने जिस दोघरी में रहना शुरू किया था उसे और उस उजाड़ खेत के बीच से जो सड़क गुज़रती थी उसपर दिन भर बसों और छोटे वाहनों की आवाज़ाही लगी रहती थीं। परन्तु जब पहला देशबन्द हुआ तो सड़क पर वाहन चलने बहुत कम हो गये थे। वे जब अपने खेत की तरफ़ गाय लेकर जाती तो उन्हें सड़क ख़ाली और सुनसान मिलती थी जिस पर न कोई आदमी चलता और ना ही कोई वाहन। बस मरीज़ों को ढोती लाल बत्ती वाली गाड़ियाँ चीख़ती और भागती मिलती थी। दिन में दो–तीन बार पुलिस की गाड़ी भी माइक पर कुछ हिदायतें देती दिख जाती थीं। बन्द से पहले शहरों में रह रहे गाँव के नौकरी पेशा लोग अपने बच्चों के साथ गाँव आ गये थे जिससे वहाँ की चहल–पहल बढ़ गयी थी। गाँव से लेकर शहर तक स्कूल बन्द हो गये थे।

दादी सुनमा देख रही थी कि लोग अब अपने खेतों और घासणियों में काम करने लगे हैं। जिन खेतों की तरफ़ कोई मुड़ कर भी नहीं देखा करता अब दिन–भर उनकी झाड़ियों की कटाई और सफ़ाई होने लगी है। सुनसान आँगन परिवारों से भरे रहते हैं। बूढ़े–बुज़ुर्ग जो घरों में अकेले रहते आये थे अब इस उत्सव जैसे

माहौल को देखकर ख़ुश थे मानो पहले जैसा ज़माना लौट आया है। दादी सुनमा को गाँव की यह दुनिया अब समाचारों की दुनिया से बिल्कुल अलग दिखने लगी थी जिसने उनके भीतर की अशान्ति, भय और विचलन को बहुत कम कर दिया था। जिस मौत का वे तमाम उम्र सामना करती रही थी उससे ही इतना भय उन्हें अपनी ढलती उम्र और भीतर की कमज़ोरी के ही लक्षण दिखे थे। फिर भी समय और परिस्थितियाँ कैसी भी हों उन्हें उनसे पार पाना और निपटना अच्छी तरह आता था। इस महामारी के भय को भी उन्होंने अपने भीतर उसी उत्साह और ऊर्जा को समेटकर जैसे मार दिया था।

दादी सुनमा ने कुदरत में भी कई बदलाव महसूस किये थे। पहला बड़ा बदलाव जो उन्होंने देखा वह बाँध की झील में था। झील नदी के निर्मल पानी जैसी नीली साफ़ हो गयी थी जिनमें तैरती मछलियाँ गिनी जा सकती थीं। वे ख़ुश थीं कि अब वह लड़की बिना रोक–टोक आसानी से अपनी नाव में इधर आ सकती है। आर–पार धारों, घाटियों और बर्फ़ से ढ़कीं चोटियों पर जो घनी धुन्ध व कोहरा हर वक़्त जमा रहता था वह छँट गया था जिससे वे बहुत सुन्दर दिखने लगी थीं। सड़क के चारों ओर जमा डीजल और पेट्रोल का धुआँ नदारद था और पेड़–झाड़ियाँ जैसे चैन की साँस लेने लगे थे। उन पर जमी धूल की परतें ग़ायब हो रही थीं और उनका हरापन लौटने लगा था। कई बरसों बाद दादी ने झील के किनारे प्रवासी पंछियों के घने समूह देखे थे जो पहले नदी के पाटों पर बसेरा डालने आया करते। परन्तु बाँध बनने के बाद उन्होंने आना छोड़ दिया था। यही नहीं बहुत से छोटे–बड़े पंछी भी डालियों और खेतों में चहचहाते बहुत भले लगते थे। दादी सुनमा के लिए ये सारे बदलाव अप्रत्याशित तो थे परन्तु उनका सोचना था कि यह सब हमारा ही किया व धरा है क्योंकि हमने अपने–अपने स्वार्थों के लिए प्रकृति को बर्बाद कर दिया है, उसी नदी की तरह जिसका आज नामोनिशाँ कहीं नज़र नहीं आता। मनुष्य के बिना सचमुच यह दुनिया कितनी सुन्दर लगती है...।

शुरुआत में 21 दिनों का जो बन्द लगाया गया था उसने बहुत उम्मीदें जगायी थीं। इसी बीच जब एक दिन ताली और थाली बजाने का फ़रमान दादी ने समाचारों में सुना तो उस रात उन्होंने भी अपने घर के आँगन में खड़े होकर काँसे की थाली बज़ाई थी। घर–घर से ऐसी ही आवाज़ें आ रही थीं। थाली बजाते हुए दादी के मन में तरह–तरह के प्रश्न उठ रहे थे और सबसे बड़ा प्रश्न यही था कि क्या काँसे की थाली बजाने से यह महामारी चली जायेगी...? उन्होंने अपने ऊपर ही व्यंग्य कस दिया कि "सुनमा बेटा, अब जब भी तुम्हें नज़ला–ज़ुकाम आयेगा या सिर दर्द होगा या कोई दूसरी बीमारी तो भीतर से थाली उठाकर आँगन में बजाती रहियो...देखना बीमारियाँ कैसे नहीं भागतीं...?" थाली बजाते पता नहीं दादी सुनमा कितना ज़ोर से इस बात को सोचते हुए हँसी थीं...कोई देख लेता तो ज़रूर कहता...बुढ़िया पगला गयी है। उन्हें अपने बाबा की एक और बात याद आयी थी कि जिस बर्तन में आप अनाज खाते है उस बर्तन को कभी नहीं बजाना चाहिए...यह अनाज और बर्तन दोनों का अपमान होता है...।

परन्तु जब दूसरी बार का बन्द घोषित हुआ तो अचानक दादी ने टीवी पर देश के कोने–कोने में असंख्य लोगों की भीड़ उमड़ती देखी जो अपने सामान, बच्चों, औरतों और बूढ़े परिजनों के साथ सड़कों पर अपने–अपने घर जाने को बेचैन और बेताब थे। रेल और बस सेवाएँ बन्द होने के कारण वे पैदल ही निकल पड़े थे। ख़बरों में बताया जा रहा था कि बहुत से मज़दूर तो मीलों लम्बा सफ़र पैदल ही तय कर रहे हैं। उन्हें जगह–जगह पुलिस के डण्डे खाने पड़ रहे हैं। उन्हें बेरहमी से पीटा जा रहा है। उन पर पानी और कीटनाशक दवाइयों के छिड़काव किये जा रहे हैं। उनके पास अब खाने और कमाने को कुछ भी नहीं बचा है। वे महामारी के बजाय अब भूख से मरने को विवश हैं। सरकारें बहुत दावे कर रही हैं कि उनके लिए राशन–पानी सब मौजूद है, दिया जा रहा है, पर मज़दूरों की कथा–कहानियाँ विचलित कर देने वाली हैं। उनके पास घर जाने के

लिए भी पैसे नहीं बचे हैं। उन्हें जैसे मरने के लिए सड़कों पर छोड़ दिया गया हो। कई टीवी चैनल बता रहे थे कि मज़दूरों को कम्पनियों ने तो नौकरियों से निकाल दिया है परन्तु जिन किराये के मकानों में वे रहते थे उनके मकान मालिकों ने भी उनको मकान ख़ाली करने पर विवश कर दिया है। दादी सुनमा इन समाचारों को सुन–देखकर बिल्कुल भी नहीं सो पाती थीं। कभी–कभी कुछ अच्छी और सुखद ख़बरें भी आतीं कि कई जगह लोग घर लौटते मज़दूरों को न केवल खाना खिला रहे हैं बल्कि उन्हें कुछ पैसे भी दे रहे हैं। दादी सुनमा की समझ में यह बात नहीं आ रही थी कि सरकार उन्हें घर तक पहुँचाने के लिए बसें क्यों नहीं चला रही...? क्यों उन्हें सड़कों पर मरने के लिए विवश किया जा रहा है...?

शहर–दर–शहर भी हालात अच्छे नहीं थे। ख़बरें बता रहीं थीं कि आम जन परेशान हैं। अस्पतालों में न तो बिस्तर बचे हैं और न ही ऑक्सीजन। स्वास्थ्य सुविधाएँ पूरी तरह चरमरा गयी हैं। डॉक्टर और अन्य स्वास्थ्यकर्मी हालाँकि इस महामारी से लड़ रहे हैं, लोगों को बचाने में लगे हैं पर वे ख़ुद भी संक्रमण की चपेट में आ रहे हैं। लोग सड़कों पर दम तोड़ रहे हैं। परिजनों को अपनों की लाशें तक नहीं मिल रही। अस्पतालों से कहाँ ग़ायब हो रही? किसी को कोई मालूम नहीं...। प्राइवेट अस्पतालों में इलाज इतना महँगा कर दिया गया है कि सभी की पहुँच से बाहर है। ...दादी यह सुन कर दंग रह गयीं थीं। उनके मन में एक साथ बहुत से विचार और प्रश्न कौंध रहे थे...कि आज जब लोगों को मन्दिरों, मस्जिदों, गुरूद्वारों, चर्चों तथा आश्रमों की ज़रूरत है तो उनमें ताले लगा दिये गये हैं...क्यों उनकों अस्पतालों में नहीं बदला जाता...? क्यों उनका लाखों–करोड़ों रुपया बैंकों में बन्द है...क्यों उसे मानवता की सेवा में नहीं लगाया जाता जिसकी आज सख़्त ज़रूरत है...?

उन्हें उस लड़की की बहुत याद आ रही थी जो कई दिनों से कहीं दिखायी नहीं दी थी। उनका मन अनगिनत आशंकाओं से भर गया था कि कहीं नदी की तरह ही तो उसके साथ कुछ बुरा

नहीं घट गया होगा...? उसे भी कहीं इस बीमारी ने तो ग्रसित नहीं कर लिया होगा...? कहीं वह भी बन्द में तो नहीं फँस गयी होगी। उनका मन जैसे उसको देखने और मिलने को बेचैन–सा हो गया था। परन्तु उन्हें विश्वास ज़रूर था कि वह कोई साधारण लड़की तो नहीं है।

31

आज दादी सुनमा जब गाय लेकर सड़क पर पहुँची तो उन्होंने लोगों की एक लम्बी क़तार अपनी ओर आते देखी। उनके मुँह में मुँहबन्द लगे थे। सामान के साथ किसी के कन्धे पर बच्चा था तो किसी ने अपने बूढ़े परिजन को पीठ पर उठा रखा था। कोई महिला और बच्चों को साइकिल पर बिठाकर उसे घसीटता चला आ रहा था। वह एक जगह खड़ी हो गयी। उन्हें समझते देर नहीं लगी कि वे भी मज़दूर ही हैं। सड़कों पर चलती इसी तरह की लम्बी क़तारें वे कई दिनों से टीवी पर देख ही रही थीं।

उनके चेहरे भयंकर अवसाद और भय से सने हुए थे। चलते हुए ऐसे लग रहे थे मानो अपने को ज़बरदस्ती घसीट रहे हों। होंठ सूखे हुए और शरीर बिल्कुल थका हुआ था। भीतर धँसते हुए पेट और आँखें उनकी लाचारी और भूखेपन की शिकायतें कर रही थीं। उनकी दशा देखकर दादी सुनमा भीतर तक दहल गयी थीं। भीतर जैसे नदी के बाँध में डूबने की छिपी पीड़ाएँ एकाएक जाग पड़ी हों। अचानक उस लड़की की कही बातें याद आने लगीं। मज़दूरों का झुण्ड जैसे ही पास पहुँचा उसे रोक दिया। सबसे आगे जो आदमी था वह उनका शायद मुखिया रहा होगा। उसकी पीठ पर एक बेबस बूढ़ी औरत थी। दादी ने गाय को एक तरफ़ हाँका और उनके रास्ते खड़ी होकर पूछने लगी थी,

''भई, किधर से आ रहे हो तुम लोग...?''

उसने एक सरसरी नज़र उन पर डाली। सोचा इस बूढ़ी औरत को बताने का क्या लाभ? क़दम जैसे ही आगे बढ़ाये, दादी बहुत विनम्रता से कहने लगी,

''देखो, तुम्हारा मुँह और चाल बता रही है कि तुम बहुत दूर चलकर आये हो और भूखे भी हो। मुझे बताओ कि मैं तुम लोगों के लिए क्या कर सकती हूँ..?

यह सुनकर उसके पाँव ठिठक गये। इस आश्वासन ने पीछे चल रहे साथियों को भी रोक दिया था। उनकी सूनी आँखों में अचानक एक उम्मीद की चमक पसर गयी। टूटे–बिखरे शब्दों में वह बताने लगा था,

"मालिक, हम कई किलोमीटर दूर पैदल चलकर यहाँ पहुँचे हैं। हम सब जम्मू के रहने वाले हैं और बाँध वाली कम्पनी में काम करते थे। लॉकडाउन के बाद कम्पनी ने काम बन्द कर दिया और हमें नौकरी से निकाल दिया। हमारे पास जो पैसा और राशन था वह एक ही महीने में ख़त्म हो गया। किसी ने हमारी मदद नहीं की। हमने बहुत कोशिश की पर कुछ नहीं हुआ। कम्पनी वालों से बहुत गुहार लगायी कि हमें अपने घर भेज दो। कोई गाड़ी या बस कर दो परन्तु हमारी किसी ने नहीं सुनी। इसलिए हम पैदल ही चल पड़े। कुछ रोटी–बिस्कुट थे जो भी अब ख़त्म हो गये हैं।"

यह कहते–कहते वह फूट–फूटकर रो दिगा। उसी तरह की सिसकियाँ पीछे से भी सुनायी देने लगीं। दो–चार छोटे–छोटे बच्चे पता नहीं कब दादी की टाँगों में चिपट गये थे जो निरीह व भूखी आँखों से उनके चेहरे की ओर ही देख रहे थे। उस मज़दूर ने न जाने किस आस में अपनी पीठ पर उठायी बूढ़ी माँ को उतारकर सड़क पर लगे पैराफिट पर बिठा दिया था। दादी ने एक नज़र उसकी तरफ़ की तो जैसे कलेजा मुँह को आ गया। वह औरत के बजाय फटे–पुराने चिथड़ों की एक गठरी–भर लग रही थी। काले–सफ़ेद बालों के बीच उसकी आँखें और मुँह जैसे गुम थे।

"देखो तुम रोओ नहीं। घबराओ भी नहीं। मेरे साथ चलो। मेरा घर सड़क से थोड़ा ऊपर है। पहले कुछ खा–पी लो फिर और बातें करेंगे।"

"मालिक, हम बहुत हैं। उन्नीस लोग हैं बच्चों समेत।" उसने पीछे मुड़कर खड़े लोगों की तरफ़ इशारा किया।

"तो फिर क्या हुआ? तुम लोग पचास भी होते तो सभी को रोटी खिलाती मैं।"

यह सुन कर पैराफिट पर बैठी बूढ़ी औरत ने कब उठकर दादी का हाथ पकड़ लिया था, पता ही नहीं चला। कुछ देर पहले जिन आँखों और चेहरों पर भूख और मीलों पैदल चलने की थकान और बेबसी थी, रोटी के नाम से अचानक कहीं गुम हो गयी थी। आस और सांत्वना ने उनकी थमी हुई जीवन–गति को जैसे पंख लगा दिये थे। दादी ने सड़के के किनारे चरती गाय को वापिस घर की ओर हाँक दिया। पीछे–पीछे सभी मज़दूर भी चल पड़े। चलते हुए दादी सुनमा ने कई बार जेब में रखी अपनी पास–बुक को छुआ। दादी हमेशा उसे अपने कुरते की जेब में रखे रहती थी। तभी लड़की की बात याद आ गयी, "सँभालकर रखना दादी इन पैसों को। लाखों में हैं न। बहुत भली जगह लगेंगे तुम्हारे ये पैसे। बहुत पुण्य कमाओगी तुम।"

अकेली दादी की दोघरी उन्नीस लोगों से भर गयी थी। आज पुराना घर काम आ गया। उसके चार कमरे थे और बाहर की तरफ़ खुला बरामदा। एक रसोई भी थी उसमें। दादी ने भीतर से पाँच–सात खजूर की मंजरियाँ निकालीं और बरामदे में बिछाकर सभी को वहाँ बिठा दिया। उन में से दो मज़दूरों को साथ लेकर उन्हें पानी का घड़ा, सात–आठ गिलास और एक लोटा थमा दिया। ख़ुद सभी को चाय बनाने लग पड़ी थी। चाय के साथ कुछ देने और खाने को नहीं था। उन्हें याद आया कि पिछली फ़सल पर एक बोरी भूनी हुई साबूत मक्कियों की सत्तू के लिए रखी है। झटपट उसे निकाला और उन लोगों को दे दिया।

दादी सुनमा ने गौशाला के एक ख़ाली कमरे में उनकी रसोई लगा दी। चावल, आटा और दाल मज़दूरों को सौंप दिये ताकि वे

ख़ुद खाना बना सकें। साथ ही समझाया भी कि उनका पैदल जाना ख़तरे से ख़ाली नहीं है। जब समाँ अच्छा हो जायेगा वे जहाँ चाहें, जा सकते हैं। यहाँ जब तक रहना चाहें, रह सकते हैं। अभी काम नहीं है तो कोई बात नहीं। उन्होंने चाय पिलाने के बाद दो–चार मज़दूरों को अपने साथ लिया और राशन की दुकान पर चली गयीं। एक साथ महीने–भर का राशन डलवाकर वापिस घर लौटी थी। दुकानदार और कुछ लोग जो वहाँ बैठे थे दादी की इस दरियादिली पर हैरान रह गये।

जब राशन लेकर दादी आँगन पहुँची तो सारे मज़दूर वहाँ हाथ जोड़कर जैसे उनके स्वागत के लिए खड़े थे। सभी को अब भरोसा हो गया था कि वे बेमौत नहीं मरेंगे। उन्होंने दादी को घेर लिया था और बारी–बारी आभार स्वरूप उनके पाँव छूने लगे थे। छोटे–छोटे बच्चों ने भी ऐसा ही किया। इस दृश्य और ग़ज़ब के स्नेह तथा आदर ने दादी को रुला दिया था। तभी एक अधेड़ उम्र का मज़दूर हाथ जोड़कर उनके सामने खड़ा हो गया। दादी ने जब उसके चेहरे की तरफ़ देखा तो लगा वह कुछ कहना चाह रहा है पर संकोचवश कह नहीं पा रहा है। यही हालत औरों की भी थी। बहुत हिम्मत जुटाकर उसने कहना शुरू किया था,

''मालिक...।''

इस पर दादी ने टोक दिया था,

''देखो तुम मेरे को मालिक न कहा करो। मैं कोई मालिक–तालिक नहीं। तुम्हारी जैसी आदमी हूँ। वह तो ऊपर है जो सब का मालिक है।''

दादी ने आसमान की ओर सर उठाकर दोनों हाथों से नमस्कार किया था। फिर कहने लगी थी...,

''मैं तुम सब की दादी हूँ दादी। दादी बोला करो मुझे।''

सुनकर सभी के चेहरों पर हल्की मुस्कान आ गयी थी।

वे अभी भी वैसी ही मुद्रा में खड़े कुछ और भी कहना चाहते थे।

''कुछ और बात है तो बोलो।''

दादी सुनमा ने पूछा था।

वही मज़दूर कहने लगा था।

"मालिक...नहीं...नहीं...दादी जी। हम इतने लोग हैं। हमारे पास पैसे भी नहीं है। हमको अच्छा नहीं लग रहा है कि आप इतना कुछ हमारे लिये करो। हम जैसे–तैसे चले जायेंगे। जो क़िस्मत में होगा, देखा जायेगा।"

दादी सुनमा को उनका यह अख़लाक़, पाकीज़गी और सद्‌व्यवहार भीतर तक छू गया। वे अब थोड़ा अधिकार से कहने लगी थी,

"सब चुपचाप बरामदे में चले जाओ। तुम अब मेरा परिवार हो। जब हालत सुधर जायेंगे, चले जाना। मेरा है भी कौन? तुम सब आ गये एक भरा–पूरा परिवार हो गया। मैं जानती हूँ तुम लोग मेहनत की कमाने और खाने वाले हो। पर अभी टाइम अच्छा नहीं है। मैं तुमको मुफ़्त थोड़े ही खिलाऊँगी। ख़ूब काम करवाऊँगी और मज़दूरी भी दूँगी। तुम लोगों से जो बन सके, करते रहना। मेरी अभी भी इतनी जगह–ज़मीन बची है, उसे ठीक करो। साथ गाँव में यदि कोई काम मिलता है तो वहाँ ध्याड़ी लगाओ। मैं भी प्रधान को बोलूँगी। कुछ–न–कुछ काम तो मिलेगा ही। गाँव में कोई परेशानी नहीं है अभी।"

काम के नाम से उन सभी के चेहरे खिल गये थे। अब उनका आत्मसम्मान भी बच गया, काम और आश्रय भी मिल गया था। उन में से एक मज़दूर औरत जो देखने में बहुत भली और सुन्दर थी, बहुत धीरे से कहने लगी,

"दादी, हम वापिस कम्पनी में नहीं जायेंगे। हमने अपना ख़ून–पसीना उनके लिए बहाया। रात दिन ख़ूब काम किया परन्तु आज जब बुरा वक़्त आया तो उन्होंने नौकरी से निकाल दिया। पैसे भी नहीं दिये। बोले अभी पैसा नहीं है न रहने की जगह है। जब बन्द खुलेगा फिर आना। अब आप बताओ हम कहाँ जाते। पहले सोचा बाँध के पानी में डूबकर जान दे दें। फिर हिम्मत जोड़ी कि कुछ भी हो, जैसे–तैसे अपने घर निकल जायेंगे। और सरकार का भी कोई

आदमी उधर नहीं आया। हमने फ़ोन भी किये पर दिलासों के सिवा कुछ नहीं मिला।"

कम्पनी का नाम सुनते ही दादी के भीतर खलबली–सी मच जाती थी। एक ऐसी अनकाहट जैसे किसी हत्यारे को सामने देखकर होती है। आप उसे जानते हैं, पहचानते हैं पर कर कुछ नहीं सकते। बोल कुछ नहीं सकते। बस भीतर ही भीतर कुढ़ते रहो...दादी सुनमा की हालत भी वैसी ही थी। वेदनाएँ और तड़प उनकी आँखों में साफ़ दिखने लगतीं। उनका चेहरा गुस्से से लाल हो जाया करता। मज़दूरों ने जब उनके चेहरे पर नज़र डाली तो कुछ पल के लिए घबरा गये। कारण क़तई समझ नहीं आया उनको। आता भी कैसे, वह नदी और दादी सुनमा के बीच की गूढ़ बातें जो थीं। अचानक उन्हें क्या हो जाता था...? वे नहीं जानते थे कि सरकार और कम्पनी के नाम से उन्हें इतनी चिढ़ थी।

उन मज़दूरों की तरह ही उन्हें भी अपनी ही जगह से बेदख़ल होना पड़ा था। शुक्र था कि उनके पास दोघरी थी। उसमें ज़मीन थी। अन्यथा वह इस बुढ़ापे में कहाँ जाती..? कितने ही गाँव के ऐसे लोग थे जिनके तमाम घर, ज़मीन और ज़ायदाद डूब में चली गयी थी। पैसा तो मिला पर बेदख़ली के दंश झेलते न जाने वे कहाँ–कहाँ चले गये थे। बस गये थे। उजाड़ के दर्द एक जैसे होते हैं। वह चाहे कम्पनी या नौकरी से हो या अपनी ज़मीन से। पैसा उनकी भरपाई नहीं कर सकता था। दूसरे कम्पनी की वजह से ही उनकी प्यारी नदी आज ख़त्म हो गयी थी। आख़िर विस्थापन या विलगाव का दर्द उनसे ज़्यादा कौन जान सकता था। इन्हीं वेदनाओं ने दादी सुनमा को मज़दूरों के मन से जोड़ लिया था।

बहुत गुस्से में उन्होंने कहा था,

"तुम लोगों को उनके पास जाने की कोई ज़रूरत नहीं है। मैं जब तक ज़िन्दा हूँ तुम सब यहीं रहोगे। यहीं काम करोगे। अपने–अपने घर फ़ोन से बोल दो कि तुम सब बहुत अच्छे से हो। मेरे पास गौशाला है। एक गाय है। जहाँ सड़क पर तुम मिले थे वहाँ देखना

कई गायें और बैल सोये रहते हैं। उनके मालिकों ने उन्हें भी अपने घरों से बेदख़ल कर दिया है। उजाड़ दिया है। वे बेज़ुबान बेचारे लौटने के लिए दिन–रात रम्भाते रहते हैं। उन सभी को इधर ले आओ। पालो उनको। कितना अत्याचार हो रहा है इस दुनिया में और शायद इसी लिए आज लोग घरों में बन्द है। उनके पास सबकुछ है। बंगले, गाड़ियाँ, धन, दौलत सबकुछ, पर देखो तो इस बीमारी की कोई दवा नहीं है। आज पैसा किसी काम नहीं आ रहा। यह कुदरत का इन्साफ़ ही तो है। जैसा बोओगे वैसा ही खाओगे और भोगोगे। कोई नहीं बचेगा कुदरत की मार से।''

घर की बात आयी तो एक मज़दूरिन दादी सुनमा के सामने चली आयी। वह सभी में चुस्त और कुछ पढ़ी–लिखी थी। बहुत उदास हो कर कहने लगी,

''कहाँ फ़ोन करेंगे...? किसको करेंगे...? हमारा घर तो वहीं बस जाता है जहाँ हम काम–धन्धा करते हैं। इसीलिए तो बूढ़े–बच्चे लेकर साथ चलते हैं। कई साल पहले हमारा गाँव उजड़ गया। नामोनिशाँ नहीं रहा कहीं। ऊपर से आतंकियों ने नाक में दम कर दिया था। हम सब वहाँ से निकल पड़े। जहाँ कहीं काम मिला सभी मिलकर गुज़ारा करते रहे।''

''कैसे उजड़ा तुम्हारा गाँव...क्या वहाँ भी बाँध बना था?''

''नहीं..नहीं दादी, बाँध नहीं, बादल फट गया था। सबकुछ बह गया। कुछ हमारे परिवार के लोग भी नहीं रहे। हमने जैसे–तैसे अपनी–अपनी जान बचायी थी।''

दादी सुनमा ने एक गहरी साँस ली थी। सोचती रही, मुसीबत पता नहीं क्यों ग़रीबों पर ही बरसा करती है। बहुत उत्साह से कहने लगी,

''तो क्या हुआ...समझो यही है तुम्हारा घर।''

दादी को शतु फिर याद आ गयी थी। कहती थी, ''दादी! बहुत बुरा वक़्त आयेगा, देखना तुम।'' वह वक़्त आज आ गया है शायद। वह यह भी कहती थी, ''तुम इन पैसों को सँभालकर रखना,

किसी बड़े पुण्य में लगाना।'' सच कहती थी वह। आज पुण्य में ही लग रहे हैं। भगवान का दिया मौक़ा है। मेरा क्या है इसमें? जो है उसी मालिक का है।''

अब दादी को घर का कुछ भी काम नहीं करना पड़ता था। रोटी भी बनी–बनायी मिलती थी। गाय भी अब ज़्यादा चल फिर नहीं सकती थी। उसे मज़दूरिनें खूँटे पर ही घास पानी दे दिया करतीं। उसके साथ के लिए गौशाला में अब कई और पशु भी आ गये थे जिन्हें मज़दूर सड़क से लाये थे। दादी की दोघरी जैसे पूरे एक गाँव में बसने लगी थी।

32

दादी सुनमा ने मज़दूरों से उनके और परिवार के बारे में सारी जानकारियाँ हासिल कर ली थीं। वे चार भाई थे जिनका छोटे–बड़े उन्नीस सदस्यों का परिवार था। एक दिन दादी उन चारों को बैंक ले गयी थी जहाँ उनके बैंक खाते खुलवा लिए थे। बैंक में दादी को सभी जानते थे इसलिए खाते खुलवाने में कोई कठिनाई नहीं हुई।

महामारी का प्रकोप कुछ कम हो गया था। अब पहले जैसा भय का माहौल भी नहीं था। हालाँकि, ख़तरे कम नहीं हुए थे इसलिए एहतियात बरतने की सख़्त ज़रूरतों की हिदायतें सरकार की तरफ़ से दी जाती रहती थीं। मज़दूरों के पलायन के जो समाचार पहले दिल को दहला देते थे अब उनकी कोई ख़बरें नहीं आती थीं। देश–भर की कम्पनियों के लिए बिना मज़दूरों के काम करना मुश्किल हो रहा था और अब जगह–जगह मज़दूरों की माँग और तलाश हो रही थी। उन्हें अपने–अपने घरों से वापिस बुलाने के लिए कम्पनियों के पास अब पैसा और गाड़ियाँ सभी माकूल थे। कुछ घटनाएँ तो ऐसी थीं कि उनके लिए जहाज़ों के टिकट तक बुक हो रहे थे। दादी सुनमा इस मौक़ापरस्ती को देखकर हैरान थी कि जब इन ग़रीबों की ज़रूरत नहीं थी, किसी के पास उनका कमाया हुआ पैसा भी देने

को नहीं था और न ही रहने तक की कोई जगह। इनको सड़कों पर भूखे–प्यासे मरने के लिए छोड़ दिया गया था। उस समय किसी ने इनकी कोई मदद नहीं की। न सरकार ने और न किसी कम्पनी ने। जैसे किसी की उनके साथ न सहानुभूति थी न कोई हमदर्दी। आज इनकी ज़रूरत आन पड़ी है तो पैसा, गाड़ी, मकान और जहाज़ तक उपलब्ध हो गये हैं। वे इस स्वार्थी दुनिया पर बस अफ़सोस ही जता सकती थी।

एक दिन पंचायत के प्रधान के साथ बाँध–कम्पनी का अफ़सर और कुछ कर्मचारी मज़दूरों को तलाश करते हुए दादी सुनमा की दोघरी तक पहुँच गये थे। अफ़सर वही था जिसके साथ उनकी महीदीन की ज़मीन का मुआवज़ा लेने के लिए झड़प हुई थी। उस घटना के बाद अब दादी सुनमा फिर सुर्ख़ियों में थीं। लोग उसे इसलिए भी नहीं भुला पाये थे क्योंकि उस मामले में इलाक़े के तहसीलदार और पटवारी की नौकरी तो गयी ही थी, उन्हें जेल भी जाना पड़ा था। ऊपर से दो दिनों में लाखों रुपये जुटाकर महीदीन को देने पड़े थे। ज़िलाधीश अब दादी को सप्ताह में एक–दो बार ज़रूर उनके हाल जानने के लिए फ़ोन कर लिया करते थे।

दादी सुनमा गाय को गौशाला से खोलने जा ही रही थी कि वे लोग आँगन में पहुँच गये। प्रधान ने ही उन्हे राम–सलाम किया था,

"राम राम दादी! कैसी हो आप? बई, मानना पड़ेगा आपको। जवानी में तो चर्चे थे ही अब ज़रा उम्र में भी आपके कम चर्चे नहीं हो रहे। जिस तरह आपने उस मुसलमान परिवार का मुआवज़ा दिलाया और फिर इतने मज़दूरों को अपने घर में पनाह दी, हिम्मत की बात है दादी। बड़ा दिल है आपका।"

प्रधान ने जिस मख़ौलिया लहज़े में बोला था उन्हें वह बात चुभ गयी थी और चुप रहते न बन पड़ा। तपाक से कह दिया,

"प्रधान जी, मुआवज़ा तो मुआवज़ा ही होता है वह हिन्दू का हो या मुसलमान का। अब किसी में कोई इन्सानियत तो रही नहीं। हक़ देते हुए भी जाति और धर्म देखेंगे और जहाँ दाव लगे छोड़ेंगे नहीं।"

बात प्रधान के दिल पर लगी थी। जिस उत्साह से आँगन में पहुँचा था, वह जाता रहा था। भूल गया कि कम्पनी के लोगों के साथ किसी और काम के लिए आया था।

दादी सुनमा ने ही पूछ लिया,

"आज कैसे आना हुआ इधर...? भई, इतना बुरा वक़्त था प्रधान जी, इस बुढ़िया के हालचाल ही पूछ लेते कभी कि ज़िन्दा भी है या मर गयी? बोलो...बोलो कोई काम था आपको?"

प्रधान के कुछ बोलते नहीं बन पड़ रहा था। कम्पनी के अधिकारी ने ही बात शुरू की थी।

"दादी साहिबा, आपने बहुत भले का काम किया है कि इतने मज़दूरों की जान बचा ली। वरना पता नहीं कहाँ–कहाँ भटकते रहते बेचारे।"

इस झूठी हमदर्दी ने उनका पारा अचानक सातवें आसमान पर चढ़ा दिया। बहुत मुश्किल भीतर के उबाल को सँभाला था।

"तुम कम्पनी वालों ने तो इनको सड़कों पर मरने के लिए ही छोड़ दिया था। बेचारों का कमाया पैसा तक न दिया। आज आपको इन बेचारों की जान प्यारी लगने लगी अफ़सर साहब?"

"ऐसा नहीं है दादी साहिबा। हमने तो इनको बहुत ढूँढा। प्रधान साहब ने ही बताया कि कुछ आपके पास ही रह रहे हैं।"

दादी सोचती रही कि न जाने और कितने मज़दूर होंगे जो इसी तरह बेबसी में पता नहीं कहाँ–कहाँ चले गये होंगे? ज़िन्दा भी होंगे या नहीं। अचानक उनकी आँखें भर आयी थीं पर उन्होंने झटपट अपने को सँभालते हुए बहुत होशियारी से अपने चादरू से उन्हें पोंछ लिया था। कुछ कहती, प्रधान बोल बैठा,

"दादी जी, इनके पैसे कहाँ जायेंगे?"

उसने थोड़ा मुँह टेढ़ा कर कम्पनी अफ़सर की तरफ़ इशारा करते हुए कहा था।

"जी, जी, दादी साहिबा। एक एक महीने का बक़ाया भी था उनका, लाये हैं न। साथ कुछ एडवांस भी। अब टाइम अच्छा हो गया है। हम इन्हें ले जाने आये हैं।"

कम्पनी अफ़सर की बात ने जैसे आग में घी डालने का काम किया था। दादी सुनमा का एक मन हुआ कि ज़मीन से पत्थर उठाकर सीधा उसके सिर पर दे मारे पर इस बार उन्हें कुछ कहने की ज़रूरत नहीं पड़ी। मज़दूर भी आँगन में चले आये थे। उनके परिवार के सयाने मुखिया ने उस अफ़सर को देखते ही पहचान लिया। आँखों में ख़ून तैर आया और गुस्से से काँप गया।

''तो साहब आंज जब हमारी ज़रूरत पड़ी तो यहाँ तक भी पहुँच लिये। याद करो उस दिन को जब मैं अपनी भूखी बीमार माँ को लेकर तुम्हारे दफ़्तर आया था कि हम लोगों को घर भिजवा दो या पैसे–रोटी का प्रबँध करवा दो। बात तक नहीं सुनी थी आपने। गार्ड बुलाकर हमें बाहर निकलवा दिया था। हम कोई भीख माँगने नहीं आये थे साहब। जब से बाँध का काम लगा तभी से हम आपके पास काम कर रहे थे। अपना ख़ून–पसीना बहा रहे थे। फिर महीने–महीने का बक़ाया पैसा भी था हमारा। उसे भी नहीं दिया।''

कम्पनी अफ़सर ने झटपट अपने बैग से पैसों की एक गड्डी निकाली और उसके हाथ में थमाने लगा। उसे पता ही नहीं चला कि दादी सुनमा ने उसे कब झपट लिया और इतने ज़ोर से उसके मुँह पर दे मारी कि उसका चश्मा आँगन की मुँडेर से नीचे लुढ़क गया। नोट खुले थे। हवा के साथ वे सारे आँगन में बिखर गये।

''प्रधान जी, आपकी इज़्ज़त करती हूँ। इस अफ़सर को ले जाओ यहाँ से। नहीं तो मज़दूर इसको छोड़ेंगे नहीं। आज इस हरामी को इन बेचारों की ज़रूरत आन पड़ी है। औखे वक़्त में काम से निकाल दिया। ये नहीं जायेंगे कहीं। ये मेरे पास काम करते हैं। यहीं रहेंगे जितने दिन चाहेंगे। तुम सब चले जाओ यहाँ से।''

यह कहक़र दादी भीतर चली गयी। देखते ही देखते सारे मज़दूर इकट्ठे हो गये थे और सभी की प्रतिक्रिया दादी सुनमा जैसी ही थी।

कम्पनी अफ़सर के साथ जो कर्मचारी थे उन्होंने जैसे–कैसे आँगन में बिखरे नोट समेटे। नीचे गिरा चश्मा ढूँढ़ा और एक ने

ख़ुद ही अफ़सर की आँखों में पहना दिया। अफ़सर ने उसे उतारकर रूमाल से कई बार आँखें साफ़ की। जितने उत्साह और आस से वे लोग आँगन में पहुँचे थे उतनी ही फजीहत से लौटना पड़ गया। बेइज़्ज़त होकर घर के पिछवाड़े से सभी नीचे उतरने लगे। मज़दूर उनके पीछे–पीछे ऐसे आगे तक गये मानो मिलकर उनकी धुनायी कर देंगे।

दादी सुनमा अपने कमरे में जाकर चुपचाप बैठ गयी थीं। सभी मज़दूरों ने भीतर आकर उनको घेर लिया। उन्होंने सभी के चेहरों पर एक नज़र दौड़ायी और फिर खड़ी हो गयीं। दो–चार महिला मज़दूरों ने उन्हें उठा लिया और आँगन में ले आयीं। एक महिला अपने क्षेत्र का लोकगीत गाने लगी तो सभी मजदूरिनों ने एक दूसरे का हाथ पकड़कर दादी के चारों तरफ़ नाचना शुरू कर दिया,

"छन–छन पंजेब मेरी छणके, नचणे जी मन करदा,
आयी मिली जा दिल जाणियाँ, दिल तुझे याद करदा।
हार ते शिंगार तेरे लई सजणा, तेरे लई मेरा प्यार सजणा।
माथे पे बिन्दिया चमके, तेरा इन्तज़ार करदा,
आयी मिली जा दिल जाणियाँ, दिल तुझे याद करदा"

दो तीन मज़दूर भीतर गये और गठरियों में महीनों से बन्द अपने–अपने साज़ निकालकर ले आये और बजाने लग गये। एक ने ढोलकी पर थाप दी। दूसरे ने बाँसुरी में स्वर पहना दिये और तीसरे ने छनछनाहट वाला वाद्य बजाना शुरू कर दिया। तीन–चार लड़कियों ने घेरे के भीतर आकर दादी सुनमा को नाचने के लिए विवश कर दिया। उन्हें पता ही नहीं चला कि पाँव और हाथ कब नाचने लग गये। नाचते–नाचते उन्हें ब्याह–शादियों, मेले त्यौहारों के कितने ही दिन याद आ गये जब वे गिद्धों और नाटियों में झूम–झूम कर नाचा करती थीं। लोका–गंगी और झूरी गाया करती थीं। आज जैसे वे पुराने दिन और पुराने उत्सव अचानक आँगन में लौट आये थे। आर–पार बसे घरों में जब उस संगीत के स्वर पहुँचे तो लोग भीतर से बाहर निकल पड़े और उनके क़दम अनायास ही दादी के

आँगन की ओर चल दिये। घासणियों में जो औरतें घास–पत्ती काट रही थीं वे एक पल के लिए रुक गयीं और इस छोटे से उत्सव में भाग लेने से ख़ुद को रोक नहीं रह पायीं। कुछ ही देर में आँगन भर गया। लग रहा था जैसे सचमुच दादी के घर आज कोई बड़ी ख़ुशी का दिन है। लोक–संगीत इतना मीठा और भला था कि आँगन में आकर जो कभी नाचा भी नहीं था वह भी नाच रहा था। मज़दूर महिलाओं और पुरुषों ने पता नहीं कितने डोगरी और पहाड़ी लोकगीतों से समाँ ही बाँध दिया था। बहुत देर तक चलता रहा था यह उत्सव।

देर तक नाचती रही थी दादी सुनमा। अब तो मन के हज़ारों–लाखों अवसादों के बीच यह भी भूल गयीं थीं कि मन के भीतर कोई ख़ुशी भी होती होगी। नाच–गाने और गीत–संगीत जैसी कोई चीज़ भी होती होगी। बालकराम के चले जाने और अपने बसे–बसाये घर–घराट के उजाड़ के बाद सुनमा देई को पता ही नहीं चल पाया कि कब वे जीवन के आख़िरी पड़ाव पर आकर ठहर गयीं थीं। कितना चैन मिला था आज? मन में कितना अनुद्वेग...? अथाह क्षोभ, रंज और अकुलाहट से जो मन हमेशा भरा रहता था वह अचानक इस अनपेक्षित सुख से लबालब हो गया। बरसों के सूखे खेत में जैसे पानी...बरसों की अँधेरी गुफ़ा में जैसे रोशनी। मन के भीतर ऐसी ठण्डक दादी सुनमा ने महसूस की थी जिसे वह या तो अपने घराट के पास बहती नदी में पाँव डालने के बाद या बालकराम की बाँहों में महसूस किया करती थी या शतु के आने पर। उसकी काग़ज़ की नाव देखकर।

कुछ देर बाद आँगन धीरे धीरे ख़ाली हो गया था। पर दादी सुनमा को ऐसा लगा जैसे आज बाँध में डूबे उनके पुश्तैनी घर और घराट का आँगन वहाँ चला आया है जिनमें हमेशा इसी तरह का उल्लास, सुरूर, आमोद–प्रमोद और ख़ुशियाँ बसा करतीं थीं। उन्हें ओढ़कर वे बहुत देर तक सराबोर होती रहीं थीं। पूरी तरह अभिभूत और भीगी हुई....मानो धूप तपी दोपहरिया में नदी से नहाकर आयी हों।

शतु का स्मरण होते ही दादी सुनमा अचानक ठिठक गयीं और अपने आप से ही प्रश्न किया कि अरे वह लड़की तो हाथ पकड़कर उनके साथ नाच रही थी? और भी कई बच्चियाँ थीं उसके साथ... उसी की तरह नदी–रंग की फ्रॉकें पहने हुए...जैसे वे लड़कियाँ नहीं नदीजल में तैरतीं फूल के रंगों की मछलियाँ हों। जब वे घूम रही थीं तो उनकी फ्रॉकों ने उन समेत सभी मजदूरिनों को अपनी ओट में ले लिया था जिनके घिराव नदी की लहरों की मानिन्द उछलते कूदते लग रहे थे जैसे अनगिनत नदियाँ आँगन में आकर बहुत ही मनोभाव और मौज में नाच रही हों। कितने प्यारे और मीठे थे उनके स्पर्श...? सब कुछ अनूठा...विचित्र...अद्भुत और हैरतअंगेज़...जैसे स्वर्गलोक से आयीं नन्ही–नन्ही परियाँ। कुछ कहा भी तो था शतु ने...? जैसे उसके शब्द अभी भी दादी सुनमा के कानों में उनके उत्तर का इन्तज़ार कर रहे थे...''आज पुन्या है न दादी...चलोगी नहीं हमारे साथ...? मैं लेने आऊँगी तुमको। यहाँ रहकर क्या करोगी तुम...? सारे काम तो ख़त्म हो गये?'' मानो शतु अभी भी उनके कानों में यह सब बोल रही थी। दादी झटपट उठी और बाहर चली आयी। आँगन में कोई नहीं था। उनकी नज़र बाँध और झील के उस पार पश्चिम की पहाड़ियों पर पड़ी। उनकी पीठ पर बिखरी ललायी ऐसे लग रही थी जैसे सूरज सोना चुराकर चुपके–चुपके उनके पीछे उतर रहा हो।

33

पूर्णिमा की रात है। पूर्व की घाटियों के शिखर स्वर्णिम आभा से ऐसे चमक रहे हैं जैसे चाँद सूर्यास्त की लालिमा को सूर्य से छीनकर ले आया हो। वह जैसे–जैसे ऊपर चढ़ रहा है उसका प्रतिबिम्ब धीरे–धीरे बाँध के पानी के भीतर दहशतज़दा नदी पर बिखर गया है। नदी चाँदनी हो गयी है। उसकी दीप्ति, ओज, कांति और दमक सामान्य नहीं है। साधारण और मामूली नहीं है। चाँद ने नदी की रक्तिमा और अरुणाई को ग़जब की विलक्षणता दे दी है। उस विलक्षणता में आक्रोश और उन्मुक्तता की अकुलाहट शामिल है। अशान्ति और उद्विग्नता समाहित है। बावजूद इसके नदी दादी सुनमा की तरह आज़िज और विनयशील बनी हुई है।

दादी सुनमा चाँद की चाल की तरह अपने कमरे से बाहर आती है। हाथ में दो काँसे की थालियाँ हैं। एक में गाय के लिए आटे की पिन्नियाँ हैं और दूसरे में सुमगो के लिए ख़ूब सारी रोटी है। वह पहले गौशाला में जाती है। थालियों को एक तरफ़ रखकर गाय को ख़ूब प्यार करती है। सहलाती है। थपथपाती है। फिर उसका मुँह दोनों हाथों में भरकर जी–भर देखती है। गाय की आँखों से नदी बह रही है। दादी अपने चादरू से उसकी आँखें पोंछकर बहती नदी को उसी में बाँध देती है। थाली उठाती है और उसे एक–एक करके

पिन्नियाँ खिला देती है। मन में आज कोई अवसाद नहीं है। रंज और ग़म भी नहीं है। न बिछोह के दर्द हैं। मन नदीज़ल जैसा शीतल और निर्मल है। बाहर आते दरवाज़ा ओट देती है। गाय रम्भाती है। दादी उसकी भाषा समझती है पर आज कोई प्रतिउत्तर नहीं देती। दरवाज़े की साँकल लगाते हुए जो हल्की–सी छनछनाहट होती है जैसे उसके रम्भाने का वही उत्तर है।

बाहर सुमगो खड़ा है। दादी सुनमा काँसे की थाली उसके सामने रख देती है और तब तक खड़ी रहती है जब तक वह रोटियाँ खा नहीं लेता। गाय की तरह उसे भी ख़ूब प्यार करती है। दोनों हाथों में जब उसका मुँह लेती है तो नज़र आँखों पर पड़ती है। सुमगो की आँखों से भी नदी बह रही है। वह उसे भी अपने चादरू से पोंछ कर उसमें बाँध लेती है। वह पूँछ हिलाता धीरे–धीरे उनके साथ चल पड़ता है और आँगन की मुँडेर पर ऐसे बैठ जाता है मानो किसी के आने का इन्तज़ार कर रहा हो। दादी भीतर जाती है और अपने ट्रंक से एक लिफ़ाफ़ा निकालकर अपने हाथ में ले लेती है। बाहर आती है पर दरवाज़ा नहीं ओटती। उसे खुला छोड़ देती है। सुगमो नीचे की तरफ़ देखकर भौंकने लगा है।

दादी सुनमा की नज़र बाँध पर पड़ती है। वहाँ झील नहीं है। एक नदी है जो चाँदनी हो गयी है। बहुत–सी नदियाँ उसके साथ चल रही हैं। चाँद उनमें हिलोरे ले रहा है। नदियों से खेल रहा है। दादी की आँखें उसपर स्थिर हो जाती है। वह धीरे–धीरे एक कागज़ की नाव में परिवर्तित होने लगता है। नाव में शतु है। उसके साथ कई छोटी–छोटी लड़कियाँ बैठी हैं। सभी उसी की तरह सुन्दर, मनहर और रूपवन्त हैं। सभी ने नदी रंग की फ़्रॉकें पहन रखी हैं। फ़्रॉकों की जेबों में चाँद की किरणें और नदी की लहरें है। हाथों में नदी के पत्थर हैं। दुर्लभ प्रजातियों के पुष्प हैं। उनकी खिलखिलाहटें चाँदनी बनकर जल पर झिलमिला रही हैं। हवा के झोंकों के साथ जब वे दादी के कानों से होती मन में उतरती है तो एक मीठी–सी टीस महसूस होती है।

नाव पानी पर नहीं मानो चाँदनी पर चल रही है। उसे केवल दादी सुनमा और मुँडेर पर बैठा सुमगो ही देख सकता है।

दादी आँगन से मज़दूरों के परिवार के मुखिया को आवाज़ देती है। वह झटपट उनके पास चला आता है। हाथ में उठाया लिफ़ाफ़ा उसे पकड़ाकर चुपचाप पगडण्डी से नीचे उतर जाती है। उसमें मज़दूरों के नाम की वसीयत है। उन्होंने अपनी सारी जगह–ज़मीन, घर और पैसा उनके नाम कर दिया है। मुखिया की समझ में कुछ नहीं आता कि यह सब क्या है...दादी सुनमा इतनी रात अकेली कहाँ जा रही है? वह उन्हें तब तक उतरते देखता रहता है जब तक वे उसकी आँखों से ओझल नहीं हो जातीं। चलते–चलते दादी का हाथ अपने कुरते की जेब में जाता है। जेब ख़ाली है।

दादी अपने खेत में पहुँचती है तो एक मीठी आवाज़ कानों में पड़ती है,

"आ गयी दादी?"

दादी कुछ नहीं कहती। हल्की–सी मुस्करा देती है। शतु ने इससे पहले कभी उनके चेहरे पर ऐसी डूब और जड़ता नहीं देखी है। ठहराव और विराम नहीं देखा है। यह स्थायित्व भीतर के ख़ालीपन से है, जो अपार है। उनके सर्वस्व के त्याग का अनन्त विस्तार है।...वह जैसे अब नदी हो रही है। नदी के जल में मिलकर चाँदनी हो रही है।

शतु नाव से उतरकर दादी का हाथ पकड़ लेती है,

"आओ दादी...आओ। आज तुम नाव के चप्पू पकड़ो। नाव तुम्हें ही चलानी है।"

दादी नाव में बैठती है। चप्पू पकड़ती है। प्रश्नाकुल आँखें लड़कियों पर स्थिर हो जाती हैं। दादी कुछ पूछना चाहती है। बोलने से पहले ही शतु सभी का बारी–बारी परिचय करवाने लगती है,

"शतु की सहेलियाँ हैं दादी यानी मेरी सहेलियाँ। पहली यमु, दूसरी विपु, तीसरी इरा, चौथी चन्द्रा, पाँचवीं गिरि, छठवीं स्पिति और सातवीं पब्बु। और भी बहुत–सी हैं दादी, पर पता नहीं कहाँ–कहाँ हैं?"

सभी का सौन्दर्य बेजोड़ है। अद्वितीय है। अनोखा और असाधारण है। अनुपम और अतुलनीय है। वे स्वर्ग से आयी साक्षात नन्ही परियाँ लग रही हैं।

दादी मन ही मन सभी को प्रणाम करती है और चप्पू चलाते पूछती है,

''बच्चुआ'' किधर चलना है?''

सभी एक स्वर में बोलती है,

''बहुत बहुत दूर दादी...जहाँ न कोई सरकार का आदमी हो और न कम्पनी का कोई मालिक। बस हम और तुम हो और हमारी मछलियाँ हों...और लोकगीत गाते किसान और मज़दूर हों।''

नाव चल पड़ती है।

❑❑